JACQUES MAZEAU

La Ferme d'en bas

BALLAND

LA FERME D'EN BAS

Jacques Mazeau est né le 19 décembre 1949 à Paris, dans le quatrième arrondissement. Après ses études littéraires, il devient journaliste. Il a écrit de nombreux ouvrages, notamment sur le cinéma. La Ferme d'en bas *est son premier roman.*

Au début de ce siècle, dans la Nièvre, près de La Charité-sur-Loire, une ferme de cinq hectares composée de deux corps de bâtiments séparés de quelques centaines de mètres.
Auguste, le père, et Marcelline, sa femme, ont deux enfants, Pierre et Anna. Taciturne, mais capable des pires violences, Auguste n'a qu'une idée : travailler toujours plus pour agrandir son domaine. C'est donc dans une indifférence générale que naît Julia peu avant la guerre de 1914. La fillette grandit au milieu de relations familiales frustes, souvent brutales, ponctuées par les colères d'Auguste et ses quelques escapades chez Odette, l'accueillante tenancière du bistrot du coin.
Entre-temps, Julia devient une adolescente si gaie, si vive que son père en tombe amoureux. Très vite, ils affichent sans vergogne leurs relations incestueuses face à une tribu familiale qui se charge de haine.
Mais Julia a soif de vie, de vraie vie...
Mettant en scène des personnages hantés par la violence, la mort et la pesanteur du destin, *La Ferme d'en bas* est un roman âpre et cruel au style vif, puissamment évocateur.

1

Julia naquit en septembre 1910. Elle vit le jour dans la paille. La mère vivait avec les animaux, à les nourrir, les traire et les soigner. Elle ne fit pas la mijaurée. Quand l'heure vint, elle s'allongea et poussa. Ensuite, elle vérifia que la petite respirait. Elle l'emmaillota dans son tablier, et alla à la cuisine. Le père, qui mangeait au bout de la grande table, grimaça. Il avait oublié que sa femme était enceinte. Elle lui montra l'enfant. Il grommela quelque chose comme « Dieu la bénisse », puis il reprit sa mastication. La mère ne manifestait pas une joie particulière, mais enfin, elle restait mère. Elle la coucha dans la maie qui servait de lit, et retourna aux bêtes. Le frère et la sœur, qui jouaient dans le pré, ne surent rien de la naissance jusqu'à ce qu'ils fussent rentrés.

Le père s'appelait Auguste. Il avait trimé dur pour acquérir la ferme et les cinq hectares qui l'entouraient. C'était peu, mais cela valait beaucoup mieux que d'être ouvrier chez Andréa, qui possédait soixante hectares à lui tout seul, là, de l'autre côté de la départementale. Ce domaine, si vaste, lui donnait des cauchemars. Quand en aurait-il autant?...

Il avait mis de l'argent de côté lorsqu'il travaillait

comme saisonnier. Avec l'héritage de sa mère, qui venait de mourir, il était venu s'installer là avec sa femme Marcelline, son gamin Pierre, et sa première fille, Anna. Puis, il avait commencé à trimer. Il aimait ça, la terre! Depuis toujours, il la labourait avec ses sabots, aujourd'hui avec une charrue. Il arrivait même, les jours de bonne humeur, qu'il la pétrît de ses doigts arthritiques.

Auguste pensait à tout ça quand Marcelline lui apprit la naissance. « Bon dieu, une fille! » Qu'est-ce qu'il allait encore foutre d'une garce dans la ferme! Silencieux, il se leva. Il jeta quand même un coup d'œil sur la petite, haussa les épaules, et sortit. Julia, endormie, resta seule jusqu'au dîner.

Auguste eut beau s'acharner à tracer des sillons toute la journée, à engueuler le pauvre cheval, il ne put accepter cette naissance.

Le soir, il ne revint pas à la ferme. Il préféra aller aux Bertins boire chez Odette. Il fallait que cette naissance passât! La piquette ferait l'affaire.

La plantureuse Odette l'accueillit avec son rire de faiseuse d'anges. « Tu n'avais qu'à me prévenir, et tu ne ferais pas cette tête. » Auguste grogna et demanda du rouge. Il but tellement vite que ça dégoulina sur sa vareuse. Il s'en foutait. Il voulait s'estourbir un bon coup. Avoir chaud au sang et entendre cogner ses artères.

Odette représentait une institution dans le coin. La bonne à tout faire de la commune, au-dessus des lois et des coutumes, mais au-dessous des hommes qu'elle avait tous, plus ou moins, dépucelés. Maintenant qu'elle n'offrait plus que son rire, elle servait à boire et donnait des conseils. Farouche adversaire du curé, elle maudissait le vieux grommeleur, comme elle l'appelait. Pour elle, il valait mieux s'en remettre aux saints plutôt qu'à Dieu, c'est-à-dire aux hommes. Ainsi, disait-elle, on n'oublierait pas de vivre. Tout cela, elle l'assenait sans qu'on lui demandât rien.

Ce soir-là, Auguste ne se sentait pas d'humeur à fouiller les nuages. Dieu pouvait bien exister, il s'en moquait! En tout cas, il lui avait fait une sacrée vacherie : « Une fille, nom de dieu! » Ça résumait sa cuite et sa douleur.

Marcelline savait bien qu'il traînait au café. Cette vache d'Odette devait être encore en train de le bonimenter! Au début, elle avait été jalouse. Odette était plus belle et surtout plus gouailleuse. Quelques années plus tard, Marcelline s'était résignée. Il valait mieux qu'Auguste découchât, pourvu qu'il travaillât. Le reste, ça ne concernait que les femmes désœuvrées. Ce n'était pas son genre à elle! Après le jardin, elle soignait les bêtes, faisait la soupe, lavait le linge et allait se coucher.

Quand les gosses furent rentrés, ils ne demandèrent pas d'où venait Julia. Ils se mirent à jouer autour du berceau-garde-manger. Ils crièrent trop fort. Marcelline leur mit chacun une taloche et les envoya se coucher. Ils partageaient le même lit. Comme tous les soirs, ils chahutèrent et salirent les draps de lin avec la crasse amassée dans les champs.

Auguste quitta Odette vers trois heures du matin. Il tituba tout au long du chemin, se tenant le mieux possible au licol du cheval, persuadé qu'il guidait la bête. Dans l'écurie, il l'attacha aux herses et s'écroula dans la paille. Dans un réflexe de défense, il s'interdit d'affronter Marcelline.

Deux heures plus tard, le coq chanta. Auguste, plein de paille, la barbe dure et la bouche pâteuse, sortit de la grange. Le temps frais, le silence, les feuilles des arbres immobiles et le ciel couvert le mirent mal à l'aise. Il se sentait seul et fainéant. Il pensa aller se recoucher.

Marcelline ouvrit la porte de la cuisine : « Alors, te voilà, le poivrot! Tu ferais bien de te mettre au boulot, ça te dessoulera.

– Bonjour, la Marcelline! »

Elle ne répondit pas, et alla s'affairer dans l'atelier. Auguste se mit à table. Un bol de lait chaud, du pain, du beurre, du saucisson et du fromage, un verre de fine et il partit aux champs. Il ne regarda pas dans la maie. Il voulait penser à autre chose.

Durant quinze ans, la préoccupation d'Auguste fut surtout d'agrandir son exploitation. Au rythme d'un hectare de plus à l'année, il y parvint. En 1925, il possédait vingt hectares de bonne terre, bien grasse, où le blé pousse deux fois plus vite. Il travaillait aux champs avec Pierre, son fils. Celui-ci et Anna dormaient dans le grenier. Marcelline, qui ne voulait pas avoir un autre enfant, couchait dans la cuisine avec Julia.

Celle-ci, devenue une belle plante, comme disait le vieux, aidait Marcelline à faire la cuisine, allait chercher le bois, donnait à manger aux bêtes. Elle respirait la santé. En la voyant, on lui prédisait une vie centenaire. Tout lui semblait simple. Son existence était rythmée par le lever et le coucher du soleil. Son oreille d'adolescente n'entendait que les bruits toujours recommencés de la ferme. Les repas, seuls moments où la famille était réunie, se déroulaient toujours selon une étiquette bien réglée. Mais les silences du père et du fils n'empêchaient pas Julia de parler. Elle n'hésitait pas à questionner ou à rire. Elle savait, d'instinct, qu'elle exprimait ce que les autres n'avaient plus la force ou l'envie de dire.

Un soir, pendant le dîner, Auguste sentit sourdre en lui un malaise face à cette fille. Quelque chose qu'il n'arrivait pas à définir et qui le dérangeait. Il découvrait Julia. Un corps déjà svelte et presque formé, une force violente qui émanait de chacun de ses gestes, une rudesse de langage... Cela occasionna un véritable événement : il se mit à parler! Il en dit peut-être autant que les quinze années précédentes. Il évoqua la vache qui allait vêler, la charrue qu'il faudrait réparer, la pluie qui gênait le travail. La mère, Anna, et Pierre en eurent le souffle coupé. Presque certainement, le père déraillait. Seule Julia répondit. Une complicité s'instaurait entre eux. Elle venait de séduire son premier homme.

Le père et elle formèrent bientôt un couple. Désormais, ils allaient toujours aux champs ensemble. Qu'on discutât d'agrandir les terres, qu'on envisageât d'acheter une nouvelle bête, ou qu'on prévît des travaux, Auguste ne décidait plus rien sans avoir d'abord reçu l'aval de sa fille.

Cela ne manqua pas d'éveiller les jalousies. Celle de Pierre, surtout, mais aussi de Marcelline qui, d'épouse et mère, se vit bientôt reléguée au rôle de servante. Elle en conçut une acrimonie particulière à l'égard de Julia. Bien vite, leurs rapports furent réduits au minimum. Elles ne se parlaient plus que par nécessité. Sinon, elles s'évitaient. Pierre, par réaction, se posa en protecteur de sa mère. Deux clans se constituèrent. Auguste ne s'en aperçut même pas.

Dans les environs, on commençait à jaser : « Vous avez vu la façon dont ils se tiennent, ces deux-là? Si c'est pas malheureux de voir l'Auguste comme ça! » Seule Odette riait : « Pensez donc, avec la femme qu'il a, il ne lui reste plus qu'à aimer la fille! »

Dans ce petit monde, on prépara bientôt un complot : Auguste ne devait plus se montrer à la messe. Un dimanche de l'automne 1926, lui et toute la famille arrivèrent devant l'église de Narcy dans leur vieux coupé. Le curé, drapé dans sa soutane noire, les bras croisés sur la poitrine, les attendait sur le parvis. Auguste, étonné de le trouver là, le salua à son habitude. Il s'apprêtait à passer le portail, quand le curé l'arrêta : « Auguste, la Maison de Dieu ne peut accueillir le pécheur que s'il a d'abord demandé pardon au Père et s'est purifié par la confession. Si la chair est faible, l'esprit se doit d'être fort. J'attends donc de toi qu'avant tout, tu te confesses. Après seulement, tu pourras revenir honorer Dieu. »

Quelques curieux passaient la tête par le portail entrouvert de l'église. Marcelline, se sentant soudain comprise par la communauté, se rengorgea en descendant du coupé avec Anna. Pierre, apparemment indifférent, enlevait les sangles du cheval. Seule, Julia, telle une coupable, restait assise. Un silence tendu s'ensuivit.

Auguste, pris d'une rage subite, vint se camper devant le curé :

« Sacré nom de Dieu de bordel de merde! Qu'est-ce que tu me chantes là? C'est une condamnation? Qu'as-tu à me reprocher, vieux grelot? Où sont-ils ces fainéants qu'ont la langue si bien pendue? »

Il écarta le curé d'une bourrade et, sans hésiter, entra dans l'église. Il remonta la petite allée centrale et, le dos tourné à l'autel, s'adressa à l'assistance :

« On me met à la porte de la Maison de Dieu, comme dit l'autre. Je ne sais fichtre pas pourquoi! Il paraît que j'ai péché et qu'il faut que j'aille à confesse! Eh bien, j'y suis! »

Les doigts noueux des vieilles s'arrêtèrent sur les

perles des chapelets, les regards s'égarèrent sur les culs des vierges statufiées. Personne n'osait parler. On était à l'église, pas dans un tribunal! Soudain, ça commença de chuchoter. Une sorte de brouhaha se propagea. C'était pas leur faute! C'était le curé qui avait créé le scandale! Eux, ils avaient juste constaté! On l'aimait bien l'Auguste! Sûr qu'il couchait pas avec sa fille! Ils toussaient, se trémoussaient sur les chaises. Quelques-uns raclaient le sol avec leurs sabots.

Le vieux, raide comme un piquet, se rendit à sa place habituelle. Il ôta le chapeau qu'il portait encore sur le crâne. L'assemblée attendit.

Le curé, effrayé par la tournure des événements, s'était réfugié dans le presbytère. Il ne savait plus que faire. Clémentine, sa vieille servante, le poussa dans la nef en lui disant qu'il fallait quand même dire la messe! Il se traîna jusqu'à l'autel et se mit à marmonner tout seul.

D'ordinaire, les fidèles se défoulaient en chantant des cantiques. Aujourd'hui, ils se taisaient. Chacun savait qu'il avait été trop loin. Maintenant, ils se sentaient coupables et ne comprenaient plus l'ordre divin.

La messe prit fin. Les cloches tintèrent. Ils se bousculèrent vers la sortie et allèrent trinquer chez Jules. Là, on pouvait tout dire! La vraie église, elle était bien là! A défaut de bon Dieu, on trouvait du bon Plant de Pouilly. Ils redevenaient enfin des hommes!

Pendant le retour, Marcelline, effondrée, haussait les épaules à tout instant. Pierre secouait mollement les rênes. Julia, prostrée, se tenait sur un bord du coupé. Ça cahotait ferme sur le chemin qui traversait la forêt. Tout à coup, Julia sauta sur le bas-côté et s'enfonça dans le sous-bois. Auguste laissa échapper un juron. Pierre bondit à son tour et se lança à la poursuite de sa sœur.

Trois heures après, bien qu'ils eussent fouiné dans les moindres fourrés, ils n'avaient toujours pas retrouvé Julia. A la fin, ils erraient en tout sens. Ils semblaient eux-mêmes perdus. La mère se mit à pleurer bruyamment. Pierre, peu inquiet, s'énerva : « Ferme-la, la mère! » Il savait que sa sœur connaissait parfaitement la forêt. Auguste, par contre, était soucieux. Qu'à cela ne tienne! Il passerait la nuit là. Il ferait un feu, et attendrait. Ils s'entendirent sur cette solution. Pierre viendrait plus tard avec des voisins pour recommencer les recherches.

Il faisait froid. Les poings dans les poches, Auguste tournait en rond pour se réchauffer. Un épais tapis de mousse et de feuilles mortes étouffait chacun de ses pas. Il regarda la cime des arbres décharnés. Il y aperçut quelques oiseaux. Certains plongèrent et disparurent dans le sous-bois. Il se mit en colère : « Où donc est-elle aller se fourrer, la garce! Quelle idée de foutre le camp! »

Il piétina pendant une heure. Il ne voulait pas s'éloigner. Les autres allaient peut-être revenir. Il finit par s'asseoir sur une souche. Il ronchonna : « Bon dieu de fille! J'aurais mieux fait de me retenir ce jour-là! Tiens! J'y foutrai une drôle de trempe pour lui apprendre à vivre!... »

Soudain, il crut entendre un bruit. « C'est toi, la Julia? » Rien. Un nouveau craquement le fit se lever. Ah! bon Dieu! il ne fallait pas se foutre de sa gueule! Il la connaissait aussi sa forêt! Quelqu'un avait marché. « Si c'est toi, la Julia, tu ferais bien de te montrer. J'ai autre chose à faire que de jouer le garde champêtre! »

Il la vit alors apparaître de derrière un tronc. Son rire sonore résonna dans la forêt dénudée.

« Papa! Te fâche pas!

– Bon Dieu! qu'est-ce qui te prend? As-tu la danse de Saint-Guy que tu peux pas rester en place? Viens ici que je te montre de quel bois je me chauffe! »

Mais déjà, il souriait. Il ne la battrait pas. Non!

Julia s'approcha, mimant celle qui a peur. Elle riait toujours de toutes ses dents. Il la prit dans ses bras. Il l'embrassa sur les cheveux et rabattit son visage contre son torse. Elle-même se colla contre lui. Dans son corps de vierge, ce fut un bouleversement. Elle se mit à trembler. Elle sentait la force des bras qui l'entouraient. Le vieux continuait à déblatérer des mots sans suite. « Va, va... Ma petiote... C'est tout... C'est rien... Va... C'est fini!... » L'émotion lui serrait la gorge. Il ne savait pas très bien pourquoi. Il comprit seulement quand son sexe se durcit. Bon dieu! Il était amoureux de la gamine! Julia ne résista pas. Ils roulèrent sur le parterre de feuilles mortes.

Plus tard, ils s'assirent, silencieux, autour du feu qui crépitait. Alors que le crépuscule assombrissait déjà le sous-bois, Pierre, Marcel, Andréa, Marcelline arrivèrent. Ils marchaient les uns derrière les autres et juraient à tout va. « Sacré dié! Nom de Dieu! Ah! la garce! » Quand Pierre les découvrit, il ne sut quoi dire. « Ah! c'est pas vrai! C'est pas vrai! »

Marcelline enrageait depuis longtemps. Elle se précipita pour frapper Julia. Auguste l'arrêta : « Laisse-la, va! »

Marcelline hurla : « Non mais! Tu vas pas la mettre sous verre, cette gueuse? De qui se fout-on ici? Je vais tout de même pas la remercier! Et toi, le vieux, tu as qu'à te marier avec pendant... »

Elle n'eut pas le temps de terminer. Auguste lui envoya une telle gifle qu'elle s'étala de tout son long. « Tu vas la fermer ta gueule, oui? Tu parleras quand je te le dirai! »

Les autres restèrent cois. Ils n'avaient jamais vu le père dans un tel état. Pierre serra les poings et dévisagea Julia d'un air mauvais. Mais il ne bougea pas. On éteignit le feu à coups de sabots. On se mit en route. Julia filait devant.

Tous les hommes descendirent à la cave pour boire un coup. Ils parlèrent semailles. Il existait de nouveaux engrais. La culture allait changer. On aurait des rendements meilleurs. Mais aucun d'eux n'y croyait vraiment.

La mère, à la cuisine, tournait les sauces d'un air rageur. Anna épluchait des légumes sur la table. Elle se taisait. « Où est-elle, celle-là? pensa Marcelline. Jamais un mot! Le visage lisse! Bon dieu! Mais qu'est-ce qu'elle a donc dans le crâne? »

Julia se lavait dans l'eau du bac, au fond de la cour. Quand elle eut terminé, elle regarda la surface de l'eau s'apaiser. Son visage s'y réfléchit avec netteté. Elle sourit.

Auguste retrouvait Julia durant la nuit. Il attendait que Marcelline s'endormît, puis se levait. Il ne prenait pas trop de précautions. Si la vieille s'éveillait, il pouvait toujours dire qu'il allait pisser. Il courait ensuite vers la grange aux grains y retrouver sa fille chérie. Il la traitait comme sa femme! Julia ne faisait rien pour tempérer les ardeurs du vieux. Elle l'accueillait, nue comme un ver, allongée sur la paille. Ses deux mains posées sur ses petits seins, elle le regardait en souriant... Ils ne parvenaient pas à se sentir en faute. Ils faisaient l'amour, parlaient d'aujourd'hui et de demain, du travail qu'il restait à faire. Parfois, ils gardaient le silence et s'abîmaient dans la contemplation de la lune qui venait s'inscrire dans la lucarne de la grange.

Les autres avaient compris, mais se taisaient.

Tous tenaient une place bien définie dans cette lutte contre la paresse de la terre. Il fallait la labourer, la gorger de semences, l'aplanir et surtout l'aimer, cette chienne, qui donnait bon an mal an quelque vingt-cinq quintaux à l'hectare. Mais elle se montrait suffisamment généreuse. Le vieux s'enrichissait. Il achetait un cheval, une vache ou bien une machine pour aller encore plus vite.

Julia et Auguste vivaient sur un nuage et ne voyaient pas les mines sombres des autres.

Pierre, qui travaillait aux champs avec eux, n'ouvrait jamais la bouche. Plusieurs fois, ils essayèrent de le dérider. Rien à faire. L'autre les regardait avec les yeux de la haine.

A la cuisine, Anna s'affairait sans en dire plus qu'avant, tandis que Marcelline jurait entre ses dents à intervalles réguliers. « Non seulement je suis cocue, mais encore il faut que je me taise et que je supporte celle-la qui ouvre pas son bec! »

Un jour, la vieille s'énerva : « Mais tu as donc rien dans la tête pour être muette comme une carpe! Tu es pourtant pas née comme ça, je te jure! Je peux dire que tu as braillé à ta naissance! » Ce fut à peine si Anna releva la tête. Un vague sourire passa dans ses yeux bleus. Marcelline comprit qu'il ne servirait à rien d'insister. Sa colère s'arrêta là.

Marcelline commençait à rêver. Elle voulait partir, changer de vie. Elle ne savait pas très bien où elle irait, mais cela n'avait aucune importance. Parfois, le désir la prenait au ventre. Elle voulait un homme. Mais elle ne savait pas qui... Elle se voyait grimper dans une carriole et aller cheveux au vent. Elle partait toujours. Elle n'arrivait jamais.

Tout aurait peut-être pu s'arranger. Mais Julia trouvait toujours le moyen de la ramener, et cela crispait aussitôt les autres. Ils se sentaient amoindris par sa beauté et sa vivacité d'esprit. Cela finit par mal tourner pour l'anniversaire de ses dix-huit ans. Elle annonça qu'à cette occasion elle voulait une petite fête, et aller au bal de Narcy, le soir. Tous se regardèrent et se demandèrent si elle ne devenait pas folle.

Marcelline engagea les hostilités : « Non, mais qu'est-ce qu'elle veut, celle-là? Ça fait des temps qu'on n'a jamais fêté d'anniversaire chez nous et voilà que cette garce veut qu'on la rebaptise. Non, mais vous entendez! » Elle hurlait. Auguste, qui n'aimait pas ça, lança un « Nom de Dieu » tonitruant et écrasa violemment son poing sur la table : « Ferme ça, la vieille. Si la môme veut une fête, elle l'aura! »

D'habitude, cela aurait suffi à mettre tout le monde d'accord. Mais Pierre, qui ne l'ouvrait plus depuis des mois, cracha son ressentiment : « Il y a pas de raison qu'on en fasse une reine quand c'est une putain! » Un silence de mort s'installa dans la pièce. Jamais on n'avait osé dire une chose pareille devant Auguste!

Julia rentra la tête dans les épaules. Anna pinça les lèvres. Marcelline semblait laper sa soupe tellement elle se penchait sur son assiette. Auguste se leva et contourna tranquillement la table. Il prit Pierre par le col et l'arracha de son siège. Ce dernier résista, ce qui déclencha une sacrée bagarre. Ils se mettaient des beignes, s'empoignaient, s'injuriaient. Dans cette lutte s'exprimaient toutes les haines accumulées depuis des années. La cuisine devint trop petite pour eux. Ils se retrouvèrent dehors. Un corps à corps furieux s'engagea. Ils se heurtèrent bientôt au bac, à l'autre extrémité de la cour. Dans un dernier effort, Auguste y plongea la tête de Pierre et l'y maintint fermement. Marcelline se précipita. Elle secoua le vieux pour le sortir de sa raideur de fou. « Tu vas t'arrêter! Tu vois pas que tu es en train de le tuer, non! » Il lâcha prise et laissa tomber Pierre, qui s'affala de tout son long.

Auguste se débarrassa de Marcelline d'un coup de coude et partit à pied vers les Bertins.

Julia, qui était restée dans la cuisine, voulut sortir. Elle fut saisie par le son d'une voix qu'elle ne reconnut pas. « C'est le début de tes malheurs, ma fille, et c'est pas fini! Tu vas en baver! » Anna parlait. Julia resta paralysée. Elle reçut ces mots comme une prophétie. Elle n'eut pas le temps de s'attarder. Marcelline entra telle une furie et lui fit face. Rageuse, les yeux exorbités, le poing dressé, elle s'emporta : « Saloperie, ordure! Que tu forniques avec l'Auguste, ça ne regarde que ton ventre de putain. Mais que tu l'amènes à taper sur le Pierre comme sur une vache, là, c'est trop. Maintenant, c'est fini. Je vais m'en aller, c'est juré. Tu vas pouvoir marier ton père. Tiens! Je te le donne. »

Soudain, elle s'affaissa sur une chaise et se mit à hoqueter, grommeler et pleurer. Elle s'essuyait le visage avec le revers de son tablier sale.

Julia haussa les épaules avec mépris et tourna les talons. Elle s'écrasa contre Pierre qui entrait. Il lui envoya une gifle à tuer un bœuf. Elle fut projetée contre le poêle en fonte. Elle eut mal. Pourtant, aucune larme ne jaillit de ses yeux. Elle se contenta de fixer son frère. Celui-ci allait la frapper à nouveau, quand Anna s'interposa : « Ça suffit! » dit-elle. Surpris, Pierre s'assit et prit un verre de vin. La cuisine ressemblait à un champ de bataille. Chacun se taisait. Le jour commençait à décliner. Enfin, Anna se leva. Il fallait s'occuper des bêtes.

Personne ne se demanda où se trouvait Auguste. Plutôt que de se battre encore avec Pierre, il avait préféré aller s'engueuler avec Odette. Ivre, il revint à la ferme, un peu au jugé. Il se jeta tout habillé sur la paille de l'étable, et s'endormit avec les vaches.

Le lendemain, à cinq heures, encore endormi, il fit le tour des chambres et tambourina à chaque porte. Chacun se leva. Marcelline se dépêcha d'aller préparer le repas. Quand elle voulait tenir tête à Auguste, elle s'arrangeait pour que ce ne fût pas le lendemain d'une cuite. Ces jours-là, il n'était pas à prendre avec des pincettes. Il valait mieux filer doux.

Quelques minutes après, tout le monde fut réuni autour de la table de la cuisine. Le poêle ronflait. Chacun gardait le silence. Il ne restait aucune trace de la bagarre de la veille. Soudain, Auguste vit la face tuméfiée de Julia. « Qu'est-ce qui t'a fait ça, ma fille? – C'est rien », répondit-elle. Le ton avait été si sec qu'Auguste ne chercha pas plus loin. Au fond, il n'avait rien vu. Il était normal qu'il ne sût rien.

Il reparla de l'anniversaire : « Aujourd'hui, c'est les dix-huit ans de la Julia. Toi, la Marcelline, tu vas faire un gâteau avec l'Anna, et on va ouvrir une bouteille de Plant de Narcy. Et puis ce soir, on ira au bal! »

Personne ne broncha. Cela aurait pu provoquer une autre bagarre. Julia avait gagné.

Le soir, quand elle fit son entrée dans la cuisine, tous l'admirèrent. Elle s'était trouvé une robe dans le fourbi du grenier. Dieu seul savait qui l'avait portée! Elle lui allait à ravir.

« Une vraie bohémienne! » s'exclama le vieux. Celui-ci et Pierre avaient mis leur costume du dimanche. Les deux autres femmes avaient passé une robe pas trop chiffonnée. Anna, qui flottait dans la sienne, semblait un peu gauche. Mais était-ce vraiment la robe qui lui donnait cet air-là? On ne l'avait jamais vue autrement. Ils mangèrent pendant deux bonnes heures, éructèrent et finirent par s'embrasser. Il fallait rattraper le temps perdu.

Enfin, ils sortirent. Ils prirent la voiture qui roulait le mieux. Le cheval fut attelé en cinq sec. Ça cahotait ferme sur la route pleine de nids-de-poule. Mais ils s'en foutaient. Ils allaient danser.

A quelques centaines de mètres de Narcy, ils entendirent l'orchestre. Dieu, qu'on allait s'amuser ce soir! Julia criait plus fort que les autres. Elle avait tellement envie de se trémousser sur une piste de danse! Le bal se tenait dans la salle du café à Jules qui jouxtait l'église.

Devant la porte d'entrée, ça rotait et ça s'injuriait déjà! Les nez étaient si rouges qu'ils semblaient incandescents. Les yeux brillaient tellement qu'on aurait dit des lucioles dans la campagne.

A peine arrivée, toute la famille sauta à terre. Pierre, par habitude, alla dételer le cheval. Marcelline et Anna, toutes pelotonnées l'une contre l'autre, et dégrisées, avancèrent d'un pas emmêlé vers la porte. Celle-ci vomissait des bruits, des hommes, et des odeurs de vinasse à en soulever le cœur. Julia se faufila dans la foule pour entrer dans la salle enfumée. Ça se dandinait sur un air qui tenait de la valse et de la bourrée. Elle arriva à côté des musiciens. Les instruments en cuivre qui rutilaient la fascinaient de même que les hommes endimanchés qui soufflaient dedans à s'en faire éclater la tête. De temps en temps, elle éloignait d'elle une main calleuse qui aimait trop la chair fraîche.

Auguste faisait grise mine. Il savait qu'il pourrait toujours courir pour retrouver sa fille chérie! Profondément ulcéré, il tendit sa main vers les verres pleins qui s'alignaient sur le bar, pour faire face à la bande de soiffards qui assiégeaient l'endroit.

« Alors, l'Auguste, on vient gigoter un peu? » lui demanda Odette qui se trouvait encore une fois derrière un bar. Elle servait depuis si longtemps qu'elle ne regardait même plus si le goulot surplombait le verre. Ça tombait toujours juste! « Qu'est-ce que tu cherches? » Le vieux répondit machinalement : « Ma femme. » Odette, qui maniait souvent l'humour grinçant, s'inquiéta de savoir de laquelle il parlait. Heureusement, la foule empêchait quiconque de bouger, sinon Auguste aurait peut-être tout cassé! Il n'aimait pas qu'on vînt lui mettre le nez dans son purin! Bon Dieu! Cela ne regardait que lui s'il se trompait entre sa femme et sa fille! Après tout, il s'agissait de la même... à vingt ans de distance! S'il lui prenait l'envie de rajeunir, c'était son affaire!

Odette n'insista pas. Elle se tourna pour repousser quelques paysans éméchés qui l'entouraient comme une reine et qui ne lui parlaient pas seulement avec des mots!

Auguste joua des coudes pour s'éloigner du bar. Il voulait retrouver Julia et la serrer contre lui. Peine perdue! La garce avait disparu dans la foule. Il aurait fallu une nuit pour la retrouver. Il renonça et, dépité, reprit sa place au zinc pour boire encore. Les trois autres, debout près de la porte d'entrée, attendaient raides commes des piquets. Pierre, qui ne buvait pas, se tenait derrière Marcelline et Anna. Ils s'ennuyaient ferme. Les femmes désiraient rentrer. Qu'est-ce que cela pouvait leur foutre les anniversaires, le bal et tout le saint-frusquin! Leur royaume, c'était la cuisine!

De temps en temps, on les bousculait, on les pinçait, mais rien de plus. Tous les hommes, même ivres morts, n'aiment pas peloter des statues! Marcelline jetait des regards de détresse vers le bar en souhaitant qu'Auguste donnât le signal du retour. En vain!

Il commençait à être plein comme une outre et se fichait du reste. Appuyé contre le bar, il s'affaissait doucement, seulement retenu par les autres corps qui l'enserraient. Il était triste, et se sentait vieillir. Parfois, il apercevait Julia, là-bas, du côté de l'orchestre, qui faisait des yeux doux aux musiciens. Dans la salle, il faisait aussi chaud que dans un four. L'odeur des suées, aussi forte qu'à l'étable, enivrait Julia. Elle sentait le désir l'envahir. Se faire étendre par un quelconque vacher endimanché... Dieu, qu'elle attendait ça! Quand de grosses mains brutales lui pinçaient le derrière, elle ne disait plus rien. Elle se serait bien allongée là, toute nue, sur le sol, pour exposer son corps qui éclatait.

Soudain, elle se dandina toute seule, encouragée par les goualantes de ses voisins. Elle tourna de plus en plus vite. Elle finit par aller s'étaler dans les pieds des musiciens. Les paysans riaient et écarquillaient les yeux. De Dieu! Des belles jambes découvertes jusqu'au nombril, des bras enchevêtrés dans les pantalons et les instruments. Ils assistaient au clou du spectacle! Aucun ne l'aida à se mettre debout. Ils ne pensaient qu'à la baiser, là, chacun son tour! « Dis donc, j'y mettrais bien les mains!... – Ah! bien, mon cochon, faut pas te gêner!... – Bah! l'Auguste y a déjà goûté! »... Les plaisanteries fusaient de toutes parts. Julia se releva et tapa avec violence sur les mains qui se tendaient. Elle finit par se dégager et s'enfuit. Il lui fallait sortir de cette fournaise.

Alors qu'elle s'échappait, elle prit une claque à toute volée que Marcelline lui destinait depuis des mois! « Ah! la salope! Ah! la salope! » La vieille, toute congestionnée d'avoir vu sa fille créer un tel tintamarre, imaginait déjà les commérages qui seraient colportés dans les fermes voisines.

Sitôt dehors, Julia courut dans la nuit. Elle n'alla pas bien loin. Avec la poitrine à l'air, elle fut saisie par le froid. Elle s'assit sur le banc, derrière l'église. Elle se mit à rire, puis à pleurer. « Je ne suis tout de même pas une fille de joie! » pensa-t-elle. Elle restait prostrée là, à renifler, quand elle entendit une voix derrière elle : « Voulez-vous ma veste? » Julia n'en revenait pas. Qui pouvait bien lui parler ainsi? Elle se retourna, toutes griffes dehors. S'il s'agissait de l'un de ces ivrognes qui voulaient en profiter, il verrait de quel bois elle se chauffait! Au lieu de cela, un beau gars lui tendait sa veste. Elle la prit et articula un merci plutôt timide. Elle rentra ses bras dans les manches trop grandes. Dieu, qu'elle sentait bon cette vareuse! Un mélange d'odeur de mâle et de terre. Julia en fut si bouleversée qu'elle se remit à pleurer comme si elle venait de perdre père et mère!

L'autre n'y prêta pas attention. Il vint s'asseoir à côté d'elle. Il attendrait que la crise passât. Au bout d'un moment, il s'inquiéta :

« Eh bien, que vous arrive-t-il, mademoiselle? »

Julia s'arrêta de pleurer brutalement.

« Tu parles drôlement, toi! Dis donc, tu es d'ici?

– Oui, je suis de Varennes.

– Eh bien, tu causes comme le curé, dis! »

Le gars se mit à rire :

« Vous savez, je ne mets pas souvent les pieds dans une église, alors...

– Et comment c'est ton nom?

– Léon. »

Julia ne comprenait plus rien! Elle venait de quitter des bêtes en rut et elle se retrouvait là, sur un banc, à côté d'un monsieur! Elle n'en avait encore jamais vu de près, ni de loin!

« Moi, on m'appelle Julia. Je suis la fille de l'Auguste qui habite là-haut, vers les Bertins.

– C'est à côté de la ferme d'Andréa, n'est-ce pas?

– C'est ça!

– Oui, je connais bien. Il m'arrive d'y passer quand je vais à Clamecy.

– Je vous ai jamais vu! »

Julia se mettait à vouvoyer cet homme. Elle n'en croyait pas ses oreilles! Il se passait quelque chose. Elle n'aurait pas su dire quoi!

« Vous étiez au bal?

– Non. Je sortais de chez ma mère qui habite là en haut du chemin, et je repartais à Varennes. Comme j'entendais pleurer, je suis venu voir ce qui se passait. Ça va mieux?

– Oh! oui! J'étais toute grisée, je crois bien. Va falloir que je m'en retourne à la maison. L'Auguste a dû s'en aller à l'heure qu'il est.

– Je vais vous raccompagner. J'ai laissé le coupé sur la route. »

Julia hésita et suivit Léon. Ils repassèrent devant la porte d'entrée du bal. Il en sortait encore quelques paysans fin soûls et tachés de vinasse, qui rigolaient. Julia regarda si la carriole d'Auguste se trouvait encore là. Elle ne la vit pas. Elle accepta de rentrer en voiture plutôt qu'à pied. Léon l'invita à monter et fouetta le cheval à toute volée. Trimbalée d'un bord à l'autre du siège, Julia riait à gorge déployée. Il n'en était pas un dans le pays qui ne reconnût son rire. Sur leur passage, les chiens aboyaient furieusement. Léon et Julia ne se disaient pas un mot. Ils se sentaient heureux, l'un contre l'autre. Ils arrivèrent rapidement à la ferme. Léon arrêta le cheval. Le silence de la nuit vint les envelopper. Ils se turent. Ils savaient qu'ils se reverraient. Quand et comment? Cela leur importait peu. Julia sauta à terre. Elle souhaita bonne nuit à Léon. Il n'eut pas le temps de répondre. Elle avait déjà disparu dans la nuit.

Ce soir-là, Julia ne retourna pas à la grange. Elle

préféra s'allonger à même la paille de l'étable. Elle s'endormit comme une masse.

Les ragots allèrent bon train d'un pré à l'autre. Dieu, qu'on l'avait entendue revenir du bal, celle-là! Mais on ne savait pas avec qui. A la ferme, personne ne pipa mot. Auguste allait au travail, en revenait, mangeait sans rien dire. Il avait retrouvé son mutisme d'autrefois. Les premières nuits, il retourna à la grange, mais Julia ne s'y trouvait plus. Au début, il en fut triste. Puis il se résigna, et se préoccupa surtout de sa terre. Il voulait la voir plus grasse et plus prolifique. Il s'acoquinerait avec elle. Celle-là, au moins, il en était certain, ne l'abandonnerait pas!

Désormais, Julia n'arrêtait pas de regarder vers la route de Varennes. Aurait-elle attendu une apparition que cela n'aurait pas été différent!

« Qu'est-ce que tu as à regarder l'horizon comme ça? Tu ferais mieux de donner la main! » lui disait Auguste chaque fois qu'il la voyait ainsi.

Julia, qui sentait la souffrance de son père mais n'y pouvait rien, se remettait au travail, sans passion. Une chape de silence tomba sur la ferme. Ils allaient et venaient, vaquaient à leurs occupations, se croisaient, mais personne ne disait mot.

En ce mois de novembre 1928, il gelait tous les jours. Auguste et Pierre réparaient les machines, soignaient les bêtes. Un matin, ils profitèrent de ce qu'ils devaient rester là pour refaire le torchis de la ferme d'en bas. Ils descendirent tous les deux pour y travailler. Julia s'occupait d'arranger le bois sous l'auvent, Marcelline remuait le linge qui bouillait dans une énorme lessiveuse. Quand elle se mit à éplucher les légumes, elle prit conscience de l'absence d'Anna. Elle sortit et l'appela à pleine voix. Julia lui dit de ne pas s'égosiller. Elle ne devait pas être bien loin! Marcelline revint à la cuisine en bougonnant : « Qu'elle reste donc où elle est, celle-là! Qu'est-ce qui m'a foutu une feignasse pareille! » Puis elle finit par l'oublier.

Toutefois, au souper, elle questionna les hommes. Ils ne l'avaient pas vue. Qu'elle ne s'inquiète donc pas! Anna finirait bien par rentrer vu le froid qu'il faisait. Il ne fallait pas chercher à savoir! Ils retournèrent au torchis, la mère et Julia à la lessive. Ces dernières demeuraient inquiètes. « Mais où est-ce qu'elle est? Peut-être bien dans la famille à Narcy? Chez Andréa? » Elles finirent par se taire. Cela ne la ferait pas revenir de parler.

Le soir, le dîner fut plutôt triste. Chacun avalait son bouillon et taillait dans son pain en silence. L'absence d'Anna ne passait pas. Même si elle n'ouvrait jamais la bouche, elle existait. Auguste, nerveux, se trémoussait sur sa chaise qui n'arrêtait pas de grincer. La lumière crue de la lampe à pétrole donnait à son visage l'allure d'un masque de cire. Pour ne pas le voir ainsi, les autres baissaient les yeux.

Bientôt, il ne leur fut plus possible de manger sans se regarder. Ils entendirent un attelage dans la cour. Les têtes se relevèrent, les yeux s'allumèrent. Il s'agissait certainement d'Anna qui revenait avec quelqu'un. Auguste en était tellement convaincu qu'il murmura : « Ah! la garce! » Julia, toujours plus vive que les autres, se précipita au-dehors. Elle avait reconnu le coupé de Léon.

Elle s'arrêta sur le pas de la porte. Elle ne pouvait rien voir dans cette nuit d'hiver opaque et légèrement brumeuse.

Léon apparut dans l'encadrement de la porte. Il fit une entrée remarquée. Il paraissait tellement endimanché, si raide, qu'il ressemblait au député du coin! Quelques instants plus tard, le curé surgit à ses côtés. Pour qu'il mît les pieds à la ferme, il fallait au moins qu'il eût eu une vision.

Effectivement, il en avait eu une! Mais pas de celles qu'on aime avoir! Quelqu'un lui était apparu, là-haut dans la pénombre de la nef, alors qu'il récitait ses dernières prières au pied de l'autel. Il tremblait encore en racontant l'histoire : « Je me demandais si je ne rêvais pas. Je me suis approché. C'était bien Anna qui se balançait, pendue à la corde des cloches! » Alors, bien sûr, il ne pouvait la descendre, pas plus que Clémentine, si bossue qu'elle serait passée sous l'autel sans s'en apercevoir! Il était donc allé prévenir Léon pour qu'il l'amenât vite à la ferme. Ils la décrocheraient tous ensemble avec l'échelle de l'église.

Les autres, debout, gardèrent le silence, longtemps après que le curé eût terminé son récit. Ils pinçaient les lèvres, trituraient leurs vêtements. Puis, ils s'activèrent dans tous les sens. Marcelline et Julia nettoyèrent et rangèrent la vaisselle. Pierre bourra la cuisinière de bois sec. Auguste préféra s'asseoir lourdement sur sa chaise. D'un geste, il invita Léon et le curé à en faire autant. Marcelline, sans attendre, remplit les verres. Comme les soirs de veillée, ils se retrouvèrent tous attablés.

Bientôt, seuls le ronflement de la cuisinière et le crépitement du bois qui s'y consumait furent perceptibles. La plaque de chauffe était incandescente. De temps en temps, on entendait un sanglot étouffé. Les hommes buvaient sans hâte. Ils savaient où la trouver et avaient toute la nuit pour s'en occuper. Auguste se ratatinait de plus en plus sur sa chaise. Il paraissait avoir dix ans de plus.

Léon se retrouva à côté de Julia. Quelques instants plus tard, elle lui saisit la main sous la table sans que personne s'en aperçût. Cela lui donna envie de pleurer. Elle finit par sortir pour se calmer. Léon se leva tout de suite après elle. Tout le monde comprit.

Il faisait si froid dehors qu'il la prit dans ses bras. Ils s'étreignirent en silence. Dans la cuisine, les hommes claquaient la langue après chaque lampée. Marcelline essuyait ses larmes avec son tablier et reniflait par saccades.

Auguste se leva le premier. Il mit sa veste de velours et son galure. Les autres suivirent. « Toi, tu restes là », dit-il à Marcelline. La vieille ne répondit pas, mais se mit à pleurer encore plus fort. Le curé, déjà un peu ivre, faillit tomber en essayant de se décoller de sa chaise. Heureusement, Pierre le rattrapa de justesse! Ils sortirent et retrouvèrent Léon, seul, qui tapait la semelle devant le cheval.

« Mais bon dieu, où est-ce qu'elle est fourrée, la Julia? » gueula Auguste. Il exprimait ainsi toute sa colère. Il se sentait tellement anéanti par tout ce qui lui arrivait. « Je ne sais pas », répondit Léon. Elle était partie dans la nuit. Elle voulait chialer tout son soûl, tranquillement. Il ne l'avait pas retenue.

Les trois hommes prirent la route de l'église. Quand ils arrivèrent devant le petit parvis, ils n'en menaient pas large. Ce fut à qui mettrait le plus de temps à descendre de la voiture.

Le curé, qui se sentait chez lui, précéda les autres. Il poussa le battant du portail et ils entrèrent dans l'église. Il faisait noir comme dans un four. Ils se découvrirent tous les trois et plongèrent maladroitement leur main dans le bénitier. Cela leur donnerait peut-être du courage.

Ils se repérèrent sur la lumière vacillante de deux ou trois cierges qui brûlaient à côté de l'autel. Ils avancèrent, peureux, dans l'allée centrale, plièrent rapidement le genou devant l'autel et passèrent derrière.

« Bon dieu! » Ce fut tout ce que parvint à dire le

vieux. Anna pendait, la tête inclinée, les yeux exorbités et la langue complètement sortie. Elle s'était jetée dans le vide de très haut. La corde avait tellement serré le cou qu'il paraissait aussi fin que celui d'un pinson.

Le curé commença à marmonner en latin. Auguste se mit à pleurer. Léon, qui supportait mal tout cela, s'échappa pour aller chercher une échelle dans la cour du presbytère. En sortant, il se heurta à quelqu'un devant le portail. C'était sa mère, suivie d'une dizaine de personnes. Tous voulaient entrer et contempler le spectacle.

Léon s'irrita de voir tout ce monde-là : « Que fais-tu là, maman? C'est affreux, tu sais! Tu ferais mieux de rentrer.

– Laisse-moi passer », répondit-elle.

Léon n'insista pas. Les autres se frottèrent les mains. Puisque la mère y allait, ils le pouvaient également. Ils se précipitèrent dans l'église. Même pour le pape, ils n'y seraient pas entrés plus vite! Cependant, ils s'arrêtèrent bientôt. La peur les paralysait. Ils regagnèrent l'allée centrale et se regroupèrent derrière la mère. Ils se tenaient comme des conspirateurs qui avancent, les tripes nouées, pour faire un sale coup.

Auguste, qui entendit l'agitation, se retourna : « Qu'est-ce que vous foutez là?

– T'inquiète, répondit une voix, on vient voir l'Anna. » Cela rendit Auguste furieux. Il ne pouvait même pas être seul avec sa fille!

« Qu'est-ce que ça peut vous foutre! Sortez! Dehors! »

Le curé, qui connaissait ses ouailles, sentit que cela risquait de tourner à l'aigre. Il intervint : « Allez vous asseoir sur les bancs du devant. On va veiller la petiote, et que deux d'entre vous grimpent au clocher pour couper la corde. »

Deux hommes se détachèrent du groupe et montèrent. Ils connaissaient bien le chemin, comme tous ceux qui avaient passé leur enfance au village. Le clocher était l'un des coins de jeux préférés de tous les gamins de la région depuis des générations. Ils coupèrent la corde avec leurs canifs et, doucement, laissèrent choir le corps qui fut recueilli par Auguste. Il l'allongea devant l'autel. Tout en reniflant, il lui enleva le nœud coulant et lui ferma les yeux. Les vieilles allumèrent des cierges et les disposèrent autour du corps. Cela ressemblait à une messe noire. Soudain, Clémentine surgit par la porte de la nef :

« Qu'est-ce que c'est tout ce capharnaüm? hurla-t-elle.

– C'est rien. C'est l'Anna qui est morte », répondit quelqu'un.

Mais Clémentine n'entendit pas. Seul le son des cloches parvenait encore à ses oreilles. Elle s'avança pour mieux voir ce qui se passait. Dès qu'elle vit Anna, elle poussa un cri. Elle répétait : « Oh! mon Dieu, Oh! mon Dieu! » sans s'arrêter. Elle éclata en sanglots et s'assit à son tour.

Quand Léon revint, certains jacassaient, d'autres pleuraient. Çà et là fusaient quelques jurons. Ils veillèrent Anna toute la nuit.

L'enterrement eut lieu deux jours plus tard. Julia, qui était revenue à la ferme après avoir erré dans la campagne pendant la nuit du drame, ne voulut pas aller à l'église. Sinon, elle cracherait sur l'autel, disait-elle. Elle attendit au cimetière. Tous les paysans du coin s'assemblèrent autour du trou. Ils se tenaient si droits qu'ils semblaient gelés! Le curé agita deux ou trois fois son goupillon et s'embrouilla dans son texte en latin. Ils se congratulèrent à la sortie du cimetière et se retrouvèrent tous à table, à la ferme d'Auguste. Marcelline avait préparé le repas avec la femme d'Andréa. Ils gueuletonnèrent jusqu'au soir.

Du jour au lendemain, la vie changea à la ferme. Tous s'habituaient à voir passer Léon de plus en plus souvent. Ils l'aimaient bien, même s'ils ne comprenaient pas toujours ce qu'il racontait. Comme sa vie, par exemple, qu'il débita un soir sans qu'ils lui eussent rien demandé.

Il était le fils unique d'un bourgeois de Paris, propriétaire dans le coin. Ce dernier était mort dix ans auparavant et, tout naturellement, Léon avait été élevé par sa mère. Elle l'avait envoyé faire ses études de droit à Paris. Il avait eu son diplôme, puis était revenu vivre au pays.

Pierre et Auguste, qui se fichaient bien de son histoire, hochaient la tête et restaient muets. Marcelline et Julia commentaient de temps en temps.

Léon en vint à parler de ses terres. Rien ne pouvait mieux sortir Auguste de sa torpeur. Léon leur apprit que son père avait acheté à tour de bras dans la région. Cela représentait cinquante hectares! Auguste n'en revenait pas. Léon pouvait bien parler d'une manière incompréhensible, il possédait de la terre à en crever! Le vieux comprenait ce langage. Il voyait venir le coup d'un bon œil. Si Léon s'entichait de Julia, il perdrait peut-être sa fille, mais il gagnerait certainement de l'espace. S'il pouvait ainsi agrandir son horizon de quelques hectares sans rien faire, il ne se gênerait pas! Il avait assez trimé comme ça!

Cela aida beaucoup à rapprocher les deux hommes. Auguste se promit d'oublier pour un temps que Léon lui avait chipé sa fille. Il se préoccupa de faire avancer le projet de mariage. Mais Julia et Léon n'avaient pas besoin qu'on leur donnât des idées. Ils se tournaient autour depuis assez longtemps pour savoir où cela les mènerait. Les autres les dévoraient des yeux. Ils n'avaient jamais vu des jeunes s'aimer comme ça. Ils ne s'embrassaient jamais en public, mais ils n'arrêtaient pas de s'adresser des sourires et des clins d'œil. A tel point qu'un jour, alors que ce manège l'agaçait, Marcelline demanda à Julia si elle n'avait pas une poussière dans l'œil!

Ils furent encore plus étonnés de découvrir que l'après-midi Julia apprenait à lire dans la cuisine avec l'aide de Léon. Le nez plongé dans l'almanach Vermot, elle prononçait chaque mot avec application, tandis que Léon lui interdisait de suivre avec son doigt. On les entendait rire. Une fois, Pierre, qui ne riait plus depuis longtemps, s'emporta :

« Au lieu de ricaner comme une oie, tu ferais mieux de donner la main à la Marcelline qui trime au lavoir. »

Julia le prit très mal : « Puisque tu as assez de salive pour venir me battre les oreilles, tu en auras peut-être assez pour aller mouiller le linge à ma place? »

Pierre claqua violemment la porte. Elle faillit voler en éclats. Il se dépêcha d'aller tout raconter aux parents. En l'entendant, Marcelline bougonna, Auguste jura. Cette histoire d'amour les dépassait.

Un soir, Pierre disparut sans prévenir. Cette fois-ci, Auguste réagit et se mit en chasse. Bon dieu! Pierre n'allait pas recommencer le même cirque que sa sœur! Il décida d'abord d'aller dans tous les troquets de la région. On ne savait jamais! Peut-être Pierre allait-il boire à la fontaine, comme on disait. Mais de Narcy en passant par Varennes, Auguste ne mit pas la main sur lui. Il passa aux Bertins. Odette se moqua de lui : « Tu penses bien que ton grand dadais, c'est pas le genre à picoler! Pour ça, il tient pas de son père, je te le dis, moi! – Ferme ça! répondit le vieux. L'Anna, elle tenait pas de moi non plus et ça l'a pas empêchée de... » Il ne put achever sa phrase. Il se mit à pleurer abondamment. Odette ne résista pas. Elle le prit dans ses bras et le rassura. Elle lui dit d'aller à l'église de Narcy. Cela le calmerait. Elle lui proposa même de l'accompagner.

Quand ils arrivèrent sur le parvis, le vieux repensa à Anna. Ses yeux s'embuèrent à nouveau. Ils se dirigèrent dans la nuit d'encre vers le portail et pénétrèrent dans l'église. « Bon dieu, que c'est sinistre! jura Odette. C'est comme le caveau du monde, là-dedans! » Ils se dirigèrent vers les cierges dont les flammes gambadaient. Ils gardèrent le silence. Ils allaient partir, quand le vieux, une bougie au poing, eut l'idée d'aller fouiner du côté de la nouvelle corde qui pendait derrière l'autel. Là, ils découvrirent Pierre, agenouillé et complètement endormi. « Pour sûr qu'il en tient une belle! » brailla Odette. Cela fit sortir Pierre de sa torpeur. Il tourna la tête vers Auguste, qui l'éclairait. Il ne semblait pas avoir bu. Un franc sourire illuminait son visage. Odette pensa qu'il ressemblait à un ange qui veillait. « Eh bien, qu'est-ce que tu fous là? lui demanda Auguste.

– Je prie », répondit Pierre.

Odette se mit à rire à s'en étrangler. Décidément, dans cette famille, ils étaient tous dingues! Auguste garda le silence. Il secoua la tête. Avec Anna, ça faisait la paire! Il aurait mieux fait de se retenir le jour où il avait couché Marcelline. Il partit en traînant les sabots. Cela fit un raffut de tous les diables dans l'église. Il était rassuré. Pierre n'irait pas se pendre dans les airs. Auguste n'osa jamais en parler aux femmes et à Léon. Des fois que la bigoterie serait contagieuse!

Léon et Julia se fichaient de l'église et de tout le reste. Le printemps de 1930 approchait. Ils avaient mieux à faire que d'aller baragouiner du latin. Maintenant, Julia savait lire. Comme toutes les conversions, celle-ci provoqua des tempêtes. Elle se mit à dévorer tout ce qui lui tombait sous la main. Les quelques almanachs qui traînaient à la ferme furent vite lus et relus. Léon lui apporta de vieux journaux qu'il conservait de son séjour dans la capitale. Et puis, un jour, il lui mit un porte-plume dans la main. Dès lors, Julia noircit le papier avec la même application que pour apprendre à lire.

« Dans quelque temps, tu pourras enseigner tout ça à nos enfants », lui disait Léon. Il n'en fallut pas plus pour allumer le feu au ventre de Julia. Et ce qui devait arriver, arriva!

C'était à la mi-mars 1930. Il ne faisait pas très beau ce jour-là, mais il ne pleuvait pas. Léon et Julia eurent envie d'aller se promener jusqu'à la ferme d'en bas pour voir le nouveau torchis. Léon aimait particulièrement le puits, si profond qu'on n'entendait jamais arriver les pierres qu'on y jetait. Ils prirent le chemin du pré, passèrent devant le jardin, et s'arrêtèrent devant la mare pour se faire un peu peur devant son eau noirâtre. Qui des deux prit l'autre, ils ne le surent jamais très bien... A voir la tête de Julia, quand elle revint, Marcelline, qui n'était pas née de la dernière pluie, marmonna qu'en décembre, ça donnait des sagittaires. Cela arrangeait plutôt Auguste. Léon pouvait engrosser Julia, cela représentait des hectares de plus! Pierre, quant à lui, semblait perdu dans ses rêveries et dépérissait à vue d'œil.

« Mais mange, lui disait Marcelline.

– Laisse donc, répondait Auguste, toujours à la place de Pierre. S'il a si faim que ça, il pourra toujours brouter l'herbe du pré pendant la journée! »

Cela faisait rire Julia. Pierre finissait par s'énerver. Il se levait et on ne le revoyait plus jusqu'au lendemain. Seul Auguste ne s'en préoccupait pas. Il savait où allait son fils. Toutefois, au mois de mai, Pierre s'absenta deux jours. Auguste s'inquiéta quand même un peu. Il en parla à Andréa au Conseil municipal :

« Dame! Ton Pierre, je l'ai vu à La Charité », lui répondit l'autre dans sa barbe.

Auguste se demanda bien ce que Pierre pouvait aller fabriquer au chef-lieu. Bon dieu, peut-être qu'il faisait la java avec une fille de là-bas? Cela le réjouissait plutôt.

Il ne tarda pas à être déçu. Pierre s'était engagé avec une belle salope : l'armée!

2

PIERRE était parti depuis deux mois. On n'entendait plus parler de lui. A la ferme, on pensait qu'il avait vraiment fait le bon mariage. Pourtant, ce silence exaspérait Marcelline. Tous les matins, elle se dandinait sur le perron de la porte à attendre le facteur. Auguste s'en foutait. « Pas de nouvelles, bonnes nouvelles », disait-il.

Julia avait d'autres chats à fouetter. A commencer par son mariage avec Léon. Tout le pays était au courant. Elle n'arrêtait pas d'en parler chaque fois qu'elle rencontrait quelqu'un. A la veillée, il constituait l'unique sujet de conversation entre Julia et les vieux. Ils discutaient ferme!

Un mariage coûtait cher. Auguste et Marcelline ne voyaient pas ça d'un bon œil. Le vieux s'entêtait : « Moins il y aura de monde, moins on mangera et moins ça coûtera! » Il semblait impossible de le faire changer d'avis. Julia pouvait minauder, claquer les portes ou pleurer, rien n'y faisait. Auguste s'obstinait : « Un sou c'est un sou! » Il exigeait un mariage dans l'intimité. Un jour, alors qu'ils marchandaient le nombre des invités, Auguste refusa qu'il y en eût plus de vingt. C'était son dernier mot. Rouge de colère, Julia se leva et montra son ventre :

« Tu veux qu'il naisse sans avoir de père? » lui lança-t-elle, hargneuse.

Auguste, qui ne s'y attendait pas, resta bouche bée.

« Nom de Dieu! » finit-il par lâcher, comme chaque fois qu'il ne savait plus quoi dire.

Cela n'arrêta pas Julia :

« Tu ferais mieux d'ouvrir un peu les yeux! Tu as donc pas vu que j'avais grossi ces derniers temps? Tu crois donc qu'on ne fait que roucouler avec le Léon? »

Marcelline, qui savait déjà, se taisait. Auguste prit sa tête des mauvais jours :

« Mais c'est que ma fille est une salope! gueula-t-il. Et les salopes, ça couche au bordel! »

Julia répliqua : « Eh bien, je vais te dire : tu aimais bien y aller au bordel, il y a pas encore si longtemps! »

Auguste, sidéré, garda le silence. Marcelline reniflait dans son tablier. Julia se rhabillait. Soudain, le vieux abattit violemment son poing sur la table. « Ah! la vache! » lâcha-t-il. Cela signifiait la fin de la dispute. Julia se marierait avec Léon à la fin du mois. Il y aurait autant de monde qu'elle voudrait.

Léon vint dîner deux jours après. Ils mirent au point tous les détails des noces. Elles seraient suivies d'une grande fête et les frais seraient partagés en deux. Les bans furent publiés. On commença d'inviter tous les environs. Derrière son bar, Odette n'était pas la dernière à lancer les invitations. « Il faut bien que la petite soit entourée », expliquait-elle à la cantonade en servant les clients.

Ce fut dans cette effervescence, qu'un soir, la lettre de Pierre arriva. Marcelline, qui l'attendait depuis si longtemps, ne se tenait plus de joie. « Ah! je savais bien! » dit-elle en rentrant dans sa cuisine.

Seulement, elle ne savait pas lire! Seule Julia pouvait le faire. Cela ennuyait Marcelline de le lui demander. Elle aurait tellement préféré être la première à tout savoir. Elle ouvrit l'enveloppe. Elle regarda le texte. Peut-être comprendrait-elle quand même? Mais, bien vite, elle fut convaincue que le miracle n'allait pas se produire. Elle appela Julia et Auguste, qui affûtait les faux. Tous s'attablèrent. Pour une fois, Marcelline s'accouda à la table et se servit un verre de vin.

Julia n'était pas certaine de savoir tout lire. Enfin, elle verrait bien! S'il le fallait, elle sauterait les mots qu'elle ne connaissait pas. Elle commença la lecture. Marcelline se mit à chialer. Auguste, qui n'était pas d'humeur, lui dit d'arrêter. Julia continua. Pierre avait dicté la lettre à un camarade de chambrée qui venait du pays et savait écrire.

Là-bas, à Toul, il apprenait à tirer au fusil et à marcher des tas de kilomètres. Il faisait plutôt beau. Les autres soldats, très gentils, venaient de tous les coins du pays. Il ressentait un peu de tristesse d'avoir quitté la ferme, mais il pensait revenir en permission pour la prochaine Noël si rien de nouveau n'arrivait d'ici là. Il embrassait tout le monde. Surtout la Marcelline...

Très émue, celle-ci se mit à pleurer de plus belle. Auguste, qui commençait à en avoir par-dessus la tête de ses pleurnicheries, sortit en jurant : « Nom de Dieu! Il aurait mieux fait de rester tenir le manche de la charrue au lieu d'aller servir un jour de chair à canon! »

Julia, la lettre à la main, resta plantée au milieu de la cuisine, ne sachant plus quoi faire. Elle n'éprouvait pas une affection débordante pour sa mère, mais enfin, elle n'aimait pas la voir pleurer. Elle s'approcha et, sans trop savoir pourquoi, l'embrassa.

« T'inquiète, la mère, il reviendra le fils. Il est bien trop malin, il passera à travers les balles! »

Cela fit sourire Marcelline. Elle se sentait prête à pardonner. Julia lui avait pris son homme, certes, mais ce n'était pas si grave que ça! Après tout, Auguste l'avait cherché. Elles ne se dirent rien. Elles se comprenaient. Julia s'assit à nouveau.

« Dis la mère, faudrait prévenir Pierre pour qu'il vienne au mariage.

– Tu as raison, ma petite, il faudrait même le faire tout de suite. »

Julia s'attabla et commença d'écrire avec application. Elle serait contente s'il pouvait venir le 30 juillet pour le mariage. Marcelline pleurait souvent depuis son départ au régiment... Elle voulut aussi lui raconter la vie de la ferme, mais elle ne trouva pas ses mots. C'était la première fois qu'on écrivait dans cette maison. Il n'y avait pas d'enveloppes. Julia s'empressa de dire qu'elle en trouverait chez Léon.

Elle n'attendit pas la réponse de Marcelline et se précipita à toutes jambes vers Varennes. Dieu, qu'elle aimait les bois et les champs en plein été! Ça piaillait de partout. Un vrai bal champêtre!

Seulement, Julia était enceinte depuis plus de trois mois. Il fallut qu'elle s'assît à l'entrée du bois de Malmaison, pour se reposer un peu. Elle ne se sentait pas très bien. Elle transpirait comme jamais. Son cœur battait la chamade. « Mais, bon dieu, qu'est-ce qui m'arrive? Pourtant, il me faut encore marcher avant d'être rendue. » Elle se releva et continua vers Varennes... Le soir, à la ferme, Marcelline ne s'inquiéta pas de l'absence de Julia. Elle devait être avec Léon. Elle se mit à table avec Auguste. Ils mangeaient en silence quand ils entendirent un attelage dans la cour. Auguste releva légèrement la tête. « Tiens, il la ramène déjà! »

Mais Léon fut seul à faire son entrée dans la cuisine.

« Bonsoir les parents. Julia n'est pas là? »

Marcelline répondit :

« Eh bien, ma foi, non! Elle est allée vous rejoindre vers les quatre heures avec la lettre pour le Pierre. »

Léon fut surpris. Il ne l'avait pas vue. Auguste s'énerva :

« Bon dieu! Mais qu'est-ce qu'ils ont tous ces gamins à disparaître comme ça? Je vais pas passer ma vie à courir après? »

Sa voix tremblait un peu. Il se leva et mit sa vareuse. Léon, au comble de l'inquiétude, dansait d'un pied sur l'autre.

« Mais qu'a-t-il pu se passer? » répétait-il sans cesse.

Auguste l'arrêta.

« Ecoutez, Léon, le mieux pour le savoir, c'est encore d'y aller voir tout de suite. »

Seulement voilà, il fallait encore deviner quel chemin Julia avait emprunté. Ils partirent tous deux, chacun avec une lampe à pétrole. Ils allèrent au plus court. Julia avait certainement pris à travers bois. Ils progressaient avec difficulté. Ils se prenaient des branches dans la figure, traversaient des massifs de ronces. Et toujours rien! Léon commençait à perdre son sang-froid. Il appela Julia à plusieurs reprises. Auguste lui dit de la fermer.

« A quoi ça sert de gueuler comme un veau! Vous feriez mieux de regarder vos pieds! De toute façon, je la connais, la garce, elle est pas perdue, va! »

Bientôt, ils arrivèrent à la lisière du bois de Malmaison. Maintenant, il leur fallait prendre le pré d'Andréa.

« Ce sera certainement plus facile d'y voir quelque chose », murmura Auguste.

Ils l'aperçurent au moment où ils sautaient le fossé pour parvenir dans le champ. Elle gisait, là, face contre terre. Léon la crut morte. Il se précipita sur elle. « Ma chérie! Ma chérie! Qu'est-ce qui t'est arrivé? » Auguste se maîtrisa mieux :

« Vous inquiétez pas, elle sera évanouie. »

Elle respirait. La lueur des lampes à pétrole accusait ses traits crispés. Léon lui passa sa veste. Auguste la prit dans ses bras. Ils repartirent vers la ferme le plus vite possible. Auguste avait quand même eu peur. Le destin aurait pu s'acharner une fois de plus.

Dès qu'ils furent arrivés, Léon sauta dans son coupé pour aller chercher le médecin. Marcelline, folle d'inquiétude, prépara une tisane et enveloppa Julia dans plusieurs couvertures. « Il a beau faire chaud pour la saison, dit-elle, les nuits sont glacées. Elle a pu attraper mal à la poitrine.

– Qu'est-ce qui a bien pu se passer? demanda le vieux.

– Ce que je sais! répliqua Marcelline. Avec le petiot qu'elle a dans le ventre, il se pourrait bien qu'elle ait eu des vertiges. »

Et puis, ils préférèrent se taire, comme chaque fois qu'il arrivait une catastrophe. Ils attendirent à côté de Julia qui avait repris quelques couleurs.

Léon revint rapidement avec le médecin. Tout juste s'il ne le porta pas pour qu'il entrât plus vite dans la cuisine! Le docteur Bertranges était une personnalité dans le pays. Il ne s'affolait jamais. Les paysans du coin l'avaient habitué au pire. Il préférait blaguer avec eux, ce qui détendait toujours le climat.

« Alors, à ce qu'il paraît, la Julia passe son temps à dormir? Je vais vous la réveiller, moi! Vous allez voir ça! » Il commença par la déshabiller et l'ausculta. « C'est qu'elle est enceinte, la petite? » Puis il se tut très vite. Cela ne le regardait pas...

Il palpa le ventre, ouvrit les paupières, écouta les battements du cœur. Il semblait vraiment tranquille.

« C'est pas la peine de faire tant d'histoires! Faites-lui une friction avec de l'alcool camphré, emmaillotez-la bien chaudement et, quand elle se réveillera, donnez-lui à boire du bouillon de légumes. Elle a dû avoir un vertige en faisant un effort et elle s'est évanouie pour oublier la douleur. Demain, elle sera gaillarde, mais, à partir de maintenant, vaudrait peut-être mieux qu'elle s'agite un peu moins, sinon le petit risquerait bien d'y rester... »

Léon, à moitié rassuré, lui coupa la parole :

« Vous êtes sûr que...

– Mais oui, je suis sûr. Costaude comme elle est, il n'y a pas de risques. Tiens! Vous feriez mieux de me servir un petit canon! »

A voir le docteur réagir ainsi, ils furent tous tranquillisés. Ils se mirent à boire, discuter et rire comme au café. Ils oublièrent Julia. Elle n'allait pas mourir. Ce n'était pas la peine d'en faire un drame!

Ils jacassaient comme des pies, quand, soudain, ils entendirent gémir. Léon sauta de sa chaise. « C'est Julia », hurla-t-il. Le docteur Bertranges se leva plus lentement. « Il y a pas le feu, va! »

Julia, toujours évanouie, transpirait à grosses gouttes. Cela dégrisa le médecin. L'inquiétude le gagna. « Eh bien! Nom de Dieu! Il manquait plus que ça! La voilà qui tient une fièvre de cheval. La garce se sera enrhumée à rester sur le sol! » Il n'était pas content quand un patient venait contredire son diagnostic. Julia n'allait tout de même pas se mettre à être malade pour de bon. Pourtant, elle commençait à réellement délirer. Léon arpentait la pièce de long en large. Marcelline n'arrêtait pas de mettre des compresses sur le front de Julia. Auguste, lui, préférait commenter :

« Ah! Elle n'aurait pas pu attendre au lieu de courir? »

Le reproche s'adressait aussi au docteur. Celui-ci le comprit et prit les choses au sérieux. Il sortit de son sac trois fioles sans étiquette, puis opéra un savant mélange dans un verre. Cela semblait si mystérieux à la lueur de la lampe à pétrole, que les trois autres ne purent s'empêcher d'y regarder de plus près. Que trafiquait-il?

Auguste finit par lui demander la composition de tous ces liquides.

« T'inquiète pas l'Auguste, c'est bon pour ce qu'elle a! »

Le docteur avait répondu d'une voix cassante. Il ne dévoilait jamais ses secrets. Il ne commencerait pas aujourd'hui! Auguste se le tint pour dit. Quand il eut fini, le docteur s'assit. « Maintenant, attendons qu'elle se réveille! Je lui donnerai ça à boire pour la requinquer. » Personne ne fut convaincu. Ils finirent par s'asseoir et attendirent en silence.

A trois heures du matin, Julia se réveilla. Son visage ruisselait, ses yeux étaient enfoncés. Elle essaya d'articuler quelques mots, mais n'y parvint pas. Sa bouche était trop sèche. Le docteur lui souleva la tête et lui fit boire sa préparation. Quand elle eut terminé, elle prit la main de Léon, et alors que personne ne s'y attendait, elle sourit. Ils comprirent qu'ils n'avaient plus à s'inquiéter. Ils continuèrent à attendre.

Julia se rendormit et la fièvre baissa. Le docteur prépara à nouveau sa mixture et décida de s'en aller. « Quand la petite se réveillera, redonnez-lui ça à boire. C'est plus la peine de s'en faire, c'est fini! »

Il partit avec Léon qui se chargea de la lettre destinée à Pierre. Auguste s'assoupit sur sa chaise. Marcelline se mit à éplucher les légumes pour le souper. De temps en temps, elle jetait un œil sur Julia.

Celle-ci s'éveilla le lendemain quand le coupé de Léon pénétra dans la cour de la ferme. Marcelline lui donna tout de suite à boire le mystérieux breuvage. « Ça va mieux, ma grande? »

Julia acquiesça et sourit à Léon qui entrait. A voir son sourire, il comprit qu'elle serait bientôt sur pied. Il fallut quand même un certain temps avant qu'elle ne refît quelques pas. Léon passait tous les jours. Il en profitait pour répéter à Julia de se calmer un peu. Il ne voulait pas qu'elle fît une fausse couche!

Pendant les deux semaines qui suivirent, Julia s'occupa de la basse-cour. Mais elle revenait s'asseoir plus souvent dans la cuisine. Elle ne s'inquiétait pas. Léon s'occupait de tout. Auguste, plus gai, mettait aussi la main à la pâte. Il dégagea le grand hangar de derrière et y installa des tables et des bancs. Odette vint décorer l'endroit et décida d'offrir tout le vin nécessaire pour la fête. Elle s'occuperait aussi d'avoir un orchestre. Marcelline n'en revenait pas de voir Odette aussi gentille. Elle se montra plus conciliante, et les deux femmes devinrent bientôt aussi proches que deux doigts de la main. Il n'arrivait plus un événement dans le coin qui ne fût commenté! Auguste se réjouissait de les voir ainsi. Il n'aurait plus à se sentir gêné quand il irait aux Bertins. Andréa passa deux jours de suite. Il apporta des tables et des chaises supplémentaires.

Julia regardait toute cette agitation avec plaisir. Elle regrettait que Clémence, la mère de Léon, ne fût pas là. Mais celle-ci avait des principes. Elle ne viendrait que le jour du mariage et pas avant. D'ailleurs, elle ne voyait pas cette union d'un bon œil. Elle n'imaginait pas que son fils pût épouser une paysanne, sœur d'une suicidée... Il méritait mieux.

Un soir, elle eut à ce sujet une violente discussion avec Léon. Celui-ci ne transigea pas. Il épouserait Julia et ne reviendrait jamais là-dessus. Clémence le mit en garde : « Ne te crois pas plus malin que les autres. Je te l'aurai suffisamment répété... Ce mariage est contre nature. » Elle ne laissa pas à Léon le temps de répondre, et changea de sujet.

Quelque temps plus tard, Auguste et Marcelline souhaitèrent connaître « Madame » comme ils l'appelaient, mais Léon leur fit comprendre que c'était impossible. Ils n'insistèrent pas. Après tout, les cinquante hectares que Léon apportait avec lui accaparaient bien plus leur attention.

Bientôt, Julia essaya la robe de mariée que Marcelline avait mise vingt-cinq ans plus tôt. Il ne fallait surtout pas aller contre les coutumes du pays! Une telle robe devait servir trois générations! Un après-midi, alors qu'Odette était là, elle fit les essayages dans la cuisine. Les femmes mirent les hommes dehors et Julia grimpa sur la table. Ce ne fut pas très long. Seul l'ourlet était à refaire.

Auguste buvait canon sur canon. Les occasions ne manquaient pas! Les gens des environs n'arrêtaient pas de passer à la ferme. Marcelline s'inquiétait un peu de ne pas voir Pierre arriver, mais comme elle ne pouvait pas faire autrement, elle attendait sans se poser de questions.

Le 29 juillet au soir, tout fut prêt. Les deux femmes de ferme d'Andréa, qui assureraient le service, avaient préparé tous les plats. Personne ne crèverait de faim! On pourrait nourrir un régiment!

Le lendemain matin, Julia s'éveilla aux aurores. Elle n'arrêtait pas de gigoter dans son lit. Elle préféra se lever. Dès qu'elle fut dehors, elle regarda le ciel couvert de nuages. Elle haussa les épaules. Elle ne doutait pas qu'il ferait beau pour la messe. Elle marcha pendant une bonne heure dans la campagne environnante puis se dirigea vers la ferme d'en bas. Elle s'arrêta devant le puits, au fond duquel elle jeta quelques cailloux en faisant un vœu à chaque fois. Elle ressentait un immense désir d'être heureuse. Mais elle n'éprouvait aucune inquiétude. Léon était bien trop gentil! Elle rêvassait, appuyée contre la margelle, quand elle entendit qu'on l'appelait. Les cris venaient de la ferme d'en haut. Elle hésita à bouger. Un court instant, elle trouva étrange d'aller se marier avec Léon. Dans son cœur, c'était fait depuis longtemps. Toutefois, ça gueulait tellement fort qu'elle finit par revenir.

Marcelline, hors d'elle, l'accueillit en hurlant : « Mais où est-ce que tu étais? Tu sais bien que l'Auguste aime plus tellement qu'on joue les filles de l'air! » Le vieux sortit de la cuisine : « Mais, nom de Dieu! vous avez tous la bougeotte. Ça fait une heure qu'on met la ferme sens dessus dessous pour te trouver! Tu te rappelles au moins que c'est aujourd'hui que tu te maries? » Julia étouffa un rire et courut passer la robe de mariée.

Une foule nombreuse se pressait dans l'église. Ça débordait par toutes les portes. Tout le monde discutait. Elle avait de la chance, Julia, de se marier avec un riche! Sûr, Auguste avait dû y trouver son compte. Quelques paysans du coin partirent vider un verre en face. Puisqu'ils n'entendaient rien, ils n'allaient pas rester plantés comme des piquets devant le portail!

Les deux mariés se tenaient un peu raides face à

l'autel, mais personne n'y prêtait attention. On préférait parler de la robe de Julia ou de la fête qui allait suivre. On entendait à peine ce que le curé disait. Comme d'habitude, il s'emberlificotait dans ses phrases à tel point qu'on ne savait plus s'il s'agissait d'un mariage ou d'un baptême. Il s'en rendit compte et finit par jurer pire qu'un charretier. Julia s'esclaffa. Il fallut que Léon lui donnât un coup de coude pour qu'elle s'arrêtât. « Je vous souhaite bien du bonheur », finit par dire le prêtre. Il les bénit. Ils se passèrent les anneaux et s'embrassèrent à pleine bouche. Tous les paysans affichaient des mines ravies. Ça commençait bien. Le soleil timide illuminait les vitraux. Il fallait souhaiter que ça dure pour ces deux-là!

Seule, Clémence, au premier rang, semblait ne pas se réjouir. Elle représentait toute la famille de Léon. En effet, elle avait décidé de tenir les autres parents à l'écart de ce mariage, en particulier les Parisiens qu'elle ne voulait pas compromettre dans cette affaire...

Pour aller à la ferme, elle accepta quand même de monter avec Auguste et Marcelline dans la voiture qui suivait le coupé des mariés. Le vieux essaya de lui arracher quelques mots, mais bien vite il y renonça. Madame serrait les mâchoires et préférait regarder sur le côté. Marcelline, assise en face d'elle, buvait du petit-lait. Sans savoir pourquoi, elle ne se sentait plus tout à fait une paysanne.

Arrivés à la ferme, les invités se précipitèrent vers les tables alignées sous le hangar et commencèrent à boire. Odette gueulait comme une cantinière sur le front. Elle versait une rasade à chacun quand elle passait entre les tables. Des verres se tendaient, des mains s'arrachaient la bouffe, d'autres s'arrêtaient sur les culs qui passaient. L'ambiance ressemblait à celle d'un cantonnement!

Pierre arriva à quatre heures. En uniforme, le sac sur le dos, il descendit de la charrette du chef de gare qui avait bien voulu l'amener. Julia, déjà un peu soûle, se précipita dans ses bras. Ils s'embrassèrent. « Eh bien, ma garce, tu en tiens une belle! dit-il. – Et un beau », répondit-elle en montrant Léon, un peu éméché lui aussi, qui s'approchait. Les deux hommes se serrèrent la main, sans chaleur. Pierre alla se changer dans la cuisine. Il y trouva Marcelline. Elle s'attendait si peu à le voir qu'elle éclata en sanglots. Auguste, avachi dans un coin du hangar, à se torcher avec Andréa, fut incapable de remuer quand il apprit l'arrivée de Pierre.

Lorsque les convives furent tous repus, ils restèrent assis pour digérer. Ça rotait, ça ricanait, ça claquait la langue après chaque lampée. Les musiciens se mirent à jouer. Julia et Léon ouvrirent le bal, puis tout le monde les suivit. Ça tanguait plutôt que ça dansait. Les hommes se satisfaisaient des femmes qu'ils tenaient dans leurs bras.

A deux heures du matin, beaucoup de monde était déjà parti. Certains, parmi ceux qui restaient, dormaient sur les tables. D'autres, allongés dans leurs dégueulis, cuvaient leur vin. Ça ronflait comme à la forge! Frileuses, les femmes se rassemblèrent avec Léon et Julia autour d'un feu de bois allumé dans la cour.

On commença par s'étonner de ne plus voir Madame, et puis on oublia. Elle devait être repartie depuis longtemps. Chacune voulait donner le meilleur conseil aux mariés. « Ce serait mieux d'habiter dans la ferme d'en haut qui est en état. – Mais non, ils feraient mieux d'aller s'installer chez le Léon, à Narcy. » Julia, ivre de fatigue, disait oui à tout le monde.

A un moment, Odette s'éclipsa pour aller écouter ce qu'Auguste racontait. Assis en face de Pierre, il vociférait contre lui. « Quand je te dis que tu aurais mieux fait de rester. Quelle idée, je vous jure, d'aller jouer le lapin de garenne! Tu sais bien qu'il finit toujours par se faire crever! Il court pas plus vite que les plombs, va! »

Marcelline s'approcha à son tour. « Mais laisse-le donc tranquille, je te dis! S'il est parti, il avait ses raisons. Et moi, je vais te dire, j'en connais déjà une! Il en avait par-dessus la tête de t'entendre toujours gueuler! »

Encore un peu gaie, elle oubliait qu'il ne fallait jamais provoquer Auguste quand il était soûl. Celui-ci laissa éclater sa colère : « Mais nom d'un chien, je peux encore l'ouvrir sans que tu viennes mettre ton grain de sel! Si je pense que mon fils est un corniaud, je le dis! Et je répète aussi qu'il aurait mieux fait de venir donner la main! C'est pas toi qui vas faire les blés à sa place, non! »

Julia, qui entendait hurler, accourut. Elle ne voulait pas que son mariage tournât mal. Elle se planta devant Auguste et ne lui laissa pas le temps de placer un mot de plus : « Dis, tu es content que ta fille se marie, non? Alors j'aimerais bien que tu attendes la fin de la fête avant de te remettre à gueuler! » Odette éclata de rire en voyant la tête que faisait Auguste. Il n'en revenait pas! Mais, au moins, il était dégrisé!

Cependant, Julia avait saisi dans le regard du vieux, une fugace expression de tristesse. Elle s'en émut, le prit par le bras et l'entraîna dans la nuit. En passant devant Léon, elle lui dit d'attendre. Elle reviendrait bientôt.

Ils marchèrent pendant longtemps sans parler, tels deux amoureux. Il lui donnait le bras, elle se blottissait contre lui. Ils voyaient à peine où ils allaient, mais cela importait peu! Ils connaissaient parfaitement la route.

Soudain, Auguste se mit à sangloter.

« Tu sais, ma fille, c'est dur de se retrouver tout seul. L'Anna est morte, le Pierre est à l'armée, et toi, tu es mariée avec le Léon. Ça va être bien triste la ferme sans toi! »

Emue, Julia força le vieux à s'asseoir.

« Mais qu'est-ce qui t'arrive? Tu sais bien que je vais habiter avec le Léon à la ferme d'en bas. Je serai pas bien loin, va! »

Ils restèrent silencieux un bon bout de temps, puis se relevèrent.

« Tu as raison, mais tu es ma fille », ajouta le vieux.

Quand ils revinrent à la ferme, seuls Odette, Marcelline et Léon se réchauffaient encore autour du feu. Pierre dormait dans la paille. « Eh bien, vous en avez mis du temps! » Marcelline commençait à en avoir assez d'attendre. Elle n'aimait pas tellement les voir partir ensemble. Léon se précipita vers Julia et la prit dans ses bras. Auguste écrasait déjà les braises avec ses sabots. « Ça va, ça va! C'est l'heure d'aller se coucher. » On décida que les mariés prendraient la chambre des vieux. Odette et Marcelline coucheraient dans la cuisine. Quant à Auguste, il irait dormir dans la paille.

Le lendemain, on installa les deux mariés. Léon partit pour Narcy prendre les meubles que sa mère lui donnait. Julia alla faire le ménage à la ferme d'en bas avec Marcelline. Avec la charrette, Auguste et Pierre s'occupèrent d'apporter un bahut et l'une des deux cuisinières à bois de la ferme d'en haut.

Bien sûr, les deux femmes discutèrent sur la manière dont il faudrait arranger les deux pièces. « Moi, je mettrais le lit dans la pièce du fond. Là, je ferais la cuisine. Ce sera plus facile pour aller prendre l'eau du puits », proposait Marcelline.

Mais Julia ne voulait rien entreprendre avant le

retour de Léon. C'était lui l'homme. Finalement, il laissa les deux femmes décider. Quand tout fut installé, ils appelèrent Auguste et burent un canon. Léon et Julia seraient certainement heureux ici! Certes, le travail ne manquait pas pour tout mettre en ordre, mais Julia s'en occuperait avec Marcelline. Léon, quant à lui, irait aider Auguste aux champs. D'ailleurs, ils convinrent de faire ensemble, le lendemain, le tour des terres de Léon. Pour le moment, Jean, un saisonnier, s'occupait de les gérer. Auguste et Léon lui proposeraient de travailler avec eux.

« Demain, je viens vous chercher vers les six heures », dit Auguste. Puis il s'en alla par le chemin de la mare, suivi de Marcelline qui se retournait de temps en temps en agitant la main. Pierre resta plus longtemps avec les mariés. Il devait repartir le lendemain matin.

Julia eut vite fait de rendre la maison agréable. Partout elle disposa des fleurs qu'elle cueillait à pleines brassées dans les champs avoisinants. Avec Marcelline, elle tria le trousseau et rangea soigneusement les draps et les torchons dans l'armoire que Clémence avait donnée. Un jour, Marcelline, inquiète de ne jamais voir la belle-mère dans la maison, demanda à Julia si elles s'étaient revues. « Non, répondit-elle, mais elle a dit qu'elle viendrait la semaine prochaine. »

Effectivement, le dimanche suivant, Clémence arriva dans un coupé. Elle fit une grimace à Julia en guise de sourire. « Je viens jeter un coup d'œil, dit-elle d'un ton pincé, puis elle se tourna vers Léon : Alors, tu es heureux ici? » Cette question ne plut pas à Julia, mais elle préféra se taire.

« Bien sûr! répondit Léon. Tiens, viens voir la maison! » Engoncée dans sa toilette, elle fit le tour des deux pièces en courant. Et puis, sans même enlever ses gants, elle s'assit à table. « Eh bien, mon pauvre garçon, heureusement que la naissance n'est pas pour demain, sinon, je me demande bien où vous l'auriez mis! » Cette fois-ci, Julia se fâcha. « Ecoutez, madame, quand j'étais petite, on m'a bien couchée dans la maie qui est derrière vous et, vous voyez, j'en suis pas morte! » Furieuse, Clémence se leva en haussant les épaules. « Pendant que vous y êtes, vous n'avez qu'à coucher mon petit-fils à l'écurie! » Julia ne se démonta pas. « Eh bien, je suis sûre qu'il y trouverait plus de chaleur qu'auprès de vous! Et puis, je vais vous dire, ce sera peut-être une fille! »

Léon n'en menait pas large. « Ecoute, maman, tout ceci n'est pas très important. J'aime Julia. Elle m'aime. C'est l'essentiel! »

Clémence ne comprenait pas ce genre de langage. « Certainement, mon fils. Mais quand on a ton éducation, d'abord on n'aime pas une fille de ferme et ensuite, on ne lui fait pas un enfant! C'est tout! » Elle sortit de la cuisine. Seul Léon la suivit. Elle remonta dans le coupé. « Désormais, si tu veux me voir, il faudra venir à la maison, et seul! Bonsoir! » Rageusement, elle fouetta le cheval.

Blottie contre Léon qui essayait tant bien que mal de la consoler, Julia pleura une partie de la nuit.

« Mais pourquoi donc qu'elle m'en veut comme ça ta mère? C'est de ma faute si je suis ce que je suis? »

Léon la caressait doucement.

« Ce n'est rien, ma chérie, ce n'est rien! Cela ne nous empêchera pas d'être heureux, tu verras! »

Léon fit le tour du propriétaire avec Auguste et Jean, qui avait accepté de travailler avec eux. Le temps lui sembla long, ce jour-là. Le vieux malaxait la terre, la pétrissait, la respirait presque avec appétit. A croire qu'il ne se nourrissait que de ça!

Sur le chemin du retour, Auguste, qui avait oublié que ces hectares ne lui appartenaient pas, fit de grands projets. « Sur les hauteurs de Champlemy, faudrait faire du colza. Moi je vous le dis, Léon! Ce sera d'un bien meilleur rendement. Et puis, si à Narcy on faisait du blé, ce serait bien meilleur pour la terre. » Léon acquiesçait. Après tout, le vieux s'y connaissait. Autant le laisser faire. Plus tard, Jean s'étonna :

« Qu'est-ce qu'il vous a fait l'Auguste? Vous seriez son fils, que ça ne serait pas autrement. Heureusement que Madame voit pas ça! »

Léon ne répondit pas. A quoi bon expliquer qu'il se fichait de la terre et que Julia constituait son unique préoccupation.

A la mi-août, les moissons furent menées tambour battant. Au prix du grain, elles furent d'un bon rapport. Auguste fit une proposition à Léon : « Dites, il serait peut-être temps de mettre l'électricité à la ferme. Qu'est-ce que vous en pensez? » Léon s'enthousiasma. Il y pensait depuis quelque temps, mais, devant l'énormité des travaux à entreprendre, il y avait renoncé sans même en avoir parlé à Julia. Il accepta. Il savait très bien qu'Auguste remuerait ciel et terre et que l'installation ne manquerait pas de se faire rapidement.

Effectivement, ça ne traîna pas. La ferme d'en haut fut équipée en octobre et celle d'en bas en novembre. Chaque fois qu'elle allumait, Marcelline s'extasiait : « C'est pas croyable! on arrêtera donc jamais le progrès! »

Pour marquer l'événement, on fit une petite fête à la ferme. Léon, et Julia qui était maintenant dans le dernier mois de sa grossesse, montèrent chez les vieux. Ils avaient invité Odette et Jean. Chacun leur tour, ils s'esclaffèrent sur le miracle d'y voir enfin clair, puis, bien vite, ils s'intéressèrent à la piquette!

Ils buvaient, et bouffaient à pleines dents. Auguste, qui retrouvait un peu de sa gaieté d'antan, embrassait Odette et Marcelline à tour de rôle. « Vous êtes mes deux mères », disait-il. Ça les faisait rire!

Léon participait à la fête. Il avait un peu abandonné son air guindé d'héritier. Il portait la vareuse comme les autres, et avait troqué les bottines contre les sabots. Il n'hésitait plus à se soûler à l'occasion!

Jean, par contre, se sentait mal à l'aise. Bien qu'Odette leur servît canon sur canon, il ne faisait que grimacer des sourires. « Eh bien, Jean, on n'est pas dans son assiette? » lui demanda Auguste qui n'aimait pas tellement qu'on fît la tête quand lui s'amusait. Mais cela ne servit à rien. Sur les onze heures, il partit. « Mes excuses, mais je me sens un peu barbouillé. » Julia éclata de rire. « Eh bien, tu as qu'à venir me voir, j'ai des médecines qui vont te remettre les tripes en place. » Tout le monde rit. C'est qu'elle n'avait pas la langue dans sa poche, celle-là!

En quelques jours, le bois fut ramassé et engrangé. Il fallait qu'il y eût de quoi mettre dans les cheminées cet hiver. Noël approchait et sans aucun doute, il gèlerait durant les deux mois suivants. Tout le monde attendait la naissance. Julia n'arrivait plus à bouger qu'avec peine, et déjà les premières douleurs se manifestaient. Léon, constamment inquiet, demandait tout le temps à Julia s'ils ne feraient pas mieux d'appeler la sage-femme. « T'inquiète pas, mon Léon, répondait Julia, quand ça viendra, tu auras tout le temps pour le faire. »

Le soir du 18 décembre, alors qu'elle préparait le dîner devant la cuisinière, Julia se mit à hurler. Léon, qui lisait le journal, bondit pour la retenir. Elle était livide. « Allonge-moi sur le lit, je crois que ça vient cette fois-ci. » Léon se sentit soudain bien empoté. Julia lui dit d'aller chercher Marcelline. Il courut comme un fou jusqu'à la ferme d'en haut. Il gueulait tellement fort que Marcelline sortit sur le perron. « Eh bien, le Léon, pourquoi tout ce boucan? – Julia accouche. » Cela suffit pour déclencher un vrai branle-bas de combat. Odette, qui était là, proposa à Marcelline de l'aider. Les deux femmes prirent serviettes, torchons, cuvettes et coururent derrière Léon, aussi vite que leur poids le leur permettait. Auguste, que toute cette agitation dérangeait, bougonna : « Nom de Dieu! Il faut toujours qu'elle choisisse son moment, celle-là! » Il décida d'aller y jeter un œil un peu plus tard. Peut-être serait-ce un garçon?

Ce ne fut pas facile. L'enfant ne voulait pas passer. Il en fallait plus pour impressionner Odette qui ne participait pas là à son premier accouchement. « C'est qu'il a déjà mauvais caractère, ce gamin! Mais puisque je te dis de pousser! » gueulait-elle aux oreilles de Julia. Celle-ci se cramponnait des deux bras aux montants du lit, tandis que Léon et Marcelline tenaient chacun une jambe. Au début, Julia se retint de hurler, puis elle finit par se laisser aller. « C'est ça, gueule tout ton soûl ma petite, ça te fera du bien, va! » lui dit Marcelline qui s'y connaissait dans le genre. Elle en avait eu trois et savait bien le mal que ça faisait aux entrailles. Finalement, la tête passa. Les femmes laissèrent Julia respirer, puis elles se remirent au travail. Le reste vint tout seul.

Ce fut terminé à une heure du matin. « Eh bien, ma vache! C'est plus comme dans le temps. Elles sont bien fragiles les femmes d'aujourd'hui! » Odette aimait que ça allât vite. « C'est une fille, ma belle! » Dans un souffle, Julia proposa qu'on l'appelât Léone. Léon acquiesça. Marcelline trouva l'idée un peu drôle, mais ajouta que ça ne la regardait pas.

Auguste arriva peu après. « Alors? » demanda-t-il. Odette répondit : « Eh bien tu vois, c'est une fille. » Il haussa les épaules et sortit de la chambre.

Odette le poursuivit. « Dis donc! Qu'est-ce que tu as à faire cette tête-là? C'est pas un monstre! » Odette s'en foutait qu'Auguste désirât un petit-fils. Elle continua : « Si tu es là, c'est qu'avant il y en a eu d'autres comme elle, non! » Ce n'était pas la peine de le raisonner. Il partit sans même se retourner. Marcelline se fichait de l'avis du vieux. « Bah! c'est pas grave, va! Il finira bien par s'habituer. »

Léon prit la gosse dans ses bras et l'embrassa. Puis il la mit sur le lit, à côté de Julia. Sans qu'on sût pourquoi, celle-ci se mit à pleurer.

3

Il fallut une année pour que chacun prît de nouvelles habitudes. Cela ne fut pas facile, surtout pour Auguste. Dès que Julia avait quitté la ferme d'en haut, il s'était renfermé sur lui-même et ne parlait plus. Il allait aux Bertins revoir Odette à son bar, pour y étancher sa soif et sa tristesse. Il rentrait de plus en plus tard. Marcelline le savait, mais ne disait rien. Depuis le temps que cela durait. Pourtant, un soir, pendant le dîner, elle se fâcha :

« Dis donc, l'Auguste, il faudrait savoir avec qui tu es marié! Pendant que tu y es, tu as qu'à aller habiter aux Bertins! »

Le vieux répondit tout de suite :

« Ecoute, la Marcelline, t'inquiète pas. Je sais que tu es ma femme et je t'aime bien. Mais, qu'est-ce que tu veux, l'Odette, je l'aime bien aussi. D'ailleurs, je voudrais que tu saches, l'autre soir, elle m'a dit qu'elle vendait son débit à François, le fils du gros Marcel. Je lui ai répondu que si elle voulait, elle pourrait venir habiter chez nous. Bien sûr, si tu acceptais. C'est que dans le fond, j'ai pensé qu'elle pourrait nous aider. Puis, toutes les deux, ça vous plaît bien d'être ensemble, alors... »

Marcelline mit du temps à répondre. Elle s'attendait à tout, sauf à cela. C'était le bouquet! Non seulement il avait couché avec Julia, mais voilà qu'à cinquante ans il voulait vivre avec deux femmes! Auguste débloquait! Elle éclata :

« Eh bien, faut pas te gêner! Un jour, c'est ta propre fille, un autre jour c'est la femme du bistrot, et puis demain, ce sera qui? Hein? Tu veux me dire? Pourquoi pas la Léone pendant que tu y es! Et puis toutes les filles du canton aussi! Non mais, je vous jure! »

Auguste avait l'ouïe fine. Certes, Marcelline gueulait, mais pas comme d'habitude. Quand elle eut fini, il se tut et préféra attendre. Le morbier continuait à rythmer le silence. La cuisinière à bois ronflait à tout va. Ils restèrent assis, face à face, sous la lumière crue de l'ampoule, à ruminer leurs idées.

Finalement, beaucoup plus tard, Marcelline remit ça :

« Dans le fond, tu as peut-être raison. Tu n'as qu'à lui dire de venir. C'est sûr qu'à l'âge qu'on a... »

Auguste ne bougea pas. Il était content. Il vida son verre d'un trait.

Quelques jours plus tard, Odette s'amena avec tout son barda et s'installa dans la pièce la plus proche de la cuisine. Il s'agissait de la première étape vers un ménage à trois.

Cela surprit Léon, mais pas Julia. Elle se doutait depuis quelque temps qu'Auguste manigançait quelque chose. Elle le connaissait, son père! « Qu'est-ce que tu veux, il supporte mal la solitude depuis que le Pierre et moi, on est partis. Peut-être bien que ça t'arrivera un jour, tu sais... » Cela dépassait Léon. « Ce n'est pas ordinaire! Ce serait étonnant si les gens ne jasaient pas! » Julia sourit. « Bah! t'inquiète, mon Léon! Le vieux, il a le cuir dur, il en a entendu d'autres. »

Bientôt en juillet, Julia et Léon seraient mariés

depuis un an. Ils allaient fêter ça. Même Léone en serait. Celle-ci n'arrêtait pas de crier. « C'est une preuve de bonne santé », disait Marcelline.

La petite avait de la chance. Quand Léon et Auguste partaient au travail, il restait trois femmes pour s'occuper d'elle. Il se trouvait toujours deux bras pour la bercer et une voix pour la cajoler à n'en plus finir.

Souvent, après le déjeuner, Julia, Marcelline et Odette se rassemblaient à la cuisine de la ferme d'en haut pour boire le café et cancaner. Certes, les nouvelles du coin étaient plutôt rares. Mais elles en obtenaient grâce à Alfred, le facteur, qui passait et prenait toujours un coup de gnôle, même quand il n'y avait pas de courrier. De temps en temps, les fermiers du coin s'arrêtaient aussi en allant aux champs et colportaient quelques commérages. Enfin, Léon et Auguste rencontraient beaucoup de monde aux Bertins ou à La Charité quand ils allaient à la foire. Les femmes disposaient donc toujours d'histoires pour alimenter leur bavardage.

Le 30 au soir, la fête eut lieu à la ferme d'en bas. Léon avait invité Jean. Ainsi, ils seraient trois hommes et trois femmes. Julia avait préparé de quoi nourrir une armée. Du pouilly trônait sur la table! Ils claquaient de la langue, se tapaient sur la cuisse. C'était bon d'être là ensemble!

Avant d'attaquer le rôti de porc, Léon se leva de table. « Je vais chercher le cadeau. – Fallait pas », répondit Julia. Mais dans le fond, elle était heureuse. Jean fut surpris par la grosseur du paquet. « Eh, la vache! Qu'est-ce que c'est? » Julia ne fut pas dupe. « Tu le sais, va! Je vois bien que tu le sais. » Elle prit son couteau et coupa la ficelle. Puis, tremblante, elle ouvrit la caisse. « Mais qu'est-ce que c'est que cet engin? » Léon éclata de rire. « Eh bien, c'est un poste de T.S.F. » Pour un peu, ils se seraient tous battus. Chacun voulait le regarder de plus près. Auguste gueulait plus fort que les autres. « Nom de Dieu! C'est donc ça qui cause tout seul! Mais fais donc voir! »

Léon brancha le poste et tourna le bouton. Il y eut de la friture jusqu'à ce qu'il eût trouvé une station. Effectivement, ça parlait tout seul! « ... Dans la journée d'hier, le président de la République, M. Doumer, a reçu le président du Conseil, M. Laval. L'entretien fut surtout consacré à un large tour d'horizon de la situation économique. Nos prochaines informations auront lieu à 23 heures. » Puis soudain, la voix aiguë fut remplacée par de la musique.

Ils béaient comme devant une apparition. Ils étaient engourdis par l'événement. Marcelline s'ébroua la première. « Mon Dieu! C'est pas possible! C'est pas possible! » Julia se précipita dans les bras de Léon et, doucement, l'entraîna au rythme de la musique. Mais avec le poste de radio, l'ambiance changea. Ils se mirent tous à chuchoter de peur de déranger. Ils se passaient les plats en évitant de les heurter. Tous guettaient la voix qui devait revenir. Même Léone devait être intriguée. On ne l'entendait plus s'égosiller. Cela ne dura pas longtemps. Après tout, ils ne connaissaient pas celui qui parlait. Ils n'allaient tout de même pas se taire pour lui! Plus tard, quand Léon coupa le son, personne n'y prêta attention.

Le poste de T.S.F. révolutionna les fermes des alentours. On savait que chez Léon, certains causaient de loin. Alors, les uns après les autres, ou tous ensemble, les paysans venaient écouter les nouvelles. Ils s'inquiétaient des cours du blé qui s'effondraient. Les récoltes de l'été avaient été trop bonnes. Ils gueulaient tous comme des putois. Le député, le maire et les conseillers formaient une belle bande d'incapables!

Le dimanche, la ferme d'en bas devenait presque une arrière-salle de tripot. La politique occupait toutes les conversations. Léon, qui lisait souvent le journal et était allé à la capitale, semblait en connaître un bout sur la question. Le silence se faisait dès qu'il prenait la parole. Il essayait de les convaincre qu'on ne pouvait pas faire autrement. Mais Andréa, Marcel et Auguste, les plus braillards, ne voulaient rien entendre.

Les femmes servaient le vin. Odette, très à l'aise, retrouvait les réflexes de son ancien métier. On ne lui pinçait pas encore les fesses, mais on n'en était pas loin.

Si la politique se trouvait souvent au centre des conversations, on n'oubliait pas la terre pour autant. Auguste savait ce qu'il fallait faire. Dans la tête des autres, sa parole valait son pesant de blé. S'il décidait qu'il fallait semer, tous les paysans acquiesçaient. Ils sèmeraient dès le lendemain. Bon dieu, il savait de quoi il parlait, Auguste! Tous les matins, vers cinq heures, il passait prendre Léon en charrette et ils allaient rejoindre Jean. Ils trimaient dur. Même Léon, qui userait ainsi ses mains de jeune fille, comme disait Auguste. Au début, il attrapa quelques ampoules, mais cela ne dura pas. Il finit par aimer la terre de plus en plus. Au bout de quelques mois, il lui vint même des idées sur la façon dont il fallait la travailler. Auguste n'appréciait pas : « Nom de Dieu, le Léon! Vous n'allez pas m'apprendre comment il faut la dresser. Ça fait trente ans que je la laboure, cette chienne! » Au début, Léon n'insista pas. Mais bientôt, il se mit dans la tête que cette terre lui appartenait pour moitié. Et cela d'autant plus que Clémence, sa mère, savait le lui rappeler quand il allait la voir.

Un soir de novembre, à la ferme d'en bas, Léon et Auguste s'affrontèrent à la fin du dîner. Julia couchait Léone. Odette et Marcelline faisaient la vaisselle. Auguste avait une idée fixe. Il fallait transformer les champs à céréales de Clamecy en colza. Léon s'y opposait. Et, bien qu'il préférât toujours l'arrangement à l'affrontement, il éclata :

« Ecoutez, Auguste, je sais ce que j'ai à faire! Et je sais aussi que vous n'avez consenti au mariage entre Julia et moi qu'en pensant à la terre que j'apportais. Vous en êtes devenu le propriétaire, si ce n'est dans les faits, en tout cas par les mots. Mais ne vous y trompez pas, Auguste! Cette terre, et en particulier celle de Clamecy, nous appartient à Julia et à moi. J'ai donc mon mot à dire sur la façon dont il faut mener les choses, et je n'y manquerai pas, soyez-en certain! »

Le ton avait été plutôt sec. Auguste, choqué, resta muet. Il n'avait pas l'habitude qu'on lui répondît ainsi. Jusqu'ici, quand il parlait, tout le monde se taisait. Si maintenant Léon se mettait à ressembler à Julia! Avant qu'il n'ait pu répondre, celle-ci revint dans la pièce et renchérit : « Léon a raison. Il faudrait quand même bien que tu acceptes de faire un peu ce qu'on te dit! » Marcelline et Odette approuvaient de la tête. Alors le vieux s'emporta :

« Eh bien vrai, si j'avais su, j'aurais pas fait tout ce que j'ai fait! Mais puisque vous le prenez comme ça, vous n'avez qu'à vous débrouiller tout seul. Votre terre, vous pouvez vous la garder! »

Il partit en claquant la porte.

Ce ne fut pas encore la guerre. Grâce aux femmes, ils se rabibochèrent plus ou moins. Toutefois, le cœur n'y était plus. Si les deux hommes continuaient à travailler la même terre, ils s'arrangeaient toujours pour ne plus être ensemble au même endroit. Quand l'un labourait, l'autre sarclait ou bien semait. Jean ne savait pas sur quel pied danser. Il préférait soutenir Léon, mais travaillait plus souvent avec Auguste. Au début, cela le mit mal à l'aise, puis il finit par s'en désintéresser. Après tout, leurs différends ne le concernaient pas.

Auguste ne venait plus à la ferme d'en bas. Les autres fermiers finirent par la déserter le dimanche. Aucun d'eux ne voulait irriter le vieux. Pour les femmes, la situation était pénible. Quand Léon rentrait, Julia devait l'écouter raconter par le menu tout ce qui l'avait opposé à Auguste. Elle le faisait avec plaisir et le consolait par des réflexions à l'emporte-pièce. Ça finissait par un bon rire, voire par des étreintes violentes. Julia aimait faire l'amour. Mais certains soirs, Léon revenait beaucoup plus agacé. Pendant la journée, il s'était retenu, par diplomatie, de faire des réflexions à Auguste. « Nom d'un chien! Mais quelle bourrique il fait ton père! Je vais finir par croire qu'il a la tête plus dure qu'une enclume! » Dans ce cas, Julia employait les grands moyens. Elle allait chercher Léone et la lui mettait dans les bras. Léon éprouvait une telle joie de jouer avec la petite, qu'il se calmait instantanément. Léone allait sur deux ans. Elle gazouillait tout le temps et s'agitait, pleine de vie. Elle grandissait et prenait du poids régulièrement. Ce serait sûrement une belle fille.

Auguste se calmait moins facilement. Quand il rentrait, il commençait à gueuler pendant une bonne heure. Le vaisselle n'était pas faite! Le carrelage de la cuisine était sale! Il trouvait toujours quelque chose qui n'allait pas.

Les deux femmes ne s'en préoccupaient guère. Cela amusait Odette. « Bah! Pendant qu'il a la gueule ouverte, il peut pas boire! » Puis, il finissait par se mettre à table. Alors, elles en profitaient pour lui faire des cajoleries. « Mais pourquoi donc tu te mets dans ces états? C'est pas bien grave tout ça! Pourvu que le travail avance! »

Bientôt, Auguste s'engourdissait dans la chaleur des voix et du poêle qui ronflait. Parfois en digérant, il ronronnait même comme un chat. Vers les onze heures, il s'assoupissait sur la table. Les femmes l'emmenaient se coucher. Elles revenaient jacasser devant la cuisinière jusqu'à une heure avancée de la nuit.

A cette époque, Marcelline s'inquiétait constamment de ne pas recevoir de nouvelles de Pierre. Depuis sa venue pour le mariage de Julia, il n'avait envoyé que trois lettres. Marcelline se rongeait les sangs. « Pourvu qu'il soit vivant! On ne sait jamais avec ces fusils! » Odette la rassurait : « Bah! Tu parles! Solide comme il est, il faudrait lui tirer dessus au canon! »

Pour elle, le fait que Julia fût à nouveau enceinte était beaucoup plus grave. « Tu sais, elle dit rien la chipie, mais j'ai bien vu, va! Et j'ai bien peur qu'elle ait du mal avec le second. » Marcelline trouvait aussi que c'était aller bien vite en besogne, mais, dans le fond, elle n'éprouvait aucune inquiétude. Julia et elle étaient faites du même bois. Il ne risquait pas de craquer de sitôt. La seconde naissance eut lieu le 21 septembre 1932. Contrairement aux craintes d'Odette, elle se déroula plutôt mieux que pour Léone. C'était un garçon. On l'appela René. Tout le monde se réjouit. Surtout Auguste, qui n'attendait que ça. Dieu, qu'il l'avait attendu, ce petit-fils!

Dès le premier jour, il lui voua une véritable dévotion et s'en occupa beaucoup. Il le dorlotait, lui chantonnait de vagues berceuses. Un peu de lui-même allait survivre. Parfois, Julia avait du mal à lui reprendre l'enfant. Marcelline se moquait de lui : « Laisse donc ce petit, tu vas finir par l'étouffer. »

Quelques jours après la naissance, ils se réunirent tous à la ferme d'en bas. Seul Léon était absent. Il devait rencontrer le directeur de la coopérative à La Charité. Odette, qui n'avait pas la langue dans sa poche, lança à Auguste : « Pour un peu, on croirait que c'est toi le père! » Julia rougit. Le vieux prit mal la chose. Il se mit à gueuler : « Nom de Dieu! Mais tu ne peux pas te taire des fois! Tu as donc que des conneries à dire! » Il devint même franchement hargneux : « C'est pas à toi que ce serait arrivé d'être mère. Tu étais tout juste bonne à les crever dans le ventre des putes du village. » Le petit René se mit à hurler. Heureusement! Cela meubla le silence qui s'était installé dans la pièce. Julia se retenait de pleurer. Marcelline grommelait en haussant les épaules. Odette, enflée par la colère, fit face à Auguste. Celui-ci n'eut pas le temps de continuer. Elle lui assena une gifle sonore qui lui fit claquer les mâchoires. Ce ne fut pas Odette qui sortit de la pièce, mais Auguste. Toutefois, cela demeura un incident sans suite. Comme le disait Marcelline : « S'il fallait s'entre-tuer chaque fois qu'on se dit des vérités... »

Ce mois d'octobre s'annonçait particulièrement rigoureux. Tous les jours, la campagne se couvrait de givre. L'eau de la mare gelait sur les bords. Certains soirs, la ferme d'en haut allait visiter la ferme d'en bas. Ils préféraient faire ainsi à cause des enfants. Là, autour de la table, toute la famille refaisait le monde, sauf quand Auguste décidait de parler d'argent. Cela lui arriva justement vers la mi-octobre. Comme d'habitude, il commença par gueuler pour imposer le silence. Julia tenait le petit René dans ses bras. Il tirait sur ses seins en donnant de violents coups de tête. Léone, perchée sur les genoux de Marcelline, frappait violemment la table avec un pantin en bois. Léon se taisait.

Il fallut longtemps pour que le silence se fît. Le vieux se racla la gorge de peur que les mots ne sortissent pas, puis il se mit à parler d'abondance : « Dame, le petiot vient de naître et je suis profondément heureux. Tout le travail qu'on aura fait n'aura pas été inutile. Avec lui, il y aura de la suite... » Il s'arrêta quelques instants, histoire de ménager ses effets. Il avait toujours été un peu comédien. Même Léon se fit prendre au jeu. Il s'arracha de son journal et attendit qu'il en finît. « Maintenant, ça va faire une bouche de plus à nourrir. Ça mérite peut-être un petit coup de pouce! » Léon sauta comme un fou de son siège.

« Il n'est pas question que vous nous aidiez. Nous devons y parvenir par notre travail. Cela me regarde. Jusqu'à nouvel ordre, c'est encore à moi de décider. »

Léone eut peur et se mit à pleurer. Encore fatiguée, Julia le regarda avec des yeux las et réprobateurs.

Auguste laissa éclater sa colère :

« Vous, le Léon, taisez-vous! Vous sentez la naphtaline. D'abord, contrairement à ce que vous pensez, ça vous regarde pas. C'est une affaire de famille. C'est pas vous que je vais aider, mais ma fille et son petiot. Il y a des droits que même le mariage ne vous donne pas. »

Le coup de poing sur la table qui ponctua ces mots servit de conclusion. Aucune femme n'y mit son grain de sel. Même Odette qui d'ordinaire mouchait le vieux quand il s'énervait. Léon devint blême. Il sentit monter en lui le désir de frapper le vieux. Il serra les poings pour se contenir et se tourna brusquement vers Julia : « C'est donc tout ce que tu as à dire? » Julia n'eut pas envie de répondre. Elle s'en foutait. Elle désirait par-dessus tout retrouver son lit et dormir. Les deux hommes se mesurèrent du regard. Cela dura peu. Auguste avait la force du chêne. D'une voix tranquille, il continua : « On va construire une étable dans le fond de la cour et j'y mettrai une dizaine de bestiaux. » Puis il se leva et s'en alla.

Léon se rassit près de la cheminée. Les autres mirent du temps avant de retrouver l'usage de la parole. Odette, la première, rompit le silence : « Dis donc, Julia, il faudrait peut-être coucher les petits? » Julia acquiesça d'un hochement de tête. Odette prit le petit René dans un bras, Léone par la main et disparut dans la chambre. Soudain, Julia se leva, bondit vers la porte et sortit. Léon l'appela, mais elle avait déjà disparu dans la nuit.

Bien qu'elle eût froid et qu'elle sentît une immense fatigue l'envahir, elle voulait rejoindre Auguste. Elle ne savait pas pourquoi, mais il le fallait. Elle ne discutait jamais ses intuitions. Elle rattrapa le vieux alors qu'il refermait la barrière du champ qui séparait les deux fermes. « Qu'est-ce que tu viens foutre là, toi? » Julia ne répondit pas. Elle se précipita contre Auguste et éclata en sanglots. Il l'enveloppa dans ses bras et la consola d'un ton bourru. « C'est rien, ma fille, c'est rien! » Ils firent quelques pas et s'assirent sur le parapet de la mare. Ils n'éprouvaient pas le besoin de se parler. Ils se comprenaient. Pour Julia, l'amour d'un père, qui avait été son amant, serait toujours plus fort que celui de Léon. Quand elle fut calmée, Auguste la raccompagna jusqu'au chemin. Il lui tapota affectueusement la joue et lui tourna le dos. Toutefois, elle saisit ce qu'il grommela : « J'y casserai la tête... »

A son retour, elle trouva Léon assoupi devant la cheminée. Les deux femmes parlaient à voix basse.

Elles préférèrent s'éclipser sans un mot. Elles pouvaient attendre demain pour en savoir plus long. Julia se laissa choir sur une chaise et regarda Léon qui dormait. Ce fut le premier chant du coq qui la sortit de sa torpeur. Cela ne servait à rien de réveiller Léon. Elle éteignit et alla se coucher. Elle s'endormit comme une masse.

Durant les jours qui suivirent, Léon et Julia ne parlèrent pas de l'altercation. En fait, chacun sentait que l'explication viendrait plus tard, pour des raisons plus graves.

Léon revit Auguste à l'occasion d'une réunion des exploitants de la coopérative. L'ambiance y était plutôt bonne. En juillet, la récolte avait été excellente pour tout le monde. On vendait le quintal de blé à 160 francs. Le vieux toucha un mot à Léon de ses projets pour la ferme d'en bas. Il prendrait deux ouvriers maçons. Ils construiraient l'étable avec les pierres d'un mur en ruine qui courait, là-haut, le long de la vigne. Pour la charpente, il s'arrangerait avec la scierie de Clamecy. Léon ne répondit rien. Il avait perdu la partie. Il voyait bien que le père et la fille étaient unis par un lien indestructible.

A la Toussaint, Marcelline voulut aller au cimetière de Narcy pour rendre visite à Anna. Bien qu'Odette n'entretînt pas le culte des morts, elle décida de l'accompagner. Comme elle disait en riant : « Plus l'Anna verra du monde, plus elle sera contente. » Elles vinrent chercher Julia qui laissa les gosses à Léon. Elles se tassèrent dans la charrette. Auguste manœuvra les rênes du cheval qui partit en trottinant. Jusqu'au cimetière, personne ne souffla mot. On allait voir les morts! A l'arrivée, Auguste poussa un juron. Le cheval récalcitrant préférait l'herbe très grasse qui poussait devant le cimetière plutôt que le paysage désolant des tombes qu'il voyait au travers de la grille où le vieux voulait l'attacher. Devant la résistance de la bête, Odette dit à Auguste de le laisser aller. « T'inquiète! Il attendra bien qu'on revienne. L'herbe est toujours bonne à côté des morts. Ce sont les meilleurs jardiniers de la terre. » Mais le vieux ne se sentait pas l'envie de faire de l'humour sur le dos des cadavres. « Tu ferais mieux de te taire. Tu n'es qu'une impie! » Cela fit rire Odette jusqu'à ce qu'ils fussent rendus devant la sépulture d'Anna. Marcelline se mit à sangloter dans les bras d'Odette, tandis que le vieux enlevait les mauvaises herbes autour de la tombe. Quand il eut fini, il se recueillit.

Une pluie fine se mit à tomber. C'était bien un dimanche de Toussaint! Il s'agissait de rentrer et vite. D'autant plus que la carriole ne possédait pas de bâche. Pourtant, Auguste ne prit pas la direction de la ferme, mais celle de Narcy. « Qu'est-ce que tu fais? » gueula Odette. Le vieux lui répondit sèchement : « Nom de Dieu! Tu vois bien qu'on va à Narcy! » Cela suffit à satisfaire la curiosité des femmes. Chacune espérait que le cheval irait assez vite pour les mettre bientôt à l'abri. Dès que la voiture fut arrêtée sur la place, elles se précipitèrent dans le café à Jules. Le vieux, habitué à la pluie, prit tout son temps pour attacher le cheval au crochet du mur.

Dieu qu'il faisait chaud là-dedans! C'était bourré d'hommes endimanchés qui prenaient leur cuite des jours fériés. Ça gueulait dans tous les coins. Le tintamarre s'apaisa quelques instants à l'entrée des trois femmes. Ils n'étaient pas habitués à voir des femelles venir prendre un canon le jour des morts! Odette, qui les connaissait tous, les prit à partie : « Alors, les poivrots, c'est qu'on aurait perdu sa langue? » Quelques rires fusèrent, puis les conversations reprirent. Bientôt, on ne fit plus attention à elles. Le vieux vint les rejoindre au comptoir. Ce fut la tournée de vin chaud. Julia, qui ne parvenait pas à parler, sentit sa gorge se contracter. Elle n'arrivait même pas à avaler. Dans le miroir qui lui faisait face, elle vit son visage défait, ses yeux tristes. Il ne lui restait plus qu'à pleurer. Elle sortit et se retrouva assise sur le banc où Léon lui avait parlé pour la première fois. Ce fut suffisant pour faire venir les larmes. Elle découvrit douloureusement une cassure en elle. Chaque jour, la réalité l'éloignait un peu plus de ses rêves d'adolescence. Sa joie d'enfant avait cédé la place à la tristesse de femme mère. Elle chercha des raisons de se réconforter. Il n'y eut rien à faire. Le paysage, comme ses pensées, était au gris. Une sensation de froid la sortit de son engourdissement. La pluie traversait sa capeline. Elle sentit l'eau qui se frayait un chemin entre ses seins. Pourtant, elle ne bougea pas. Elle renonçait.

Au café, Auguste, qui avait bu tout son soûl, commençait à s'impatienter. « Eh! les femmes! On va pas passer la nuit ici. On a assez fêté les morts comme ça! » Soudain, il prit conscience de l'absence de Julia. « Mais où est-elle encore passée, cette gueuse? » Marcelline eut une moue désolée. « Il faudrait peut-être te réveiller, ça fait un bon moment qu'elle est sortie. » Le vieux haussa les épaules. « Eh bien, qu'est-ce que vous attendez pour aller la chercher? » Les deux femmes sortirent.

Julia semblait avoir fondu. Sa chevelure mouillée lui donnait un visage de martyre. Les femmes n'en revenaient pas. « Qu'est-ce qui t'arrive? Tu es pas un peu frappée, non? » Julia ne répondit pas. Elle semblait tétanisée. Les deux femmes l'enveloppèrent de leurs châles et la dirigèrent vers la carriole où Auguste s'impatientait en grommelant des jurons. « Il va falloir attendre jusqu'à la Saint-Glinglin? » Mais quand il vit sa fille dans un tel état, il changea de ton. « Nom de Dieu! Qu'est-ce qui t'arrive, ma fille? » Julia resta muette comme une carpe. Odette fit signe à Auguste de ne pas insister. Elle aida Julia à monter. Auguste fouetta le vieux canasson avec frénésie. Il avait peur.

Ça secouait dur derrière. Les deux femmes cajolaient Julia, mais celle-ci ne réagissait pas. « On dirait qu'elle a déjà un pied dans la tombe, la pauvre petite! » disait Odette.

A la ferme d'en bas, Léon jouait avec les enfants. Ils se rassemblèrent sur le perron à l'arrivée de l'attelage. Quand il vit qu'on déchargeait Julia comme un pantin, il fut pris de panique. « Mais qu'est-ce qui arrive? » Auguste, qui ne décolérait pas, lui cloua le bec. « Vous, le Léon, poussez-vous! C'est pas vos gémissements de gamin qui vont la réchauffer. » Le vieux porta Julia jusqu'au lit. Odette s'empressa de faire chauffer de l'eau sur la cuisinière. Marcelline déshabilla Julia, la fourra dans le lit avec une brique brûlante pour les pieds, et la fit littéralement disparaître sous un énorme édredon de plume. Auguste repartait déjà chercher le docteur Bartranges.

Léone, qui ne comprenait pas ce qui se passait, jouait sur le sol avec des bouts de bois. Léon abandonna René dans son berceau. Il s'assit sur le rebord du lit. Il prit la main de Julia dans les siennes. Il eut envie de pleurer. Julia ressemblait à un cadavre.

Odette, qui s'énervait à attendre le sifflement de la bouilloire, poussa un soupir. « Bon dieu de bon dieu! Pour une fête des morts, c'en est une! Encore un peu et c'est elle qu'on aurait fêtée! » Marcelline, qui ne trouvait jamais ses mots dans des occasions pareilles, ne sut qu'ajouter : « Dame! Oui! »

Le docteur fut ramené au trot par Auguste. Toujours sûr de ses potions, il s'enferma seul avec Julia. Il alla s'asseoir à côté du lit. « Alors, c'est encore un de tes tours. Tu es la plus solide de tous et chaque fois que je viens, c'est pour toi! » Devant le mutisme de Julia, il comprit qu'il ne s'agissait pas de plaisanter. « Dis, tu peux parler au moins? » Elle acquiesça d'un mouvement de paupières. « Alors, qu'est-ce qui ne va pas? » Dans un souffle, elle articula : « J'en ai assez! » Le docteur voulut en savoir plus. Il posa toutes sortes de questions, mais Julia ne répondit plus. Quand il revint dans la cuisine, personne ne l'interrogea. L'intensité de leur regard suffisait. « Je crois, dit-il, qu'elle a choisi de vivre dans les nuages pour un bon bout de temps. Ce qu'il faut lui donner ne fait pas partie de mes remèdes. » Tout le monde comprit.

Comme Julia n'avait plus toute sa tête, il fallut s'organiser autrement. Les gosses et Léon vinrent habiter à la ferme d'en haut où les femmes prirent la situation en main. Elles couchèrent Julia dans la chambre du premier étage, plus ensoleillée grâce à une lucarne aménagée dans le toit. Comme elle refusait de donner le sein à René, elles mirent celui-ci au lait de ferme. Elles l'installèrent dans la maie de la cuisine. S'il désirait quelque chose, il lui suffisait de brailler. Il y avait toujours une femme pour s'en occuper.

Au début, Léon eut du mal à s'habituer à cette nouvelle organisation. Mais, les jours passant, il finit par s'y faire. Il vivait au même rythme qu'Auguste. Ce dernier n'arrêtait pas de monter au premier étage. Il venait parler à Julia. « Ma petiote! Mais qu'est-ce que tu as? Tu veux quelque chose? Parle donc, mon petit démon! » Elle ne répondait pas. Ses yeux fixaient un lieu lointain, inaccessible au commun des mortels.

Un soir, vers la mi-novembre, après l'avoir vue, Auguste fut tellement bouleversé qu'il s'assit dans l'escalier. Il y resta jusqu'à ce qu'Odette, qui allait porter la soupe à Julia, l'y trouvât. « Alors, le vieux, tes rhumatismes t'empêchent donc de monter? » Mais Auguste n'avait pas envie de rire. « C'est que je l'aime, ma petiote », répondit-il d'une voix cassée. Odette s'assit à côté de lui et le serra dans ses bras. Auguste se mit alors à pleurer.

A la fin du mois, les maçons vinrent à la ferme d'en bas. Les travaux commencèrent. Maintenant que les champs lui laissaient du temps, Auguste se rendait tous les jours sur le chantier. Il donnait même la main quand il le fallait. Dieu, qu'il la désirait cette étable! Pour sa fille, comme une offrande à Dieu pour qu'elle guérît plus vite. « Il y en a bien qui construisent des cathédrales pour les lépreux... » disait-il. Il voulait tellement qu'elle redevînt Julia, sa Julia, qu'il montait tous les soirs pour savoir si, par un quelconque miracle, elle n'était pas rétablie. Et chaque matin, il se répétait avec la même obstination : « Elle guérira de gré ou de force. »

Seulement, les hommes n'ont pas toujours l'oreille de Dieu. Julia restait prostrée dans sa chambre. Elle maigrissait et ne prononçait plus un mot. Le docteur Bertranges revenait régulièrement, mais il en restait à son premier diagnostic.

Un soir, Marcelline, qui retenait constamment ses larmes, voulut parler. « Et si on faisait appel au curé? » La phrase se perdit dans le silence de la pièce. Tous ceux qui étaient là préféraient ne pas avoir entendu. Quelques minutes plus tard, le vieux réagit : « Dieu n'a jamais mis les pieds ici. C'est pas aujourd'hui que ça va commencer. On ne soigne pas la tristesse avec de l'eau bénite. » Odette, qui fourrageait dans un placard, acquiesça bruyamment : « Tu as bien raison, l'Auguste! A-t-on déjà vu un curé remettre les idées en place à quelqu'un! » Léon leva les yeux de son journal. « Par contre, ce serait peut-être une bonne chose d'aller consulter un meilleur médecin, parce que le docteur Bertranges, on ne peut pas dire qu'il fasse bien son boulot! » Les autres ignorèrent cette suggestion. Auguste mit fin au débat : « Le père Bertranges, c'est lui qui a raison. Ce qu'on doit donner à la Julia, il n'y a que vous qui le savez. » Puis, alors que tout le monde pensait qu'il allait en rester là, il s'enflamma : « Nom de Dieu! C'est quand même vous le mari! Au lieu de lire votre torchon, vous feriez mieux d'être à côté d'elle, à l'aider. » Il se leva. La chaise tomba à la renverse. « Vous croyez qu'on va la sauver avec du vent, la petiote? Vous feriez mieux de manger et de dormir avec elle. La cajoler, au lieu d'attendre qu'elle soit sauvée par des bonimenteurs ou des équarrisseurs! »

Il ponctuait toujours ses phrases par des coups de poing sur la table. A chaque fois, les femmes sursautaient. Léon, tremblant de rage, se leva à son tour. « Je ne vous permets pas de me donner des leçons en ce qui concerne la conduite que je dois tenir avec Julia. Ça nous regarde! » Auguste éclata d'un rire sonore et triste. « Ça ne regarde plus que vous maintenant. Parce que Julia, dans l'état qu'elle est, c'est pire qu'un légume! Ecoutez-moi bien, Léon. Elle en serait peut-être pas là si vous l'aviez aimée comme elle le voulait. » Le vieux traquait Léon comme le sanglier. Léon n'eut pas le courage de la bête. Il sortit.

Cette altercation n'arrangea pas les choses. Les femmes se taisaient. Seule, Léone faisait encore la fête à son père. Le soir, celui-ci se réfugiait dans la chambre de Julia. Il la regardait. Il attendait un regard, un mot. Mais rien ne venait. La ferme était devenue aussi silencieuse qu'un couvent.

La lettre de Pierre arriva à la fin du mois de novembre. Dès que Marcelline vit le facteur, elle sauta de joie. Elle avait deviné. Elle tritura la lettre, la retourna dans tous les sens. « C'est le Pierre qui écrit! C'est le Pierre qui écrit! » gueula-t-elle dans la cour en agitant l'enveloppe au-dessus de sa tête. Auguste, qui buvait un coup à la cave, se précipita et retrouva les femmes dans la cuisine. Elles étalèrent la lettre sur la table. A voir leurs têtes devant ces quelques lignes, le vieux éclata de rire : « On dirait des poules devant un couteau! Dame! C'est pas tout d'avoir la lettre. Il faut la lire! » Maintenant que Julia ne pouvait plus le faire, elles se sentaient désorientées. Bien sûr, elles pensèrent à Léon, mais il ne rentrerait pas avant la nuit. Il fallait donc attendre. Cependant, Marcelline ne l'entendait pas de cette oreille. « Je veux savoir ce qu'il dit, mon Pierre. Je veux savoir tout de suite! » Pour cela, elle se sentait prête à tout.

Elle se jeta un châle sur les épaules et poussa Auguste devant elle. « Attelle-moi la voiture, toi! » Il ne la reconnaissait pas. Elle, qui d'ordinaire paraissait plutôt passe-muraille, lui donnait des ordres! Surpris, il obéit. Elle fila tout droit chez Clémence. Elle ne l'aimait pas vraiment, mais au moins elle savait lire. Pour aller jusqu'à Narcy, le cheval ne reçut jamais autant de coups. Sitôt arrivée, Marcelline courut jusqu'à la grille. Elle s'arrêta net et hésita. Elle n'était jamais entrée chez Clémence. Elle ne savait pas si elle serait bien reçue. Puis, la maison lui en imposait. Avec ses deux étages et l'immense jardin qui l'entourait, elle ressemblait à un château. Mais son envie de savoir fut plus forte que tout. Elle traversa la pelouse en courant. Elle soulevait sa jupe de peur de tomber. Parvenue devant la porte, elle marqua un temps d'arrêt et se décida à sonner. Clémence fut bien étonnée de la trouver là, sur son perron. « Mais, que faites-vous ici? Julia irait-elle encore plus mal? Léon m'a dit que... » Marcelline lui coupa la parole. « Non!... Non! Pas du tout! », puis elle se tut. Clémence la fit alors entrer. Marcelline, surprise par la beauté des lieux, resta pétrifiée. Ça rutilait là-dedans. Sûr que les meubles devaient être astiqués tous les jours! Elle finit quand même par s'asseoir sur une fesse au bord d'un fauteuil Empire. Toutefois, les mots ne sortaient plus. Heureusement, Clémence ne se démonta pas. Elle eut vite fait de prendre la situation en main. « Eh bien, quel bon vent vous amène? Etes-vous venue me parler de Julia? » Marcelline gardait toujours le silence. Clémence continua : « Oui, je sais... Julia déménage un peu. Il semblerait même qu'elle ait une absence prolongée. Léon m'en a parlé. Il se dit aussi très inquiet. Et il affirme que votre mari le porte responsable de cette situation. » Marcelline se trémoussait sur son siège. Clémence n'y accorda aucune attention. Maintenant qu'elle avait commencé, plus rien ne pouvait l'arrêter.

« Je ne vous étonnerai pas en vous disant que ce n'est pas mon avis. D'ailleurs, j'ai toujours désapprouvé ce mariage. Je sus, dès le début, qu'il était contre nature. La responsable, c'est votre fille. Elle a aguiché Léon... » Il n'en fallait pas plus pour que Marcelline éclatât. Ça sortit d'un seul trait, sans fioritures. « Dame non! Julia n'est pas une aguicheuse. Vous n'avez pas le droit de dire ça! C'est une bonne fille. Bah! Je vois bien que j'ai eu tort de venir vous voir. Ce que vous dites vous ressemble! » Elle se leva avec une telle assurance que Clémence en fut toute étonnée. « Ne vous fâchez pas! Je pensais... » La vieille ne la laissa pas continuer. « Je n'étais point venue pour écouter vos jérémiades, mais pour vous demander de me lire la lettre de mon fils. »

Clémence ne put cacher sa confusion. « Eh bien,

montrez-la-moi. » Elle tendit la main. Marcelline ne broncha pas. Bien campée sur ses jambes, elle toisa Clémence. « Si un jour, vous voulez voir votre bru et vos petits-enfants, vous serez la bienvenue! » Puis, elle disparut sans se retourner.

Marcelline était furieuse. Elle ne savait toujours pas ce que contenait la lettre de Pierre, et s'en voulait d'être venue. Elle n'arrêta pas de marmonner sur le chemin du retour. Le cheval revint au pas. Les rênes pendaient sur ses flancs. Quand Odette la vit entrer dans la cuisine, elle comprit que ça ne tournait par rond. « Eh bien, la Marcelline? Tu en as une mine! » L'autre s'assit. Elle prit sa tête dans ses mains et se mit à pleurer. La petite Léone, qui barbotait dans une écuelle, la regarda avec étonnement. Odette prit Marcelline par les épaules. « Va, c'est pas grave! Je me doutais bien où tu allais. C'est une garce malheureuse, mais t'inquiète! Demain, on ira aux Bertins, je connais l'instituteur. Il te la lira, ta lettre! » Marcelline la posa devant elle sur la table. Elle rageait de savoir son fils aussi inaccessible. Toutefois, elle n'eut pas à attendre jusqu'au lendemain. Léon revint pour le souper. Il vit la lettre, l'ouvrit, puis la lut. Marcelline le laissa faire. Auguste et les deux femmes, tendus, ne voulaient pas en perdre un seul mot.

« Chers parents. Je vais revenir chez nous pour la Noël. Je resterai à la ferme jusqu'au nouvel an. Je vous embrasse, surtout ma mère. Votre fils, Pierre. »

Marcelline devint rayonnante. Comme elle avait peur de ne pas avoir tout compris, elle demanda à Léon de la lire encore une fois. Quand il eut fini, elle lui arracha la lettre des mains. Ces quelques lignes représentaient un trésor qu'elle voulait être la seule à posséder. Soudain, elle sortit de la cuisine. Elle bouscula Jean qui entrait. « Eh bien, la

Marcelline, vous avez le feu au derrière? » La vieille haussa les épaules et continua. Elle monta jusqu'à la chambre de Julia. « Ma chérie! Voilà une bonne nouvelle. Pierre arrive pour la Noël! Tu es heureuse, dis? Il faudrait que tu sois sur tes jambes pour quand il viendra! » Julia ne réagit pas. Marcelline se sentit bien bête. Les bras lui en tombèrent. Elle réalisa que sa fille était dans un drôle d'état. Quand elle fut de retour dans la cuisine, elle se laissa choir sur une chaise à côté du bahut.

Le silence s'installa dans la pièce. Bientôt, on entendit seulement le ronronnement du chat et Jean qui mangeait au bout de la table. Odette cousait, le vieux dormait. Léon lisait l'almanach. Jean avala rapidement sa soupe. Il alluma une cigarette et se leva. Il préférait aller fumer dehors. Il passa brutalement de la lumière à la nuit noire. On ne voyait pas à deux mètres. Jean s'en foutait. Il connaissait la ferme dans ses moindres recoins. Il sourit en pensant qu'aveugle, il pourrait encore travailler ici. Il alla s'asseoir sur les marches de l'appentis, de l'autre côté de la cour. La fenêtre de la cuisine dessinait un rectangle jaune parfait dans le noir. Plus loin, à gauche, il chercha vainement si de la lumière filtrait des volets de la chambre de Julia. Ce soir, comme tous les autres, son cœur était là. Il voulait tout lui dire. Qu'il comprenait son silence! Qu'elle n'était pas plus malade que lui. Il voulait la secouer. Lui montrer qu'il était un homme.

A s'exciter ainsi, le désir monta en lui. Il se leva et se dirigea vers la chambre de Julia. En bas de l'escalier, il quitta ses sabots de peur de faire du bruit en gravissant les marches. Les autres auraient été étonnés de le voir là! Son cœur cognait à tout rompre. Arrivé en haut, il s'arrêta quelques instants devant la porte. Peut-être qu'elle se moquait de tout ce qu'il ressentait et qu'elle tomberait des nues en l'entendant parler? Mais le geste lui échappa. La porte s'ouvrit. Il entra. Julia dormait. La lumière diffuse que projetait la lampe sur son visage accusait ses traits de fatigue. Jean fut bouleversé. « Dieu, qu'elle a maigri! » Il ne put se retenir de lui prendre la main. C'était un véritable capharnaüm dans sa tête. Tout foutait le camp. Il ne savait plus où il en était.

Julia fermait les yeux, mais ne dormait pas. Elle reconnut la forte odeur de cet homme qu'elle tentait de ne plus regarder de peur de trop le voir. « N'est pas vraiment beau, le bougre, avec son cheveu hirsute et ses dents déjà abîmées. Mais cette force, cette énergie! » Elle le désirait!

Jean guettait les mots qui pourraient sortir de la bouche de Julia. Il sentait bien que derrière ce masque de mort, la vie n'attendait qu'une occasion de se manifester encore. Mais les mots ne vinrent pas. Les yeux de Julia restèrent clos. Il sentit seulement ses doigts se crisper. Il ne put alors s'empêcher de sourire. « Dors bien va! dit-il tout haut. Là, c'est pas toi. Il faut que tu revives un jour. Et nom de Dieu, tu revivras! T'inquiète pas, ma Julia. Je reviendrai. » Il n'eut pas conscience du bruit d'enfer qu'il fit en redescendant. Julia s'endormit d'un coup.

Pierre arriva le 7 décembre. Il fit son apparition en plein repas du soir en gueulant : « Bonjour la compagnie! » Il partit d'un rire rauque et sonore, et resta debout, planté dans l'encadrement de la porte, à se tenir le ventre tellement il riait. En uniforme débraillé, avec son casque branlant sur la tête, il ressemblait à un soldat d'une armée en déroute. Pour une surprise, c'en était une! Personne ne l'avait entendu venir. Auguste, qui n'aimait pas être dérangé à l'heure de la soupe, s'énerva : « Dis donc, le soldat d'opérette! Tu rentres ou tu sors, mais tu fermes cette putain de porte! On gèle ce soir! » Cela stoppa net le rire de Pierre. Il avait oublié qu'il n'était plus à la caserne.

Marcelline se précipita dans ses bras. Elle chialait par à-coups. « Mon fils chéri! Oh! Mon fils chéri! » Odette sortit une nouvelle assiette. Les enfants réveillés, se mirent à piailler. Léon les fit taire. Auguste finit de manger, essuya consciencieusement la lame de son couteau sur sa vareuse. Il prenait tout son temps. Il savait qu'il n'allait pas se coucher de sitôt! Pierre se débarrassa de son barda et s'assit en face du père. Les femmes l'entourèrent. Il commença de manger le reste de la soupe. Marcelline s'essuyait les yeux avec son tablier. Elle n'arrêtait pas de renifler.

« Tu aurais dû nous prévenir, on serait venus te chercher. » Pierre ne répondit pas. Il parut soudain inquiet : « Dites donc, où c'est qu'elle est la Julia? » Devant le silence embarrassé des uns et des autres, il se tourna vers Léon. « Eh bien? Où vous l'avez mise, votre femme? » Léon allait répondre quand Auguste le fit à sa place : « Va! Casse la croûte! Elle a une petite absence en ce moment. Ça lui reviendra bientôt! » Pierre sentit anguille sous roche, mais n'insista pas. D'ailleurs, il ne dit plus rien avant d'avoir fini d'avaler tout ce que lui servait sa mère. Quand il eut terminé sa dernière bouchée, il se leva : « Eh bien, je crois que je vais aller dormir un coup. On dirait qu'ici, on n'a pas le sens de l'accueil! » Il planta tout le monde là.

Auguste se retint d'éclater. Marcelline se remit à pleurer bruyamment. Tout le monde pensait la même chose. Pour des retrouvailles, c'était plutôt raté! Odette devait conclure : « Pardi! Quand c'est pas le bon jour, il y a qu'à attendre! »

Mais, le lendemain matin, personne ne put mettre

la main sur Pierre. Le soldat avait disparu! Marcelline fut un peu rassurée en retrouvant son balluchon sur le foin, dans un coin du hangar. Elle imagina qu'il avait passé la nuit là et qu'il était parti faire un tour de bon matin. « Peut-être qu'il a voulu revoir le pays? » suggéra-t-elle. Ils ne se cassèrent pas la tête plus longtemps. Auguste partit aux champs avec Léon, en gueulant à l'adresse de Marcelline : « Il connaît le coin, ce vaurien! Quand il voudra revenir, il saura bien trouver le chemin, va! »

En fait, Pierre se foutait bien du pays. A cinq heures du matin, alors qu'il faisait encore nuit, il était parti à pied vers le cimetière de Narcy. Pour lui, sa sœur Anna l'y attendait. Aussitôt arrivé devant la tombe, il s'était agenouillé et absorbé dans une profonde prière. A huit heures, il se leva tout endolori. Il fit quelques pas dans l'allée du cimetière. Le silence était seulement troublé par le gravier qui crissait sous ses bottes. Joseph, le vieux gardien de l'endroit, l'aperçut en arrivant. Il trouva quelque chose d'insolite à voir ce soldat en uniforme se promener parmi les tombes. Cela lui évoqua le lendemain de la bataille de l'Yser quand, après le carnage, il s'était promené entre les corps de ses camarades morts au combat. Joseph, superstitieux, ne put s'empêcher d'y voir un mauvais présage pour le visiteur.

En s'approchant, il reconnut Pierre. « Dame! C'est le Pierre! Tu es de retour? » Pierre s'approcha : « Oui, Joseph. Pour un bon moment. Je repartirai début janvier. »

Joseph, qui connaissait ses morts mieux que les vivants, entretenait avec eux des relations de familiarité. « C'est l'Anna que tu serais venu voir? » Pierre acquiesça. Le vieux ajouta : « Je crois bien qu'elle est pas trop malheureuse ici! » Mais Pierre, peu disposé à entreprendre une conversation, salua et partit vers Narcy.

Il voulait revoir l'église et ce clocher où elle s'était pendue. Quand il fut devant la corde de la cloche, il se mit à tirer rageusement dessus avec de plus en plus de force. A chaque traction, il poussait un cri. L'élan imprimé par la corde fut bientôt si ample que Pierre décollait du sol et montait, agrippé après comme un pantin désarticulé. Ses rires et ses cris amplifiés par l'écho se confondaient avec le tintamarre de la cloche. Le curé, qui buvait son café dans le presbytère, n'en crut pas ses oreilles. Il ramassa les pans de sa soutane et se mit à courir vers l'église en jurant comme un charretier. « Nom de Dieu! Sacré nom de Dieu! » Quand il fut arrivé, il se demanda s'il n'avait pas la berlue. Un bon dieu de soldat de la dernière guerre sonnait l'appel aux morts! Il s'approcha prudemment. Quand il reconnut Pierre, il se mit à brailler : « Mais merde! Tu vas descendre de là! » Il parvint à le ceinturer. Celui-ci reprit soudain ses esprits. Ils se regardèrent, aussi étonnés l'un que l'autre. La cloche finit par s'arrêter. Puis Pierre écarta le curé d'une bourrade et s'enfuit sans un mot. Il reprit le chemin de la maison. Une pluie fine se mit à tomber. Elle lui fouettait le visage. Il scandait sa marche en récitant le pater noster à haute voix.

De retour à la ferme, il s'enferma dans la grange, s'allongea sur la paille et s'endormit comme une souche. Le lendemain matin, tout hirsute, il voulut voir Julia et alla jusqu'à sa chambre. Elle dormait. Il ne la réveilla pas et redescendit sur la pointe des pieds. Au grand désespoir de Marcelline, il n'ouvrait pas la bouche depuis son arrivée. Il semblait toujours ailleurs à ruminer des idées noires. Auguste s'en fichait. « Il va bien finir par retrouver sa langue! » disait-il.

Cela dura jusqu'à l'anniversaire de Léone, qui avait maintenant deux ans. Le soir, ils se réunirent tous dans la cuisine pour boire un coup. L'ambiance était plutôt morne. Il faisait froid. Ils pensaient à Julia, toujours prostrée là-haut. Puis, surtout, Pierre affichait une mine de croque-mort. Ils gardaient tous le silence. On aurait dit une veillée mortuaire. En fait, c'était le calme qui précède la tempête. Elle éclata à cause d'Auguste.

« Mais bon dieu! pourquoi donc tu fais la gueule? » lança-t-il à Pierre. Celui-ci le prit mal : « Ça t'étonne bien que je ne l'ouvre pas? Tu aimerais peut-être que je cause pour ne rien dire? Pour faire du bruit. Eh bien, je vais te le dire, le vieux. J'en ai plein le dos des discours. Partout, ça bavasse mais ça n'agit pas! » Il ponctuait chacune de ses phrases par de violents coups de poing sur la table. « Ça fait des mois que je sers la France, moi! J'ai appris à lire! A écrire! Et à manier le fusil! Parce que demain on sera en guerre et que personne ne veut le savoir. Mais moi, je le sais! Vous vivez ici comme des sauvages. Ton domaine, il fait une centaine d'hectares, hein? Eh bien, la France en fait des centaines de milliers! Alors faudrait peut-être vous inquiéter du reste du monde! » Ses yeux exorbités lui donnaient un air de dément. Les autres n'en revenaient pas d'une telle gueulante. Même Auguste restait coi. Pierre ne parvenait plus à s'arrêter. « Vous êtes là comme des tas, à tout accepter. Vous vous êtes demandé pourquoi l'Anna s'était rectifiée? Vous vous inquiétez de savoir pourquoi la Julia est devenue une vraie bûche? Eh bien moi, je vais vous le dire : elles crèvent de leur vie ici! Ça sent le renfermé. Toi, le vieux, qui tyrannises tout le monde, vous les femmes qui pliez l'échine, et vous, le Léon, qui n'existez déjà plus. Les temps ont changé, nom d'un chien! Quand je reviens ici, j'ai l'impression d'arriver au bout du monde! »

Mais Auguste se ressaisit. Il se leva d'un coup, rouge de colère. Penché au-dessus de la table, il attrapa Pierre par le revers de sa veste. « Dis donc, le soldat! Il faudrait pas cracher comme ça dans la soupe! Tu sais la loi d'ici? Ce sont ces mains et la terre qu'elles travaillent! Si tu préfères jouer de la gâchette plutôt que de faire du blé, c'est ton affaire. Pas la nôtre! Maintenant, si c'est tout ce que tu as à dire, tu peux retourner d'où tu viens. » Puis il montra la porte du doigt.

Pierre se leva à son tour et fit face à Auguste. Marcelline se précipita. « Eh! Le père et le fils vont quand même pas se battre ici! » L'affolement gagna les deux gamins qui s'étaient réveillés et pleuraient. Léon, soudain furieux, gueula : « De quel droit venez-vous nous faire la morale? Vous êtes manipulés par les rouges! »

Auguste se tourna alors vers lui. Que son fils en vînt à débloquer, ça passait, mais que Léon s'enflammât à son tour, il ne le supportait pas. « Vous, ça suffit! Les rouges? Moi, j'en suis un! Il faudra bien qu'un jour on fasse dégorger les riches pour de bon! »

Léon ne désarma pas. « Alors, il faudra commencer par vous! Quand on laboure près de cinquante hectares, on n'est plus un pauvre! » Le vieux haussa les épaules. Un rictus de mépris déforma les traits de son visage. « Ces hectares, je les ai eus grâce à mes mains. Ils ne me sont pas tombés tout cuits dans le bec, comme pour certains! » Jusque-là, Odette avait préféré se taire. Mais elle sentit que ça commençait à tourner à l'aigre. Si elle n'intervenait pas, la cuisine allait devenir un vrai champ de bataille. « Eh là! Il faudrait peut-être baisser d'un ton! Ça sert à rien de vous crêper le chignon. De toute façon, c'est pas vous qui déciderez. Vous feriez mieux de vous battre pour mieux vous accorder! Bougres de gueulards! Ça fait des mois que vous n'arrêtez pas de vous colleter comme des chiffonniers! Vous parlez d'un bazar là-dedans! »

Au lieu de calmer les esprits, cela les échauffa un peu plus. Pierre et Auguste se laissaient aller aux pires invectives contre Léon qui se défendait avec la fureur des lâches. Il crachait son venin, salissait, piétinait tout. Plus rien de ces gueux, comme il disait, ne trouvait grâce à ses yeux. Ils étaient indécrottables depuis toujours et le resteraient toute leur vie! On ne pouvait pas vivre comme ça! Il préférait mille fois regagner la ferme d'en bas et y vivre avec Julia et les enfants! Le père et le fils ricanaient, se moquaient ou juraient. Les femmes continuaient à hurler pour tenter de calmer les hommes qui vidaient leur sac à qui mieux mieux. Ça frisait le pugilat quand la porte s'ouvrit. Julia apparut.

Ce fut le silence. Tous se figèrent dans leur dernière attitude. Elle s'assit. Marcelline s'empressa de lui couvrir les épaules avec son propre fichu. Chacun essaya de retrouver son calme. On se remit les mèches de cheveux en place, on se boutonna les manches, on se racla la gorge. Ils ressemblaient tous à des garnements pris en faute.

Julia n'eut pas besoin d'élever la voix pour se faire entendre. « Je boirais bien un verre de limonade », dit-elle en souriant. Léone, qui s'était terrée sous le bahut pendant la dispute, en sortit et rejoignit sa mère à quatre pattes. Celle-ci la prit dans ses bras et l'embrassa. « Bon anniversaire, ma chérie. » Elle avala son verre, alla reborder René, puis retourna se coucher en emmenant Léone.

Personne n'avait prononcé un mot. Ils s'égaillèrent tous comme des moineaux. Il était tard! Demain, il faudrait bien s'occuper de la terre.

Les jours qui suivirent, on revit plus souvent Julia. Elle venait parfois partager le repas et, certains après-midi, elle donnait même un coup de main aux femmes dans la cuisine et s'occupait des enfants. Chaque jour, elle retrouvait un peu plus de vigueur. Auguste s'en réjouissait. La construction de l'étable d'en bas serait bientôt terminée. Julia pourrait en profiter dès qu'elle retournerait à la ferme. Personne ne s'interrogea sur les raisons de son rétablissement. Odette, qui trouvait toujours une explication, mit celui-ci sur le compte de la nature. « C'est qu'elle fait bien les choses. »

Seul Jean en connaissait la raison. Depuis la fin novembre, il était retourné chaque soir voir Julia dans sa chambre. Au début, les rencontres avaient été brèves. Julia ne disait rien. Elle ne faisait que tenir la main de Jean qui lui racontait ses journées. Puis il avait fini par s'enhardir. Il lui disait les émotions qu'il ressentait quand il la voyait.

Une fois, il lui avait même parlé d'amour. Julia avait alors serré sa main beaucoup plus fort qu'à l'accoutumée. « Jean... Je sais... mais... » Puis elle s'était tue. Jean avait attendu, suspendu à ses lèvres. Julia avait gardé le regard rivé au mur blanc qui lui faisait face et s'était raidie. « Laisse-moi. » Elle avait retiré sa main.

Lentement, la vie reprit son cours habituel. Julia et Léon redescendirent à la ferme d'en bas avec les enfants. Les femmes s'occupaient des animaux, les hommes préparaient la prochaine saison. De temps en temps, Pierre, sans enthousiasme, donnait un coup de main. Il avait perdu le goût d'aller trimer dans la saleté. Le plus souvent, il se levait le matin avec les hommes, mais il refusait de les suivre après le casse-croûte. Il préférait rester dans la cuisine à se faire dorloter par les femmes. Il aimait leur parler de sa vie, là-bas, au cantonnement de Toul. Pour elles, qui n'avaient jamais dépassé les limites de la commune, c'était l'autre bout du monde. Elles n'arrêtaient pas de lui poser des questions. « Où est-ce? », « Qu'est-ce que tu fous donc de tes saintes journées? », « Tu manges bien? » Alors, il racontait ses marches quotidiennes dans la région du camp, son entraînement au tir, et cette camaraderie qu'il aimait par-dessus tout. Parfois, il devenait plus grave et exprimait sa peur d'une prochaine guerre avec les boches. On allait en bouffer une fois de plus! disait-il. Toutefois, dans le même temps, il assurait qu'on ne risquait rien et il décrivait la Ligne Maginot comme s'il se fût agi de la muraille de Chine. Les deux femmes l'écoutaient, complètement envoûtées.

Quelquefois, elles en oubliaient de préparer le repas du soir. Cela faisait hurler Auguste qui aimait bien se mettre à table dès qu'il revenait des champs. « Mais bon dieu! Qu'est-ce que vous foutez de vos dix doigts? Il va falloir que je fasse le manger, maintenant? » Pierre, fatigué d'entendre le vieux gueuler, en profitait pour s'éclipser. Il prenait la carriole et allait à La Charité. Là-bas, chez le gros Marcel, il trouvait des filles et du picrate. C'était le café de la ville où l'on s'amusait le plus. Au bar, trois filles faisaient le tapin. Pierre savait leur parler, surtout quand il avait un coup dans le nez. A leurs yeux, il avait le prestige du soldat, et il ne rechignait pas à la dépense. Chaque fois qu'il venait, elles l'accueillaient à corsages ouverts, où il ne lui restait plus qu'à plonger les mains. Il commandait du champagne et les trois femmes l'entouraient à l'étouffer. Pierre aimait sentir leurs mains se promener sur tout son corps. Il se sentait alors pousser des ailes et il partait dans de longues diatribes. Les

Français n'avaient plus de couilles! Si ça continuait, ils prendraient une raclée à la prochaine! Les femmes se foutaient bien de tout ça. Elles acquiesçaient pour lui faire plaisir. Elles savaient qu'il fallait en passer par là avant qu'il ne se décidât à monter au premier avec l'une ou l'autre d'entre elles, parfois même avec les trois quand les clients ne se bousculaient pas. D'ordinaire, le gros Marcel aurait gueulé, mais au prix de vente du champagne, il fermait les yeux. Puis il aimait bien ce grand gaillard qui insultait les boches comme il le fallait. Lorsque Pierre lui demandait son avis, il répondait toujours la même chose : « Bah! On aurait mieux fait de tous les tuer, ces cochons! » Quand Pierre se décidait enfin à monter avec les filles et quelques bouteilles, le gros Marcel se dépêchait de mettre les derniers clients dehors, d'éteindre les lumières et de fermer. Il savait que là-haut un tintamarre de tous les diables allait commencer.

Les jours où Pierre revenait de La Charité, il ne fallait rien lui demander. Il cuvait sa cuite. Ce matin-là, peu avant Noël, il se laissait tranquillement ramener par le cheval. Il ne tenait même pas les rênes. Il avait la tête comme une enclume et désirait dormir. Le jour se levait. Le givre sur l'herbe des prés commençait à scintiller. Pierre n'attendait plus que la sortie du dernier virage qui lui permettrait de voir la ferme. Il sourit. Dans peu de temps, il serait couché.

Quand il arriva dans la cour, il fut étonné d'y trouver Auguste, Andréa, Léon et Jean, rassemblés avec leur fusil à l'épaule. Les chiens d'Andréa aboyaient et couraient autour du groupe, le museau au ras du sol. En voyant la mine de Pierre, le vieux se mit à rire : « Eh bien, tu en fais une tête! C'est que nous on va pas chasser les gueuses, mais le sanglier. Tu viens avec nous? » Pierre acquiesça. Il alla chercher son fusil. Ils se mirent tous en route. Chemin faisant, ils décidèrent de s'arrêter dans la forêt de la Réserve. Là, ils auraient plus de chances d'en tirer un. Quand ils furent à pied d'œuvre, ils se séparèrent. Léon, Jean et Pierre rabattraient avec les chiens. Andréa et Auguste resteraient à l'orée du bois. Ils tireraient la bête quand elle sortirait.

Pierre, Jean et Léon commencèrent leur progression entre les arbres. Ils s'éloignèrent bientôt les uns des autres pour couvrir le plus de champ possible. Ils marchaient avec difficulté, le visage fouetté par les branches, les jambes freinées par les taillis. De temps en temps, ils s'appelaient pour se repérer. Devant eux, les chiens faisaient un bruit d'enfer. Si le sanglier dormait, là, son réveil serait plutôt brutal!

Cela faisait une demi-heure qu'ils marchaient. Léon peinait et pestait comme un diable. Il n'avait pas l'habitude. Il s'arrêtait si souvent pour reprendre son souffle qu'il fut bientôt isolé. Il entendait encore les aboiements des chiens, mais ceux-ci lui semblaient de plus en plus lointains. Il décida alors d'accélérer le pas. Une légère angoisse l'étreignait. Et s'il se perdait? C'est qu'il ne connaissait pas le coin, lui! De plus en plus inquiet, il se mit alors à courir. Il poussait les branches avec violence. Le canon de son fusil cognait contre les troncs. Il allait tellement vite qu'il finit par se prendre les pieds dans une racine. Il s'affala de tout son long. Il se relevait péniblement quand une volée de plombs lui siffla aux oreilles. Complètement affolé, il se jeta au sol et ne bougea plus. Il tremblait à la fois de rage et de peur. Lorsque le contact avec l'humidité lui fut devenu insupportable, il se releva et s'appuya contre le tronc d'un bouleau. Il entendait toujours les chiens, mais il ne pouvait les situer. Il était bel et bien perdu. Il décida de ne pas bouger. On viendrait certainement le chercher à un moment ou à un autre.

A la lisière de la forêt, c'était la curée. Le sanglier sortait de son trou et éventrait deux chiens. Toutefois, il était vite fauché par les chevrotines. Les hommes, satisfaits, considéraient que cette belle pièce ferait bien l'affaire pour le dîner de Noël. Ils se congratulaient quand Auguste s'aperçut de l'absence de Léon. « Eh bien! Où c'est qu'il est celui-là? Serait-il en train de consoler la sanglionne? » Ils se mirent tous à gueuler son nom, mais n'obtinrent aucune réponse. Ils décidèrent alors de laisser la bête morte dans les guérets, et d'aller à sa recherche.

Auguste grommelait à tout va. « Mais nom de Dieu! Qu'est-ce qui m'a foutu un gendre pareil! Il faut pas être malin pourtant pour traverser cette forêt! » Andréa riait. Un vieux mégot éteint pendouillait au coin de sa bouche. Pierre et Jean marchaient coude à coude, en silence. Ils ne mirent pas longtemps à le retrouver, assis sur ses talons au pied du tronc. Il se releva, l'air furieux. Il ne prononça qu'un seul mot à l'adresse de Pierre : « Assassin! » Il lui montra quelques plombs qu'il tenait au creux de sa main. Pierre haussa les épaules. « Vous êtes fou, mon vieux! Si je vous avais tiré, croyez-moi, je vous aurais pas manqué! » Les autres ne disaient mot. Même Auguste! Cela ne le regardait pas. Quant à Jean, il tournait le dos au groupe et caressait l'un des chiens.

Quelques jours plus tard, ce fut Noël. L'après-midi commença par un drame à la ferme d'en bas. Léon refusait de participer à la fête qui aurait lieu le soir et préférait réveillonner chez sa mère à Narcy. Julia ne voulait pas y aller. La dispute était violente. Aucun d'eux ne cédait. Enfin, Léon, à bout d'arguments, conclut en montant dans le coupé :

« Je ne mange pas à la même table qu'un assassin! » Avant de partir, il demanda une dernière fois à Julia de prendre les enfants et de venir avec lui. Elle refusa. Fou de rage, il fouetta alors le cheval et disparut. Julia resta prostrée quelques instants sur le pas de la porte à lutter contre les larmes.

Plus tard, elle gagna la ferme d'en haut avec les enfants. Son visage fermé exprimait une colère contenue. Dans la cuisine, Odette et Marcelline firent mine de ne s'apercevoir de rien.

A la tombée de la nuit, Auguste, Pierre et Jean, qui travaillaient dans l'appentis, revinrent, attirés par les effluves appétissants du sanglier au vin. Ils décrottaient leurs sabots sur le racloir de la porte d'entrée quand Odette les renvoya. « Vous avez vu à quoi vous ressemblez? Vous êtes aussi sales que des charbonniers. Allez donc vous nettoyer le museau et mettez les habits du dimanche. Aujourd'hui, c'est fête! » Les hommes ne se le firent pas dire deux fois. Tous riaient en repartant. Surtout Auguste qui s'en tenait le ventre. « Crénom! Qu'elle la ramène celle-là! Il va falloir qu'elle trouve autre chose à mettre qu'un sac à patates! »

La table fut dressée avec soin. Les femmes sortirent la vaisselle des grands jours. Marcelline prit soin de ne pas mettre le couvert de Léon. « Comme ça, personne ne dira rien... », pensa-t-elle. Quand tout fut prêt, elles allèrent se préparer à leur tour. Julia débarbouilla Léone et l'habilla. Elle lui donna quelques biscuits pour qu'elle se tînt tranquille. A huit heures, ils s'attablèrent. Chacun était de bonne humeur. Ils plaisantaient sur la robe à fleurs d'Odette qui la grossissait encore un peu plus. Celle-ci riait à gorge déployée. « Bah! J'en connais encore qui me préfèrent aux édredons! » Auguste reprit la réflexion au vol : « Pour sûr! Surtout que j'en ai deux, moi! » Marcelline haussa les épaules, mais elle riait aussi. Ça faisait longtemps qu'elle ne s'était pas sentie aussi bien. Seule Julia restait silencieuse. Elle donnait le change, s'occupant de Léone plus que nécessaire. Jean, que le vin égayait, n'arrêtait pas de fixer Julia. Il essayait de croiser son regard. Pierre levait son verre sans arrêt et entonnait des chansons paillardes. Auguste gloutonnait tellement qu'il faillit se casser l'une de ses dernières dents sur les plombs de chevrotine qui étaient restés fichés dans le cuissot du sanglier. Cela fit rire tout le monde. Odette en profita pour se moquer de lui : « Dis! Si t'en perds encore une ou deux, faudra bientôt te donner le sein! » Auguste répliqua que dans ce cas-là, il ne la choisirait pas vu qu'elle ne donnait plus de lait. Les rires fusèrent de plus belle. La fête dura ainsi jusqu'à onze heures, quand Marcelline, avec le sérieux d'un pape, demanda à Pierre d'aller atteler les chevaux. « C'est pas le tout, mais il faut aller à la messe de minuit! »

Cela surprit tout le monde. A cet instant, le bon Dieu ne les préoccupait guère. Toutefois, personne ne broncha. On ne plaisantait pas avec ces choses-là. Ils prirent les gamins sous les bras et bientôt se retrouvèrent tous dans la carriole. Sur la route de Narcy, ils chantèrent à tue-tête jusqu'à l'église. Ils arrivèrent à temps pour voir le curé, dans son surplis de fête, se diriger à pas lents vers l'autel, entouré par une véritable cohorte d'enfants de chœur qui chantaient faux. Certains ricanaient en balançant leurs encensoirs comme des frondes. Jean se tenait debout à côté de Julia. Leurs corps, poussés par la foule, se collèrent l'un à l'autre. Aucun ne fit un mouvement pour se dégager. A l'offertoire, la main de Jean trouva celle de Julia.

Le retour fut silencieux. Un vent vif et glacé mordait les chairs. Auguste poussait le cheval tant et plus. « Bon dieu! Il ferait meilleur en enfer! » Odette lui demanda de se taire : « C'est pas des choses qu'on dit en revenant d'une messe de minuit! » Arrivés à la ferme, ils virent une jeune chienne transie qui se tenait devant la porte. Auguste allait lui mettre un bon coup de sabot quand Julia l'arrêta : « Laisse, va! Si elle n'est à personne, on va la garder. C'est un cadeau du ciel! » Elle ouvrit la porte. La chienne se précipita en jappant vers la cuisinière et se tapit à côté. Odette prit alors les restes du sanglier et les lui donna. La bête se jeta dessus. Le vieux haussa les épaules... « C'est sûrement le premier gueuleton de Noël qu'elle fait, celle-là! »

Les jours qui suivirent, tout le monde resta calfeutré chez soi. Le froid devenait insupportable. Léon, revenu dès le lendemain de Noël, ne parlait plus à Julia. Il jouait avec Léone, lisait le journal, ou bien écoutait la radio. Au début, Julia avait bien essayé de détendre l'atmosphère en parlant de choses et d'autres. Mais Léon était resté enfermé dans son silence... Julia avait donc fini par s'en désintéresser. Quand elle ne supportait plus le silence, elle allait à la ferme d'en haut. Le moment d'aller se coucher lui posait des problèmes. Elle supportait de moins en moins le corps de Léon. Chaque fois qu'elle s'allongeait contre lui, elle pensait à Jean et sentait monter en elle des bouffées de désir. Elle avait cette étrange impression qu'avec cet homme, tout serait possible. Elle évitait donc de se retrouver seule avec lui. Le moment n'était pas encore venu.

Pierre s'en alla le 7 janvier. Comme d'habitude, cela se fit sans effusions. Seule Marcelline pleura. Chez elle, cela devenait une habitude... Pierre promit d'écrire puis, d'un pas décidé, sac au dos, il prit le chemin de Narcy.

Les soirées suivantes, plus longues qu'à l'ordinaire, se déroulèrent selon un rite immuable. Dès la tombée du jour, toute la famille, excepté Léon, se retrouvait autour de la grande table de la cuisine. Les femmes cousaient ou cuisinaient. Auguste et Jean jouaient aux cartes. Parfois, Odette, qui se rappelait son passé de tenancière de bar, faisait une partie avec eux. Un peu plus tard, Auguste allumait la radio qu'il avait achetée récemment, et tout le monde écoutait. En ce mois de janvier, on parlait beaucoup de l'Allemagne et d'Hitler. On évoquait l'hypothèse d'une guerre si ce dernier prenait le pouvoir. Mais les commentateurs ne semblaient pas inquiets. « La France saurait assumer ses responsabilités s'il le fallait. » Auguste marmonnait toujours durant le bulletin d'informations. De profondes rides lui traversaient le front. La situation le préoccupait. De temps en temps, il lançait un juron, ou faisait un commentaire. Comme ce soir-là, vers la mi-janvier. « Si on ne saigne pas ce cochon avant qu'il soit temps, il va nous en faire baver...! »

A ces moments-là, chacun se souvenait des paroles de Pierre. D'ailleurs, celui-ci resta pendant plusieurs jours au centre de toutes les conversations. Odette le trouvait bien changé, et plus violent qu'auparavant. Marcelline le défendait. « Tu crois que c'est facile pour lui d'être aux armées dans une contrée qu'il ne connaît pas? Avec ça qu'il joue du fusil tous les jours et qu'on le fait marcher comme un baudet! » Auguste exprimait son inquiétude différemment. « Ce qui me chiffonne, c'est qu'il avait pas l'air de nous reconnaître. J'ai pas aimé ce qu'il a dit, un peu comme si on était des étrangers pour lui. Va! Il aurait mieux fait de rester à la ferme. Le fusil appelle les tueries, moi je vous le dis! »

Jean préférait rester muet. Ce n'était pas ses

affaires. Il connaissait peu Pierre, et ces histoires de guerre ne l'intéressaient pas. Seul le désir qu'il éprouvait pour Julia occupait son esprit.

Celle-ci faisait mine de ne pas s'apercevoir de son trouble. Durant des soirées entières, elle n'arrêtait pas de caresser la chienne pour laquelle elle s'était prise d'affection. Elle ne savait pas pourquoi, mais chaque fois qu'elle passait sa main dans les longs poils de la bête, elle voyait plus clair dans ses pensées. Un soir, pour la remercier, elle lui donna un nom : Belle.

4

Le 30 janvier au soir, ils se réunirent tous dans la cuisine. Léon, l'air maussade, était assis au fond de la pièce et se balançait sur sa chaise. Auguste alluma la radio. Au cours des informations, la nouvelle tomba : « Le président Hindenburg a appelé Adolf Hitler aux fonctions de chancelier... » Léon se rapprocha du poste. Chacun tendait l'oreille vers la voix aiguë et monocorde du présentateur, comme si certains mots risquaient de lui échapper. Les enfants se taisaient. Dès la fin du bulletin, Auguste éteignit. Odette et Marcelline servirent la soupe silencieusement. Julia coucha les petits, qui resteraient là pour la nuit. Personne n'osait rompre le silence. Auguste s'exclama : « Nom de Dieu, je la sens venir, la prochaine! » Aucun ne saisit l'occasion de dire ce qu'il en pensait. Ils parlèrent d'autre chose.

La préparation de la saison commençait à absorber le temps des hommes. Le travail ne manquait pas. Il fallait aiguiser les outils, réviser les machines, préparer les hangars. Odette et Marcelline s'occupaient surtout des bêtes. Julia, quant à elle, travaillait d'arrache-pied à la ferme. Après que la nouvelle écurie eût été construite, Auguste lui avait donné une douzaine de vaches. Il lui fallait les traire, leur donner du fourrage, parfois les soigner. Quand elle s'affairait dehors, Belle restait à ses pieds dans l'attente d'une caresse, ou bien s'allongeait sur le perron de la maison. Régulièrement, Julia revenait prendre soin des enfants. Elle nourrissait René et s'amusait avec Léone, qui jouait dans un lit en fer-blanc monté sur roulettes, dont les montants assez hauts l'empêchaient de s'échapper. La petite se distrayait avec des riens, une poupée de bois ou des morceaux de chiffons et commençait à émettre quelques sons qui ressemblaient à des mots.

Entre Julia et Léon, les choses avaient fini par s'arranger. Toutefois, leurs relations manquaient de chaleur. Ils se disaient l'essentiel, sans plus. Quand il rentrait, il allait embrasser Léone et René, puis s'affalait dans le vieux fauteuil de la cuisine et lisait le journal. Il attendait que Julia eût couché les enfants pour passer à table. La conversation roulait sur les menus événements de la journée : une roue de tombereau qui s'était brisée, la terre qui gelait, ou bien une bête malade pour laquelle il avait fallu appeler le vétérinaire. A onze heures, ils allaient se coucher.

Léon souffrait de solitude et n'en disait rien. Julia se réfugiait de plus en plus dans ses rêves. Jean y occupait la plus grande place. La nuit elle consacrait tous ses efforts à le chasser de son esprit. Durant la journée, elle évitait de le rencontrer, ou même de le regarder.

Au mois de mars, le froid se fit moins vif. Julia aimait à venir s'asseoir l'après-midi sur la margelle du puits. Elle laissait son esprit vagabonder. Regarder l'étendue du champ qui faisait face à la maison apaisait ses angoisses. Elle voyait cet espace comme une compensation à l'étroitesse de sa vie. A ces moments-là, elle aurait voulu s'arracher au puits, et courir longtemps, jusqu'à l'essoufflement. Mais Jean s'immisçait à nouveau. Il la prenait et... Elle refusait alors de toutes ses forces. L'idée du plaisir ressemblait trop à la souffrance.

Un jour, perdue dans ses pensées, elle vit Jean arriver par le chemin qui longeait la mare. Le moment d'émotion passé, elle s'attacha à bien l'observer pour déjà se l'approprier. Il marchait d'un pas lourd et décidé, les mains dans les poches de son pantalon de toile, et semblait plus gros que d'habitude. La flanelle qui lui entourait la taille enflait légèrement sa veste de velours fermée par une rangée de boutons. Julia ne put s'empêcher de sourire. « Tu as pas l'air vraiment dégourdi! » pensa-t-elle. Quand il se fut rapproché, il l'interrogea sur son air joyeux. « Tu sais, répondit-elle tu ressembles à un sac à blé comme tu es fagoté! » Il haussa les épaules. « Tu as bien raison, mais dame, je ne viens pas te chercher pour aller au bal! » Julia rit : « Eh bien, alors! Pourquoi donc es-tu venu? » Il y eut un grand silence. Ils se regardèrent dans les yeux. Les lèvres de Jean remuaient comme s'il se parlait à lui-même, puis soudain jaillirent les mots qu'il ne pouvait endiguer plus longtemps. « Eh bien! Parce que je t'aime, moi! Tu le sais bien! Et que j'en peux plus de garder ça pour moi! » Il s'assit à côté d'elle. Julia ne bougea pas. Non! Décidément il ne lui était pas possible de se laisser aller. Le silence devenait de plus en plus pesant. Elle devait trouver une bonne raison pour couvrir sa fuite. Les enfants peut-être? Oui! Les enfants étaient le prétexte parfait. Il lui fallait le dire. Vite! Jean la regardait avec l'air d'implorer une réponse. Julia cracha les mots plutôt qu'elle ne les prononça : « Il faut que je m'occupe des petits. » Mais son corps la trahit. Elle resta assise. Jean comprit son dilemme et se leva. « A plus tard », dit-il. Il s'en alla avec la même démarche pesante et assurée. Julia ne bougeait toujours pas. Elle regardait ce dos puissant et légèrement voûté. « Va Jean! Tu sais bien que tu as gagné », murmura-t-elle.

Les jours suivants, elle s'aperçut combien cette brève rencontre l'avait transformée. Elle n'en prit pas conscience par elle-même, mais par les réflexions inattendues que lui faisait Léon. Celui-ci devenait de plus en plus nerveux, irritable et hargneux dans ses propos. « Nom d'un chien! Où es-tu en ce moment? » lui demanda-t-il un soir durant le repas. Julia sursauta. Elle se trouvait loin, perdue dans une sorte d'absence sans contenu précis. Non, elle n'était pas avec Jean. Elle s'était retirée, voilà tout! « Où veux-tu donc que je sois? répondit-elle. Je suis fatiguée. C'est tout! » Cette situation se produisit à plusieurs reprises. Parfois même, elle n'entendait pas Léon lui parler. Il se fâchait et l'inévitable scène éclatait lors de laquelle il ressassait ses griefs. « Tu n'es plus la même, Julia! Tu ne dis plus rien, tu ne souris plus. Tu fais ton travail sans te fouler! » Et la vie reprenait son cours.

Cependant, Léon s'inquiétait de plus en plus. Il craignait par-dessus tout que Julia s'enfonçât une fois de plus dans la mélancolie. Ne sachant plus que penser, et comprenant bien que ses accès de colère ne serviraient à rien, il résolut d'en parler à Odette. Un après-midi, il revint des champs plus tôt que d'habitude et s'assit dans la cuisine. Odette poussa devant lui la bouteille de vin et continua de s'activer. Léon triturait son verre sans arrêt et gardait le silence. Il ne savait comment engager la conversation. Odette s'en aperçut. « Alors, Léon? On dirait que ça tourne pas rond? » Celui-ci releva la tête, puis la questionna : « Comment trouvez-vous Julia en ce moment? » Odette, dubitative, haussa les épaules. « Dame! Ça va plutôt mieux qu'avant. C'est vrai qu'elle parle pas beaucoup. Mais vous savez bien que depuis quelques mois, elle n'est jamais très causante. »

– Oui, oui, répondit Léon, mais je la trouve éloignée de moi, des enfants, de tout. J'ai l'impression qu'elle a la tête ailleurs. Pour un peu, on la dirait amoureuse! »

Odette rit aux éclats. « Eh bien, il faudrait qu'elle soit entichée du cheval, parce que c'est bien le seul mâle d'ici qui pourrait la satisfaire à part vous! Allons, le Léon, en voilà des idées! Moi, je vous le dis, prenez-la dans vos bras, cajolez-la plus qu'à l'ordinaire et ça ira mieux! »

Ces quelques mots rassurèrent un peu Léon. Il se leva et sortit. Il avait fait quelques pas dans la cour quand Odette le héla : « Eh! C'est pas à moi de dire ça, parce que je suis pas une bonne chrétienne, mais je crois que la paille qu'on a dans l'œil, elle est parfois plus grosse que la poutre dans l'œil de l'autre! »

Durant plusieurs jours, Léon fit des efforts. Il se montra plus prévenant, aida Julia en trayant les vaches à sa place, joua plus souvent avec les enfants. Mais rien n'y fit. Aux yeux de Julia, il n'existait plus que par intermèdes. Sans cesse elle pensait à Jean.

Le dimanche de Pâques de cette année-là, la chaleur était accablante. Les enfants faisaient la sieste sous le chêne planté à l'entrée de la ferme d'en bas. Belle dormait allongée à côté d'eux. Julia cousait, prenant en même temps un bain de pieds dans le bac de pierre empli d'eau froide. Léon la prévint qu'il allait voir sa mère à Narcy, et reviendrait pour le dîner.

Clémence ouvrit la grille pour que l'attelage pût entrer. Léon laissa le cheval dans l'ombre que projetait le mur de la maison sur le sol. Sa mère l'embrassa. « Alors, mon grand, comment vas-tu? Je ne te vois plus guère! Aurais-tu oublié ta mère? – Non, maman », répondit-il, quelque peu excédé. Ils s'assirent dans le salon où les volets mi-clos rendaient la chaleur agréable. Clémence lui servit un sirop d'orgeat et le regarda avec tendresse. « Tu sais, je suis très heureuse quand tu viens! Ma solitude me pèse parfois... Bien! Mais tu n'es pas venu là pour m'entendre geindre. Comment vont les enfants? » Léon but quelques gorgées avant de répondre. « Ça va, ça va! Je voudrais te parler d'autre chose. » Clémence se pencha vers lui. « Eh bien, mon chéri, de quoi s'agit-il? » Léon ne répondit pas tout de suite. Clémence était assez fine pour ne pas le presser. « Voilà! Je suis inquiet au sujet de Julia. Elle est absente de tout. Ce n'est pas comme la première fois. A l'époque, elle dépérissait, aujourd'hui, c'est autre chose. Elle semble absorbée par des rêves, des pensées qui la font vivre de l'intérieur, comme si... » La fin de la phrase resta en suspens. Clémence, qui devinait que la suite serait importante, refréna son impatience. Léon reprit : « Comme s'il existait un autre homme dans sa vie. »

Clémence ne s'attendait pas à cela. Interloquée, elle préféra se lever et aller chercher du sirop à la cuisine. Quand elle revint, elle tapota tendrement l'épaule de son fils. « Tu sais, Léon, je crois que tu est très impressionnable. La vérité est ailleurs. En fait, vous n'êtes pas faits l'un pour l'autre. Aujourd'hui, les différences s'accusent. Elle n'a plus rien à te confier, apparemment, et le peu qu'elle exprime, tu ne sais pas l'entendre. Un autre homme! Penses-tu! Qui pourrait bien s'intéresser à elle? Elle ne voit jamais personne de la journée! Si ce n'est peut-être l'ouvrier, comment s'appelle-t-il déjà? – Jean, répondit Léon soudainement tendu. – Ah! oui,

Jean! Mais crois-moi, elle a d'autres ambitions! » Léon découvrait, tandis que sa mère parlait, qu'il pensait à lui depuis longtemps sans l'avoir jamais avoué. Jean...?

Ses craintes lui parurent absurdes. Un rustre pareil, la tenir dans ses bras? Julia ne pouvait désirer un tel homme! Son inquiétude disparut aussi vite qu'elle était venue. « Tu as raison, ce sont des bêtises », dit-il à Clémence. Celle-ci rapprocha son fauteuil. « Allons, Léon, regarde la réalité en face. Peut-être serait-il mieux que tu divorces, tu sais! Cette fille te mène à ta perte. » Léon balaya la suggestion d'un geste de la main. « Non! Non! J'aime Julia. C'est ainsi! Elle souffre d'un mal de vivre. Il faut absolument que nous quittions la ferme. Qu'on aille s'installer ailleurs. Elle dépend trop d'Auguste et des femmes. » Clémence n'insista pas. « Si c'est ton idée... »

Durant le retour, Léon ne se tenait plus de joie. A la faveur de la conversation avec sa mère, il avait trouvé la solution. Julia, les enfants et lui devaient aller vivre ailleurs. Il se promit d'en parler à Julia dès qu'il la reverrait. Malgré la chaleur, le cheval dut galoper tout au long du chemin.

Le soir, lorsqu'ils furent couchés et eurent éteint, Léon chuchota : « Julia? Tu dors? » Elle répondit négativement. Il continua : « Tu sais, je sens bien que ça ne va pas fort entre nous. Je ne saurais dire pourquoi il en est ainsi... Je... Je suis sûr d'une chose par contre... Le fait que nous vivions avec ta famille n'est pas bon pour nous! » Julia remua. Il devina qu'elle se tournait vers lui et l'écoutait plus attentivement. Il enchaîna : « Je crois que nous sommes trop les uns sur les autres et cela entraîne des disputes inévitables, une tension... » Il s'arrêta de nouveau et entendit la respiration de Julia dont le visage se trouvait près du sien. Il crut qu'elle pleurait. Cela le réconforta. Il la prit dans ses bras.

Certes, Julia était émue, mais elle pleurait surtout parce qu'elle laissait Léon parler et se tromper sur les causes du mal. Elle ne l'aimait plus et cela depuis le moment où elle avait su avec certitude qu'il ne la comprendrait jamais. Les diverses altercations qui avaient opposé Léon à Auguste lui avaient ouvert les yeux. Si Léon possédait des terres, il ne saurait jamais ce qu'est la terre, et s'il vivait à la ferme, il ne s'accommoderait pas de sa famille. Au fil des jours et sans qu'elle l'eût vraiment cherché, il lui était d'abord devenu indifférent, puis étranger. En réalité elle ne pensait qu'à Jean.

Léon, fou d'espoir, continuait : « Eh bien, vois-tu, je crois que devant une telle situation, il faut réagir, prendre des décisions, et des bonnes! Pourquoi n'allons-nous pas nous installer dans une autre ferme, plus éloignée, où nous pourrions enfin avoir notre vie à nous? »

A cet instant, Julia se mit à pleurer sans retenue. Léon la serra dans ses bras. « Oh! ma Julia! Pourquoi pleures-tu? » Celle-ci se dégagea avec violence et lui demanda de la laisser. Elle se retourna et se nicha à l'autre extrémité du lit, la tête enfouie dans l'oreiller. Léon, complètement désemparé, tenta de la ramener vers lui. Elle résista. De guerre lasse, il resta allongé sur le dos, les yeux grands ouverts. Il ne tarda pas à s'endormir. Julia demeura éveillée jusqu'au matin. Pour éviter toute nouvelle explication, elle se leva avec le jour.

Le lendemain, Léon ne dit rien. Il préférait attendre une autre occasion pour engager à nouveau la discussion. D'ailleurs, il n'était pas très disponible. Il lui fallait, avec Auguste et Jean, surveiller la pousse du blé et préparer les prochaines moissons qui viendraient probablement plus tôt cette année.

En effet, le temps restait au beau fixe depuis plusieurs semaines. Auguste s'en inquiétait. Cela risquait d'entraîner une surproduction fâcheuse pour les cours. Quelques jours plus tard, en fin d'après-midi, tandis qu'ils prenaient un verre de vin dans la cave, les hommes évoquèrent le problème. Entre deux claquements de langue, Auguste fit part de ses craintes : « Avec ce bon dieu de temps, ça pousse pire que du chiendent! La récolte sera bien plus grosse que l'an passé. Je crois qu'on va avoir du mal à tout faire. Peut-être qu'il faudrait prendre déjà un saisonnier. » Léon ne fut pas convaincu. « C'est vrai qu'il nous donnerait un coup de main, mais malgré cela, je ne suis pas sûr qu'il soit utile avant deux mois. » Jean se contenta de secouer la tête. C'était non. Auguste n'insista pas. « Crénom, j'espère que vous avez raison. »

Maintenant qu'il faisait beau, ils dînaient tous ensemble, le plus souvent à la ferme d'en haut. C'était plus facile. La cuisine, spacieuse, permettait aux femmes de vaquer plus aisément à leurs occupations. Julia venait en fin d'après-midi avec les deux enfants sous les bras. Elle couchait René dans la maie. Léone, déjà bien dégourdie, jouait sur le perron sous l'œil vigilant des femmes et de Belle qui l'avait adoptée.

Lors de l'une de ces soirées, Auguste envisagea la possibilité de faire de nouveaux aménagements à la ferme d'en bas. Léon refusa. « Ce n'est pas la peine de penser à cela. Il est fort probable que nous allons nous installer ailleurs. Certainement à la ferme des Bertins qui appartient à ma mère... » Il continuait sans s'apercevoir du silence des autres. « ... Elle est aménagée et pour l'instant, personne ne l'habite. Il faut en profiter. « Julia regardait tour à tour Auguste et Léon, avec anxiété. Marcelline se leva sous prétexte d'aller chercher un plat. A voir la tête du vieux, elle appréhendait sa colère. Mais ce fut pire que tout : il répondit sans hausser le ton.

« Ecoutez-moi bien, le Léon! J'ai sué sang et eau pendant trente ans pour avoir cette ferme et ces terres. J'ai eu trois gosses avec la Marcelline pour qu'un jour, quand je ne serai plus là, ça continue à tourner. J'ai pas fait tout ça pour que ça parte en quenouille! Il faut vous mettre ça dans la tête, mon gars! On ne part pas d'ici! En tout cas, pas ma fille et ses petiots... Vous? Vous faites ce que vous voulez! Reprenez ce qui vous appartient et fichez le camp, ça m'est égal! Je sais bien que vous m'aimez pas, mais j'en ai autant pour vous! »

Auguste avait dit tout cela d'une voix égale. Il regarda Léon droit dans les yeux. Tout le monde se tenait coi. Léon chercha du secours auprès de Julia. « Eh bien, tu ne dis rien? Qu'en penses-tu donc? » Celle-ci resta silencieuse pendant un long moment. Si l'idée de partir la séduisait, elle n'avait aucune raison de le faire maintenant. S'il se fût agi de Jean, peut-être eût-ce été différent? Mais avec Léon, qu'est-ce que ça changerait? Non! Elle aimait trop son père, sa mère, Odette, et ce coin. « Non, Léon! répondit-elle. Je préfère rester ici! » Léon perçut parfaitement sa détermination. Décidément, il s'était trompé sur tout. Julia... son mariage... son travail... Il se retint de pleurer. Il lampa son verre de vin et reprit du bœuf mironton. Il renonçait à se battre. Le mot destin trottait dans son esprit. Il ne lui restait plus qu'à suivre le sien. Les autres se remirent à parler de tout et de rien. Léon garda le silence. Il mangeait avec frénésie et buvait sans arrêt. Ses idées devenaient de plus en plus échevelées. Il allait tout envoyer faire foutre. Il boirait autant qu'il en aurait envie, posséderait toutes les filles qu'il voudrait, dépenserait tout l'argent de sa mère. Il allait vivre! Il regagna la ferme d'en bas sans attendre Julia. Il s'en foutait. Elle pouvait bien rester là-haut si elle voulait!

Léon resta plusieurs jours dans l'expectative. Parfois, il voulait tout envoyer au diable et partir... Partir loin, sans savoir exactement où... Sinon, il échafaudait toutes sortes de résolutions et de projets qui pourraient les rapprocher, Julia et lui... Cette continuelle valse hésitation le gênait dans son travail. Il ne se montrait plus aussi assidu, et demeurait parfois des après-midi entiers à ne rien faire dans un coin ou un autre du domaine. A d'autres moments, au contraire, il abattait un travail démesuré. Enfin, il partait de plus en plus souvent le soir. Personne ne savait où il allait.

Auguste semblait n'y prêter aucune attention. Un jour pourtant, alors que Jean s'inquiétait de Léon, le vieux dit ce qu'il en pensait : « Il est doucement en train de perdre les pédales. Il avait qu'à s'en apercevoir avant qu'il faisait une bêtise en mariant la Julia. Il est pas de notre monde. » Après quelques instants de silence, il ajouta : « En tout cas, qu'il s'avise pas de foutre le bordel ici, parce que ça pourrait bien lui en cuire... » Jean n'insista pas. Il se demanda seulement la tête que ferait Auguste s'il lui avouait qu'il aimait sa fille.

En effet, maintenant que Léon disparaissait sans prévenir, Julia lui accordait plus d'attention. Après le dîner, il la raccompagnait à la ferme d'en bas. Ils empruntaient le chemin qui menait à la mare. C'était un peu plus long que s'ils étaient passés par le pré. Ils pouvaient ainsi prolonger le plaisir qu'ils éprouvaient à être ensemble. Le plus souvent, ils marchaient côte à côte, sans dire un mot. Parfois, Jean prenait la main de Julia. Lorsqu'ils arrivaient, elle l'embrassait vite sur la joue et rentrait précipitamment. Jean restait quelques instants, debout dans le noir, avec l'espoir, qu'il savait insensé, qu'elle ouvrirait à nouveau la porte, et l'accueillerait dans ses bras. Puis, il repartait en pensant déjà aux quelques pas qu'ils feraient ensemble le lendemain.

Ce fut ainsi jusqu'au soir du 8 juin. Quand ils arrivèrent devant la mare, Jean enlaça Julia avec violence. Elle n'opposa aucune résistance. Allongée sur le sol, contre le parquet, elle guida les mains de Jean qui lui remontaient le jupon. Bien vite, elle se cambra pour mieux sentir le sexe de Jean sur son ventre. Elle aimait la force avec laquelle il l'emprisonnait, sa barbe mal rasée qui lui arrachait la peau de la gorge, la voracité avec laquelle il suçait ses mamelons. Julia libéra ce sexe, lourd et plein, qu'elle dirigea pour qu'il pénétrât en elle. A cet instant, elle ne put retenir un cri de douleur et de plaisir. Elle se sentait emplie jusqu'au plus profond d'elle-même. Elle revivait le plaisir qu'elle avait éprouvé avec son père et, plus tard, au début de son mariage, avec Léon. Jean lui martelait le ventre en ahanant comme un bûcheron. Elle lui saisit les fesses, les agrippa avec force et, ainsi, encouragea son mouvement puissant. Elle jouissait sans arrêt, pleurait, riait, criait. Il lui semblait que Jean faisait l'amour avec la terre et qu'elle était cette terre. Il grognait à ses oreilles, la mordillait, prononçait des syllabes indistinctes. Soudain, il jouit. La sensation du liquide, qui se répandait en elle, lui arracha un cri. Elle se cambra une dernière fois et retomba, à moitié étouffée par Jean. Elle entendait les veines lui cogner aux tempes. La brise du soir rafraîchissait les parties dévêtues de son corps.

Ils se séparèrent quelques minutes plus tard, comme à l'accoutumée. Cette fois-ci, ils s'embrassèrent sur la bouche. Elle ne se retourna pas lorsqu'elle entra. Il revint à la ferme d'en haut en sifflant et en marmonnant gaiement des mots qui n'appartenaient qu'à lui.

Toutefois, le lendemain, et les jours qui suivirent, Julia refusa que Jean l'accompagnât. Depuis la nuit de leur étreinte, elle faisait des cauchemars. Elle s'éveillait quand Léon, qui rentrait tard, changeait de position dans le lit. L'angoisse de l'avoir trompé la tenaillait. Elle se convainquait qu'elle avait mal agi. Bien qu'elle s'en défendît avec vigueur, l'idée du péché s'immisçait dans son esprit. Elle pensait aussi avoir failli envers ses enfants. En faisant l'amour avec Jean, elle avait peur d'avoir irrémédiablement détruit l'avenir de la famille. Elle ne pouvait retrouver le sommeil qu'après avoir décidé de tout faire pour se racheter. Ne plus revoir Jean. Ressusciter son amour pour Léon. S'occuper encore plus de René et de Léone.

Jean ne comprenait pas ce brusque changement d'attitude, d'autant plus que, dans son enthousiasme, il laissait place au rêve. Il voyait Julia se séparer de Léon, venir le rejoindre avec les enfants et partir avec lui. Il se promettait de travailler dur pour leur offrir une situation décente...

Julia, de son côté, fut certaine à deux reprises qu'elle devait se repentir. Vers la mi-juin, René tomba malade. Le docteur Bertranges vint tout de suite, et diagnostiqua un refroidissement. A force de potions en tous genres, le petit recouvra rapidement la santé. Elle interpréta cela comme un signe du Ciel, et se mit à prier, ce qui jusqu'ici avait été le cadet de ses soucis. Plusieurs jours plus tard, tandis qu'elle bêchait dans le potager, elle aperçut Léone grimpée sur la margelle du puits, en train de s'amuser sur le rebord, d'où elle pouvait tomber quelques quinze mètres plus bas. Sans un mot, elle rejoignit la petite, et l'arracha de là. Elle ne put s'empêcher de penser, qu'une fois encore, le Ciel l'avait mise en garde. Elle se promit d'aller à la messe tous les dimanches.

Plusieurs fois, Jean tenta de s'isoler avec elle pour comprendre ce qui justifiait une telle froideur à son égard. Il y parvint enfin, l'après-midi du 26 juin. Sous le prétexte d'aller chercher un outil, il quitta Auguste alors qu'ils travaillaient à la vigne. Sur le chemin du retour, il fit une halte à la ferme d'en bas. Il y trouva Julia en train d'étendre le linge. Campé sur ses sabots, les mains accrochées aux revers du col de sa veste, il l'apostropha : « Julia! Mais bon dieu! Pourquoi donc tu me fuis comme ça, qu'on dirait que j'ai la peste! » Julia continuait son travail sans répondre. Jean insista : « Mais enfin! Je ne comprends rien. Es-tu malade? Je t'ai dit des choses désagréables? » Le dernier drap accroché, Julia lui fit face et le fixa droit dans les yeux. « Ecoute, Jean... N'insiste pas! Rien n'est possible entre nous. On devait se connaître... Faire l'amour ensemble... et partir chacun de son côté. Je ne peux pas tout démolir ici pour reconstruire ailleurs. C'est trop tard! Ma vie est ici avec ma famille. »

Jean l'interrompit. « Avec Léon? Nom d'un chien, tu sais bien que tu l'aimes pas! Il se fout de toi! Moi je t'aime! » Julia, soudain lasse, secoua la tête comme pour empêcher ces mots de s'inscrire dans sa mémoire. « Non, Jean! Laisse-moi! Tu as peut-être raison? Tu as tort aussi! Je ne saurais dire où. Tu as tort!... Léon est ce qu'il est, mais il reste mon mari! » Jean serra les poings. Il savait que cela ne servirait à rien d'insister. Il s'engagea dans le chemin. Soudain, il se retourna vers Julia, et le doigt pointé, lui jeta au visage en hurlant : « J'aurais mieux fait de le tuer quand je l'avais à portée de fusil! » Il s'en alla. Julia, en pleurs, alla séparer Léone et Belle qui jouaient ensemble. La chienne pouvait, malgré tout, faire du mal à la petite.

Le lendemain, vers cinq heures du matin, Auguste mangeait dans la cuisine. Entre chaque bouchée il pestait comme un diable, tandis que Marcelline rallumait le feu. « Mais bon dieu de bon dieu! Où il est passé cet oiseau? » Jean avait disparu. Comme chaque matin, Auguste était allé frapper à la porte de sa chambre. Personne n'ayant répondu, il avait tambouriné en gueulant : « Eh! Dis donc fainéant! Debout! C'est qu'il faut aller aux moissons! » Surpris par le silence, il avait ouvert la porte. Si Jean avait un poil dans la main, il allait se charger de le lui couper! Le lit étant vide et pas défait, il était descendu l'attendre dans la cuisine. Sans doute Jean avait-il découché pour aller trousser le jupon? Cependant, le temps passait et il ne revenait pas.

Vers six heures, Léon arriva. Pendant quelques minutes, Auguste et lui échafaudèrent toutes sortes d'hypothèses, puis, partirent seuls aux champs. Marcelline ne comprenait pas. Jean était un excellent ouvrier. Il semblait heureux à la ferme et faisait, pour ainsi dire, partie de la famille. « Crénom! Il faut qu'il ait une bonne raison de foutre le camp », pensa-t-elle.

Ils espérèrent son retour durant trois jours. Un soir, pendant le dîner, ils s'interrogèrent. « Peut-être qu'il a trouvé mieux ailleurs? » suggéra Auguste. Les femmes n'y croyaient pas. Odette pensait plutôt qu'il avait pris une bonne cuite. Marcelline, toujours inquiète, espérait qu'il ne fût pas mort dans un coin. Léon demanda à Julia ce qu'elle en pensait. Celle-ci ne fit que hausser les épaules. « Ce que je sais, moi! » Bientôt, Auguste intima le silence à tout le monde. « Ça n'arrange pas mes affaires, tout ça! Il va falloir bientôt commencer les moissons et voilà deux bras qui nous manquent. J'irai à La Charité. Je trouverai bien un gars pour le remplacer! »

Le lendemain, Auguste et Léon se rendirent au Syndicat des Récoltants. L'ouvrier ne fut pas difficile à trouver. Un type était passé la veille et cherchait un emploi. Il s'appelait Georges et habitait Varennes. Auguste pouvait aller l'y chercher. Le vieux recouvra sa bonne humeur et invita les gars du Syndicat à venir trinquer chez le gros Marcel. Léon prétexta une course urgente pour s'éclipser.

Durant la conversation avec les responsables du Syndicat, Auguste apprit qu'on s'attendait à une surproduction de blé cette année. Les cours s'affaisseraient. Le prix du quintal serait fixé autour de 96 francs. Comme tous les autres paysans, il grognait. C'était tour à tour la faute du temps resté au beau, du gouvernement qui les étranglait, et du bon Dieu qui aurait pu pisser un bon coup!

Sur le chemin du retour, il n'arrêta pas de râler. Toutes les tuiles venaient en même temps. « Parlez d'une année! La Julia qui tombe malade, le Jean qui fout le camp, le blé qui pousse à ne plus savoir qu'en faire. C'est pas une vie, ça! » Tout à sa rogne, il ne s'aperçut pas que Léon dormait à ses côtés.

Après un crochet par Varennes où ils prirent le nouveau saisonnier, ils revinrent à vive allure à la ferme. Georges alla se coucher en arrivant.

Ce soir-là, Auguste et Léon écoutèrent la radio avec attention. « Des fois qu'ils parleraient du blé », espérait Auguste. Effectivement, le sujet fut évoqué parmi d'autres comme l'instabilité de la Chambre des Députés et les nationalisations. Cela déclencha une nouvelle discussion politique qui dégénéra rapidement en dispute. Tous deux gueulaient contre le gouvernement, mais leurs solutions pour améliorer la situation divergeaient du tout au tout. Chacun avait une opinion bien tranchée. A tel point qu'ils en vinrent rapidement aux injures. « Je vais vous dire, Léon! Vous n'êtes qu'un vendu aux riches! Qu'on fasse trimer les pauvres? Pour vous, c'est les nantis qui ont raison! Et c'est peut-être la cravache qui va faire remonter les cours du blé? Et quoi? Moi, je te les étranglerais ces députés qui se pavanent là-haut. Ils ne savent pas manier une faux et ils décident du prix du blé. Eh bien, vous leur ressemblez! » Cette réflexion mit Léon hors de lui : « Parfaitement! Il faut faire trimer les uns au profit des autres. C'est la seule manière de faire tourner la machine. Et arrêtez de pleurer sur votre sort! Vous êtes l'un des propriétaires les plus riches de la région. Que faites-vous d'autre, sinon faire travailler de plus pauvres que vous? Tous ces saisonniers qui viennent! Tout l'argent que vous possédez, vous l'avez gagné comment? Et vous vous dites rouge! »

Auguste, qui n'aimait pas être traité ainsi, éclata : « Tout l'argent que j'ai gagné? Où il est cet argent, hein? Quand j'ai tout payé, il ne me reste plus rien! Moi, je ne garde rien. Je paie bien les ouvriers. Dans le coin c'est même moi qui les paie le mieux! Je vous en foutrais des gars comme vous qui se trimbalent en vêtements du dimanche pendant toute la semaine et qui donnent des conseils! »

L'un et l'autre en oublièrent vite la politique. Ils en vinrent, comme toujours, à ressasser leur rancœur. Auguste ne voyait en Léon qu'un bon à rien, inutile à la ferme. Léon traitait Auguste de tyran rouge qui mentait comme un arracheur de dents. Les femmes se désintéressèrent de la dispute. Elles avaient l'habitude. Comme disait Odette : « Il vaut mieux qu'ils s'engueulent ici qu'aux champs! » Julia, irritée, rejoignit la ferme d'en bas plus tôt que d'habitude. Elle jeta un coup d'œil sur les enfants et se coucha. Elle pleura, la tête enfouie dans l'oreiller. La vie n'avait pas de sens. Léon vivait avec elle et lui brisait les oreilles, tandis que Jean, qu'elle aimait, était parti sans un mot. Elle s'inquiéta pour lui et se demanda ce qu'il devenait. Immédiatement, les remords la reprirent...

Vint la moisson. A la ferme, tous étaient mobilisés. Il fallait nourrir près d'une vingtaine de personnes. En effet, comme chaque année à la même époque, les propriétaires de la région s'entraidaient. Il fallait aller vite : un orage pouvait détruire le travail d'une année entière. On était le 1er août. Ils auraient fini dans quatre jours!

Pendant ces journées, la vieille mère d'Andréa garda les enfants de Julia. Celle-ci put ainsi se consacrer entièrement à la préparation des repas avec Marcelline, Odette, et Ernestine, la femme d'Andréa.

Tout le monde le remarqua : Julia paraissait absente de tout. Elle, qui d'habitude riait et savait répondre aux plaisanteries obscènes des hommes, était renfermée. Elle devenait même hargneuse s'il arrivait à l'un ou l'autre, un peu ensoûlé, de lui taquiner les fesses.

En fait, elle endurait mal sa vie de famille. Retrouver Léon dans son lit tous les soirs lui devenait insupportable. Devoir faire les gestes de l'épouse alors qu'elle ne l'était pas dans son cœur lui paraissait un mensonge aux autres comme à elle-même. Elle s'ingéniait donc à paraître très absorbée par le travail. Ainsi elle pouvait rester à la ferme d'en haut parfois tard dans la nuit. Ou bien, elle s'occupait des enfants avec une telle énergie qu'on aurait pu croire qu'ils étaient à chaque instant à l'article de la mort.

Souvent, après s'être couchée et avoir résisté avec habileté ou rudesse aux exigences de Léon, elle se relevait et, à la lueur de la lampe à pétrole, se plongeait dans la lecture du livre de messe. Elle y découvrait, malgré son ignorance de certains mots, la vie d'un saint ou d'un autre, et y retrouvait un peu de son enfance. Certaines paraboles n'étaient pour elle que des histoires et l'amenaient à rêver. Sa lecture restait, malgré tout, sélective. Le bien et le mal lui apparaissaient séparés d'une manière très stricte. D'où cette idée fixe qui la maintenait dans cet état qu'elle exécrait : une femme se doit à son mari pour le meilleur et pour le pire.

Elle souffrait beaucoup à cette époque de ne pouvoir se confier à quelqu'un. Auguste était tout entier pris par le travail épuisant des moissons. Les femmes, fourbues à chaque fin de journée, ne prêtaient plus l'oreille qu'aux cancans des uns et des autres.

Quand les moissons furent terminées, elle eut l'occasion de parler avec Odette. Ce jour-là, il faisait une chaleur à embraser le moindre brin d'herbe. Elles travaillaient au lavoir. Agenouillées côte à côte, elles tapaient et chiffonnaient le linge savonné contre une planche posée sur leurs genoux. Certaines de ne pas être vues par les hommes, partis à La Charité, elles avaient quitté leur chemise. De temps en temps, pour se rafraîchir, elles humectaient leurs mouchoirs qu'elles se posaient ensuite sur la tête.

Au bout d'un long moment, elles s'arrêtèrent pour souffler. Odette se tourna vers Julia : « Dis, ma belle, on dirait que tu as du vague à l'âme! Tu aurais du souci? » Les mains posées à plat sur les cuisses, Julia garda d'abord le silence. Puis elle se tourna vers Odette, un sourire triste aux lèvres. « Tu sais, j'en ai plein le dos! » Elle se tut à nouveau. Ce fut suffisant pour qu'Odette comprît : « Le Léon, hein? » Julia inclina la tête. Odette continua : « Moi je vais te dire, il faut pas te rendre malheureuse pour un homme, et encore moins pour celui-là! Crois-moi, il en vaut pas la peine! Tu as qu'à lui tenir la dragée haute. Ils ont tous des grandes gueules, mais dans le fond, ils sont peureux comme des agneaux. » Julia sourit : « Oh! Tu es drôle, toi! Mon Dieu, c'est bien plus grave que ça! C'est que je l'aime plus. » Odette s'esclaffa. Ses gros seins ballottaient au rythme de son hilarité. « Tu es une grosse bête! Qu'est-ce que tu me chantes là? L'amour, c'est bon pour les histoires d'almanach! Ils sont tous des coureurs et nous des bécasses. En voilà des questions! » Julia éclata en sanglots. Odette, qui dans ces cas-là découvrait d'instinct le geste maternel, la prit par les épaules, la ramena contre sa gorge en répétant la même phrase comme une litanie : « C'est rien, ma Julia... C'est rien, ma Julia. » Celle-ci, le visage écrasé sur l'opulente poitrine, pleurait de plus en plus fort. Odette, qui en avait consolé plus d'un, savait qu'il ne fallait rien brusquer. « Laisse sortir ton chagrin, ma petiote! Laisse, va! » Bientôt Julia se calma. Telle une enfant, elle s'abandonna dans les bras d'Odette et se mit à parler : « Tu sais, c'est dur. Il y a surtout quelque chose qui m'embête... » Un temps assez long s'écoula. « Je crois que je suis enceinte. » Odette lui releva le visage. « Qu'est-ce que tu racontes? Tu en avais pas assez de deux? C'est pas possible de voir ça. C'est malheureux et ça fait des gosses! » Odette semblait franchement en colère. Non pas qu'elle n'aimât pas les enfants, mais voir ainsi les gens œuvrer à leur propre malheur la révoltait. « Tu es pire qu'une pondeuse, toi! Ah! là! là! Je te jure! Heureusement que je suis là! On va le faire passer! » Cela ne posait aucun problème, ce ne serait pas la première fois qu'elle le ferait. Julia ne l'entendit pas de cette oreille. « Ah! non. Celui-là, je le veux! Peut-être plus que les autres! » Les deux femmes s'assirent sur le bord du bac, les pieds dans l'eau. Odette, les sourcils froncés, s'absorba dans une intense réflexion. Enfin, elle se tourna vers

Julia : « Qu'est-ce que tu me chantes là? Tu dis d'abord que tu ne veux plus de ton Léon et puis après tu prétends que tu tiens à ce marmot comme à la prunelle de tes yeux. Ecoute, il faut pas me raconter d'histoires, hein? Je suis pas née de la dernière pluie. Il m'est avis qu'il y a anguille sous roche. »

C'était autant une affirmation qu'une question. Elles reprirent le travail. Sans cesser de taper sur le linge, Julia répondit : « Il ne peut pas être de Léon... » Odette s'arrêta de rincer un drap. « Nom d'un chien, il ne manquait plus que cela! Ah! dame! C'est pas la peine de me dire qui est le père. Je me disais aussi! Pourquoi il est parti, celui-là! Il faut que j'aie la vue qui baisse pour n'y avoir rien vu! Tu es une maligne, toi! Bon! Eh bien, ça restera entre nous, tout ça. Quand il sera venu, on s'en occupera comme des autres! » Elle embrassa Julia et lui tapota les joues. « C'est pas croyable de voir des choses pareilles! » répéta-t-elle plusieurs fois. Quand le linge fut lavé et rincé, elles le mirent dans un grand panier et retournèrent à la ferme pour aller l'étendre dans la cour. Juste avant d'arriver, Julia demanda à Odette si elle pensait qu'Auguste et Marcelline soupçonnaient quelque chose. Odette sourit et haussa les épaules. « Penses-tu! A part lui, ton père ne voit rien. Quant à ta pauvre mère, elle regarde trop vers les nuages pour avoir pensé que... De toute façon, si elle s'est fait une idée là-dessus, elle n'en dira rien. C'est une vraie tombe, la Marcelline. Celle-là! On l'enterrera avec ses secrets. »

Vers la fin du mois d'août, Julia commença d'avoir des vertiges. Elle devait souvent s'asseoir, voire s'allonger. Une fin d'après-midi, Léon la trouva couchée. « Qu'est-ce que tu as? » Il marqua un temps d'hésitation. Elle avait les deux mains posées à plat sur le ventre et les traits de son visage paraissaient particulièrement accusés. « Eh bien, qu'as-tu? Tu es malade? » Julia ressentit une forte envie de l'injurier. Cet homme, avec lequel elle avait décidé de finir ses jours pour préserver la famille, lui devenait vraiment insupportable. Elle eut envie de lui dire que cet enfant n'était pas de lui, et qu'il n'était qu'un cocu! Mais elle se ravisa. Elle se leva avec effort. Parvenue devant Léon, elle s'arrêta et, appuyée au rebord du lit, lui dit : « Il faut que tu sois devenu aveugle! Je crois bien que jusqu'ici, je ne me suis pas souvent arrêtée de travailler, sinon lorsque j'attendais les gamins! » Elle quitta la chambre.

Léon resta immobile, les bras le long du corps et la regarda sortir. Avoir un autre gosse? Cela ne l'enthousiasmait pas. Cet enfant, il le savait, n'était pas celui de l'amour, mais du hasard. Et puis, l'attitude de Julia, toujours agressive à son égard, l'excédait. Il traversa la cuisine sans un mot et s'en alla.

Julia, qui préparait le dîner, se retourna quand la porte claqua. « Salopard », murmura-t-elle. Léone, qui jouait dans ses pieds, tirait sur ses jupes et appelait : « Maman, maman! » Ce soir-là, Julia avala un morceau de fromage et alla se coucher.

Au lever du jour, quand elle entendit Léon rentrer, elle était éveillée. Elle se demanda où il pouvait être allé. Cela l'étonna. Elle ne l'aimait plus et pourtant elle continuait à s'intéresser à ce qu'il faisait! A peine fut-il entré dans la chambre qu'elle le questionna : « Où étais-tu? » Le ton brutal de sa voix surprit Léon qui ne répondit pas. Ses yeux n'étant pas encore habitués à l'obscurité, il tâtonna pour trouver le lit, se déshabilla et se glissa dans les draps. « Qu'est-ce que ça peut te foutre? » dit-il enfin. Julia se dressa sur son séant. « Ce que ça peut me foutre! Tu te fiches du monde! Puis, tu as déjà répondu : tu pues l'alcool à plein nez! Je croyais que j'avais marié un godelureau, pas un ivrogne! Tiens, tu me dégoûtes! » Elle rabattit rageusement les couvertures et sauta du lit. Léon, effectivement fin soûl, s'endormit d'un coup. Julia, exaspérée, se jeta un châle sur les épaules et se précipita dehors, suivie de Belle.

Léon fut réveillé par les cris de René et de Léone. Bien qu'il fût toujours sous le coup de la cuite de la veille, il se leva. « Nom de Dieu! Mais où est-elle partie celle-là? » De l'entendre gueuler ainsi, les enfants se mirent à pleurer plus bruyamment. Léon, qui n'était pas d'humeur à supporter un tel tintamarre, passa sa colère sur les fesses de Léone. Il sortit ensuite sur le perron et appela Julia. N'obtenant pas de réponse, il s'énerva encore plus. « Crénom! Mais qu'est-ce qui m'a foutu une donzelle pareille! La voilà maintenant qui laisse les enfants crever de faim! » Il tenta de rassembler ses souvenirs sur la façon dont il fallait préparer les bouillies. Aussi vite, il y renonça. Il ne s'en était jamais occupé. Désemparé, il décida d'aller chercher une des femmes à la ferme d'en haut.

Il entra dans la cuisine sans dire bonjour. Odette, en le voyant, se mit à rire. « Eh bien, Léon! Qu'est-ce que c'est que cet air débraillé et cette gueule de découcheur! On dirait que vous avez passé la nuit dans un tonneau de picrate! » Cela ne plut pas à Léon. « Ecoutez, Odette, je ne suis pas là pour vous raconter ma vie! Julia a foutu le camp et les gosses hurlent à tout va. Il faudrait les faire manger! » Marcelline, qui épluchait des patates, releva la tête. « Eh bien, il serait peut-être temps d'apprendre, non! » Léon asséna alors un violent coup de poing sur la table. « Mais bon dieu! On ne va pas causer jusqu'à ce qu'ils crèvent! » Odette se mit en colère. « Oh! dites donc, Léon! Si c'est pour venir faire la grande gueule que vous êtes ici, vous allez prendre la porte! » Elle ressemblait à une poule dressée sur ses ergots. « Non mais! Ça a deux enfants, bientôt trois, et ça ne sait pas leur donner leur soupe! Je vais vous montrer moi! » Elle se précipita dehors. Léon la suivit. Marcelline resta dans la cuisine. « C'est pas croyable! En voilà un troisième! marmonna-t-elle. Eh bien, c'est du joli! »

Arrivée à la ferme d'en bas, Odette s'apaisa et prépara la bouillie. Léon, affalé dans le fauteuil, s'endormit à nouveau. Après avoir mangé, les enfants se calmèrent. Odette en prit un dans chaque bras et remonta à la ferme d'en haut. « Un jour, ça va mal se terminer tout ça! Pour sûr qu'il va y avoir du grabuge. » Aidée de Marcelline elle allongea les deux enfants dans la maie. René s'endormit tout de suite. Léone, en revanche, s'agitait et répétait sans cesse : « Maman pas là! Maman pas là! » Odette la rassura. Quelques minutes plus tard, elle dormait à poings fermés. Auguste s'étonna de trouver les gosses là. « Qu'est-ce qu'ils foutent ici? Ils sont donc en balade la Julia et le Léon? » Marcelline lui fit signe de parler un peu plus bas. « Mais non, le Léon a pas l'air content et il paraît que ta fille est partie! » Auguste s'assit en marmonnant : « Qu'est-ce que c'est ce bordel? » Odette lui demanda de sortir. « Viens, je vais t'expliquer. » Marcelline lui emboîta le pas.

Une fois dehors, Auguste s'écria : « Je commence à en avoir plein le dos de ces salades, moi je vous le dis! » Marcelline lui conseilla de se calmer. Cela ne servait à rien de colérer comme ça. Il ferait mieux d'écouter avant de gueuler. Odette enchaîna : « Ma foi! J'ai bien l'impression qu'ils se sont attrapés. Il m'est avis que la Julia a claqué la porte. Seulement va savoir où elle est maintenant. Le Léon paraissait déchaîné. Il me semble bien qu'il sortait tout juste d'une cuite! » Auguste décida alors d'aller « sonner les cloches à cet espèce d'emmanché qui commençait à lui casser les burnes. » Heureusement, les deux femmes lui barrèrent le chemin. Il fallut toute leur détermination pour l'arrêter. Le soir venu, et n'ayant pas revu Léon, Odette voulut aller jeter un œil à la ferme d'en bas. « Des fois que la Julia serait revenue? » Auguste, qui mangeait sa soupe, haussa les épaules.

Quand elle arriva, Odette fut surprise de ne voir aucune lumière. « Ils sont peut-être au lit? » Elle ouvrit la porte avec précaution et, doucement, appela Julia. Personne ne répondit. Elle alluma et découvrit Léon endormi dans le fauteuil. De le voir ainsi, Odette ne put s'empêcher d'exprimer tout haut sa colère : « Eh bien, mon cochon! Tu as pas bougé de là depuis ce matin? Il faut que tu en aies attrapé une belle! » Elle aperçut deux bouteilles de vin vides près du fauteuil. Léon avait donc bu pendant toute la journée! Elle hésita un moment à le secouer, puis renonça. Elle alla vers la chambre. Celle-ci était vide. Elle éteignit et retourna à la ferme d'en haut. Elle courait plutôt qu'elle ne marchait.

Auguste l'attendait sur le pas de la porte. « Alors, qu'est-ce qui se passe en bas? » Odette s'assit pour reprendre son souffle. « C'est plus de mon âge de cavaler comme ça! » Elle continua : « J'ai bien vu le Léon qui cuve son vin dans le fauteuil. La Julia n'est pas là et Belle non plus! Ah! Celle-là, avec sa manie de toujours disparaître! Rappelle-toi, elle partait déjà comme ça toute môme! » Auguste passa sa veste de velours. « Bougez pas d'ici! Je vais aller la chercher moi! Telle que je la connais, je me doute bien où elle est! »

Auguste revint deux heures plus tard. Il avait eu beau fouiller tous les coins de la ferme, il ne l'avait pas retrouvée. Il prit son fusil accroché sur un mur de la cuisine et, sans un mot, ressortit. Les deux femmes ne le retinrent pas. Cette fois-ci, elles savaient que cela serait inutile.

Auguste, dans un état d'exaspération extrême, tenait son fusil le canon vers le bas, le doigt sur la gâchette. Il répétait : « Je vais te le réveiller, moi! » Il défonça presque la porte en bois qui fermait le pré, et traversa celui-ci d'un pas décidé. C'était le plus court chemin pour rejoindre la ferme d'en bas. On y arrivait par-derrière. Il fit le tour du bâtiment. Tout en gueulant « Léon! Léon! » il tirait en l'air. Les bêtes s'agitèrent dans l'étable. Le cheval hennit. Auguste n'en eut cure. Il rechargea son fusil et recommença de canarder.

Parvenu à la porte, il y donna un grand coup de sabot en hurlant : « Léon, je vais te faire la peau si tu sors pas! » Les coups de fusil claquaient. C'était pire qu'en pleine saison de chasse. Léon se leva. Encore plein de sommeil et d'alcool, il s'affala de tout son long devant la cuisinière. Cependant, il recouvra rapidement ses esprits. L'angoisse lui tenaillait le ventre. Il finit par articuler quelques mots : « Qu'est-ce qui vous prend, Auguste? » Celui-ci, en l'entendant, recula de quelques pas et se mit à tempêter de plus belle : « Léon! Sors d'ici! Sinon, je te crève, tu m'entends? » Pour montrer qu'il n'hésiterait pas, il déchargea son fusil une fois de plus.

Léon s'appuya sur le loquet de la porte. Ses jambes se dérobaient. Il avait peur de prendre une chevrotine en pleine tête. « On ne sait jamais, avec ce fou! » pensa-t-il. Il parvint à se ressaisir et décida d'ouvrir. Toutefois, prudent, il n'alluma pas et se mit à l'abri derrière le mur. Auguste, bien campé sur ses jambes, devant le puits, cria : « Ecoute-moi bien le Léon! Je me fous que tu sois un bon à rien, mais si tu rends ma Julia malheureuse, jamais je ne te le pardonnerai! Tu vas t'habiller, et on va partir à sa recherche. Et crois-moi qu'on va la retrouver! Sinon, gare à tes abattis! Allez, amène-toi! » Léon, un peu plus rassuré, se décida à sortir. Il rattrapa Auguste qui partait d'un pas décidé.

Durant toute la nuit, ils fouillèrent les environs. Ils traversèrent plusieurs bois, sillonnèrent les champs environnants. Partout, ils appelaient Julia. Parfois, pour mieux se convaincre qu'elle se cachait près de l'endroit où ils se trouvaient, Léon lui parlait : « Allez, Julia, reviens! Ça va s'arranger! C'est fini, va! Réponds! » Cela ne servit à rien. L'aurore venue, ils reprirent le chemin de la ferme d'en bas. Léon, certain que Julia était partie pour de bon, se mit à sangloter. Auguste ne put le supporter. « Tu ferais mieux de sécher tes larmes de crocodile! Ça sert à rien de chialer quand le mal est fait! Tout à l'heure, on battra la campagne! Je suis sûr qu'elle est pas loin! »

Il décida d'emprunter le chemin de la mare. Léon, exsangue de fatigue, le suivait tel un automate. Soudain, ils virent Belle qui arrivait en courant. Elle aboyait à tout va. Auguste ne put réprimer sa joie. « Bon dieu! Si le cabot est là, c'est que la Julia est dans le coin! » Il s'agenouilla et caressa la chienne comme il ne l'avait encore jamais fait. Bien qu'il détestât cela, il la laissa lui lécher les mains. « Alors! Où elle est ta maîtresse? » Belle redoubla d'élans affectueux. Cela irrita Auguste qui la repoussa avec rudesse. « Au lieu de me laper la gueule, tu ferais mieux de nous mener à la Julia! » Puis, il se releva. « Je vais la chercher, moi! Va! » Léon, toujours derrière lui, se tenait droit comme un pieu et dormait les yeux ouverts. Il parvint cependant à le suivre jusqu'à la ferme. Ils n'y trouvèrent pas Julia. Auguste ressortit seul. Léon s'était affalé sur le lit.

Belle se précipita sans aboyer vers le petit bois qui entourait la mare. Auguste eut l'intuition qu'elle y rejoignait Julia. Effectivement, elle dormait sur le sol, enveloppée dans un châle. Il eut du mal à réprimer son émotion. Encore un peu, il allait pleurer. Julia s'éveilla et eut un mouvement de recul. Sur l'instant elle ne reconnut pas Auguste et le fusil l'effraya. Le vieux s'en aperçut et le mit en bandoulière. Sans un mot, il la chargea dans ses bras et prit le chemin de la ferme d'en haut. Belle lui emboîta le pas en grognant.

Serrée contre le torse musculeux d'Auguste, Julia revivait ses émotions d'adolescente, quand elle allait le retrouver en cachette pour faire son apprentissage de l'amour. Elle fut d'ailleurs surprise de n'avoir jamais pensé que cela eût pu être mal. Non! Elle gardait de cette époque un souvenir que le temps n'avait pas terni. Elle haïssait beaucoup plus son présent! Léon... Cet étouffement...

Quand ils passèrent la porte du pré, ses pieds heurtèrent le montant en bois. Elle étouffa un cri. Auguste la serra un peu plus dans ses bras. Elle s'agrippa avec force à son cou. Elle savait qu'il restait encore quelques centaines de mètres à parcourir. Elle se demanda pourquoi elle était partie ainsi, après que Léon fût rentré ivre. Etait-ce à cause du dégoût qu'il lui avait inspiré? Avait-elle voulu retrouver Jean par le souvenir? Probablement... Mais ces explications lui parurent insuffisantes. En fait, elle se souvenait d'avoir tressailli quand Léon s'était couché. Elle avait senti avec force qu'il s'éloignait, qu'elle allait le perdre. Mais pourquoi? Elle ne put remonter plus loin dans sa mémoire. Elle était arrivée.

Marcelline, penchée sur elle, lui souriait : « Eh

bien, ma petiote! Tu es donc toujours la même à aller battre la campagne! » Odette renchérissait : « Tu es qu'une sauvageonne, nom d'un chien! On peut dire que tu nous en fais voir, toi! » Elle lui tendit un bol de lait chaud et une tranche de pain épaisse recouverte de beurre. « Tiens, mange donc! » Mais Julia préféra aller embrasser Léone et René qui lui firent fête. Elle garda Léone sur ses genoux pour manger.

Auguste raccrocha le fusil au mur. Il se sentait ivre de fatigue. Il choisit d'aller dormir. « La Marcelline, secoue-moi dans une heure! » Il sortit.

Après le repas, Julia resta assise un long moment à jouer avec les enfants. Elle appréhendait de revoir Léon. Ça allait certainement barder! En fait, lorsqu'elle le retrouva en fin de matinée, ils ne se disputèrent pas. Certes, l'atmosphère était tendue, mais guère plus qu'à d'autres moments. Léon semblait avoir tout oublié.

La vie reprit son cours habituel. Léon rentrait tous les soirs vers six heures. Il embrassait les enfants et, pendant que Julia préparait le dîner, il allait faire le tour du propriétaire. Dieu, qu'il commençait à l'aimer cette ferme! Il s'inquiétait surtout de l'état des vieux murs et des mauvaises herbes qui envahissaient le potager. Il allait vérifier si les vaches disposaient de fourrages suffisants et donnait, en passant, des tapes sur l'échine des unes et des autres.

Il rentrait s'attabler quand Julia l'appelait. Lorsqu'ils se retrouvaient face à face, ils s'efforçaient d'éviter les sujets de discorde. Ils n'échangeaient que des bribes de phrases, tacitement d'accord pour laisser en suspens tous les mots qui les séparaient. Cependant, l'accalmie fut de courte durée. Si chacun se retenait d'exprimer les griefs qu'il voulait adresser à l'autre, il continuait à les ressasser dans sa tête. C'était à celui qui attaquerait l'autre le premier. Pour cela, il fallait un prétexte. Il fut tout trouvé le 27 septembre.

Le matin, Auguste suggéra qu'ils boiraient tous un coup pendant le dîner pour fêter l'anniversaire d'Odette. Celle-ci était aux anges. Désormais, elle faisait vraiment partie de la famille! Le soir, lorsqu'ils se réunirent à la ferme d'en haut, Léon n'était pas encore revenu de La Charité, où depuis quelques jours il disait traiter ses affaires. Bien qu'elle en fût irritée, Julia prit le parti de ne pas en faire état. Les autres ne firent pas allusion à son absence. Ils se foutaient qu'il fût là ou non.

Georges jouait de l'accordéon. Auguste, complètement soûl, entraînait les femmes dans une sorte de gigue grotesque. Qu'importait! « C'est pas le bal du dimanche! » gueulait-il en faisant claquer ses sabots sur le sol. Vers minuit, l'alcool finit par endormir leur enthousiasme. Assis, les jambes écartées, les mains accrochées à l'accordéon posé sur son torse, les yeux grands ouverts, Georges fixait le plafond. Auguste, affalé sur la table, dormait, la tête dans ses bras. Les trois femmes, réunies autour du fourneau, papotaient à voix basse. Parfois, elles s'interrompaient pour écouter le ronflement saccadé d'Auguste et en riaient. A tour de rôle, elles se levaient pour aller voir si les enfants, couchés dans la chambre de Pierre, dormaient bien. Belle, allongée sur le flanc, dressait l'oreille lorsqu'elle entendait un bruit insolite. Bientôt, même les femmes se turent. Marcelline s'assoupit et Odette se réfugia dans ses souvenirs.

Julia était exaspérée. Qu'est-ce que Léon fabriquait là-bas de si important qu'il ne fût pas encore rentré? Ce n'était pas possible qu'il passât autant de temps au café? L'idée qu'il fréquentait une autre femme lui traversa l'esprit. Mais elle ne s'y attarda pas, sûre qu'elle l'aurait deviné. Non! Il buvait, voilà tout! Doucement, comme s'il fallait qu'elle sortît, la colère qu'elle ressentait se mua en paroles, à son insu : « Je te jure que ça ne va pas se passer comme ça, cette fois-ci. Il n'y a pas idée de m'en faire baver comme ça! » Julia n'avait pas encore pris conscience qu'elle parlait quand elle entendit Odette : « Ecoute, ma Julia! C'est pas la peine de te mettre dans des états pareils! Je t'ai déjà dit qu'il mérite pas toute l'attention que tu lui portes. » Julia sortit de sa torpeur et regarda Odette en souriant. « Dame! C'est pas croyable une chose pareille! Je parlais tout haut? Eh bien, c'est du beau! Je suis en train de dérailler! » Odette lui donna une tape affectueuse sur la cuisse. « Tu as bien le temps, va! Quand tu auras mon âge, tu verras ce que c'est de perdre la tête. Ça vient un jour, comme ça, sans prévenir. Quand tu te rends compte que tu répètes deux fois la même chose! Ou bien que tu cherches tes lunettes et que tu les as sur le nez! Crois-moi! Tu as bien le temps! » Ce fut à nouveau le silence. Chacune d'elles s'absorba dans ses pensées. Vers une heure du matin, Julia décida de s'en aller. Léon pouvait être revenu à la ferme d'en bas. Elle se tourna vers Odette : « Je vais descendre. Tu peux garder un œil sur les enfants? » Odette acquiesça et ajouta : « Tu sais, tu ferais mieux de rester! il y a peu de chances qu'il soit de retour! Belle aurait aboyé. »

Julia fit la sourde oreille, l'embrassa et sortit dans la nuit. Belle la précédait. Bien sûr, Léon n'était pas là. Julia attendit sans fermer l'œil. Vers six heures du matin, elle l'entendit arriver par le chemin de la mare. Il chantait à tue-tête une chanson paillarde et fouettait le cheval au rythme des paroles. Celui-ci, effrayé d'une telle violence, galopait aussi vite que le lui permettaient ses vieux os. Les roues cerclées de fer écrasaient les gravillons du chemin. Certains giclaient dans des gerbes d'éclairs. La carriole malmenée craquait et grinçait à tel point, qu'on aurait pu croire qu'elle allait voler en éclats. Léon, sourd à tout ce fracas, continuait à fouetter et à gueuler des mots obscènes.

Belle se mit à japper derrière la porte. Julia lui demanda en vain de se taire. Elle ouvrit. La chienne se précipita au-devant de l'attelage. Elle aboyait d'autant plus bruyamment qu'elle avait peur. Elle courait aux côtés de la voiture en faisant des sauts de côté, soit qu'elle eût été atteinte par un caillou, soit qu'une roue vînt la menacer.

Parvenu dans la cour de la ferme, le cheval en sueur s'immobilisa de lui-même. Il secouait la tête et donnait sans arrêt des coups de sabot sur le sol, comme s'il eût voulu qu'on le libérât. Belle courait autour de lui en grondant. Debout à l'avant du coupé, Léon tenait les rênes d'un air gauche et regardait Julia, campée sur le pas de la porte. « Tu vas rester planté là comme une statue? » lui lança-t-elle. Puis elle rentra et s'assit. « Il va être bien reçu, le cochon! » Léon n'avait pas fait deux pas dans la cuisine qu'elle se mit à crier. Son visage, d'habitude assez beau, bien que sévère, était déformé par la colère. Deux grandes rides partaient de sa bouche et encadraient son menton. « Tu n'es qu'un ivrogne, un bon à rien! Ah! je t'en foutrai de tes roucoulades du début! » Les invectives jaillissaient, sans retenue. Elle n'épargnait rien à Léon : sa mollesse, son impuissance et ses origines. Il s'assit. Déjà sonné par l'alcool, il ne réagissait pas. Les mots durs de Julia résonnaient dans sa tête. Il avait l'impression d'être pris sous une giboulée de grêlons. Enfin, à bout de souffle et d'injures, Julia se calma. Son ventre lui faisait mal. Elle se leva pour aller faire chauffer l'eau du café. Soudain, elle s'arrêta à la hauteur de Léon. « Mais c'est qu'en plus, il pue la cocotte! » hurla-t-elle. Ce fut le coup de grâce. Complètement découragée, elle alla s'allonger dans la chambre et éclata en sanglots. Ainsi tout devenait clair : Léon la trompait. Ce qu'elle n'avait fait que sentir depuis le soir où elle s'était sauvée vers la mare se confirmait. Non seulement il buvait, mais il fréquentait! L'idée lui parut intolérable! Ses pleurs redoublèrent... Un instant, elle pensa à Jean. Bien sûr, elle avait fait l'amour avec lui! Mais ce n'était pas la même chose! Ce n'était arrivé qu'une fois! Ensuite elle avait résisté à la tentation et choisi de ne plus le revoir! Tandis que Léon, lui, rencontrait des femmes. C'était insupportable! Il était son mari. Il n'avait pas le droit d'agir ainsi envers elle et les enfants. Puis ce fut le vide dans sa tête...

Léon, assis dans la cuisine l'entendait pleurer. Il n'avait pas envie de la rejoindre et de lui parler. Il se passa la tête sous l'eau et partit retrouver Auguste et Georges qui allaient partir aux champs. Belle grogna lorsqu'il passa devant elle. Il lui ficha un coup de sabot dans la gueule. Elle se sauva en pleurant.

Léon sentait qu'il perdait pied, que tout lui échappait. Mais bien qu'une telle attitude fût contraire à ses aspirations, il en éprouvait une profonde jouissance. Il s'agissait d'une sorte de défi lancé à la face de Julia et de toute cette famille qu'il exécrait. Oui! Effectivement, depuis quelque temps déjà, il couchait avec Perrette, une fille de joie de La Charité. Un jour de foire, elle l'avait abordé tandis qu'il prenait un verre chez le gros Marcel. Il aurait pu refuser. Non! Au contraire! Il l'avait suivie chez elle. Elle habitait une vieille maison, près de la gare. Les murs de la chambre regorgeaient d'humidité. Le plâtre jauni était zébré de fissures qui lui rappelaient des éclairs de tonnerre. Chaque fois qu'il la retrouvait, Perrette se déshabillait, sans minauder. Lui, bien qu'il fût toujours un peu gêné, l'imitait, puis, sans un mot, la prenait avec un désir qu'il n'avait jamais connu jusqu'ici. Même au plus fort de son amour pour Julia, il ne s'était pas montré aussi intrépide dans ses gestes et aussi avide de sensations. Après avoir échangé quelques banalités, il la payait, puis ils se séparaient. Cela aurait pu s'arrêter, mais il avait pris goût au corps gracile et bien fait de cette femme sans exigences. Un jour, il l'avait questionnée sur sa vie passée. Elle était restée très évasive. Elle venait d'une campagne lointaine qu'il ne connaissait pas, et avait appris les hommes dans les granges de fermes, ou derrière les meules de foin. Tout avait changé quand elle avait compris qu'elle pourrait en vivre.

Soudain, Léon renonça à ses souvenirs. Il arrivait à la ferme d'en haut. Auguste lui demanda de charger la charrue dans le tombereau. Ils passeraient la journée à labourer un champ du côté de Narcy.

5

Après avoir pris conscience que Léon la trompait, Julia ravala sa rancœur et se referma sur elle-même. Elle ne lui adressait plus la parole, sinon pour le remettre à sa place, quand, entre deux cuites, il se montrait trop entreprenant ou tout simplement gentil.

Elle s'occupait particulièrement des enfants et y prenait un plaisir intense. René était un garçon facile, et Léone, qui allait sur trois ans, se montrait étonnamment vive pour son âge. D'un naturel heureux, elle babillait et souriait sans arrêt. Elle suivait Julia partout et attendait, en s'amusant d'un rien, que celle-ci eût fini de vaquer à ses tâches. A cette époque, elle fit de Belle sa compagne de jeux. Elle lui grimpait dessus, lui tirait la queue, se battait avec elle. Au début, Julia eut peur que cela ne se terminât par un accident. Mais la chienne se montrait totalement inoffensive. Elle ne mordait jamais Léone, et chaque fois que celle-ci exagérait, elle se contentait de la repousser avec son museau sans ouvrir la gueule.

A l'heure du coucher, Julia racontait à la petite des histoires qu'elle avait apprises de Marcelline. A l'occasion, elle les enrichissait de détails pris çà et là dans la réalité. Léone ne s'endormait pas pour autant. Il fallait toujours que sa mère l'embrassât. Elle s'accrochait à son cou et cela n'en finissait pas.

Le soir, Julia s'asseyait dans le fauteuil de la cuisine pour souffler. Sa grossesse la fatiguait tant, qu'à certains moments elle souhaitait qu'elle se terminât mal. Elle pensait qu'ainsi son péché serait effacé. Toutefois, bien vite, elle s'en voulait de telles idées et se mettait à parler au bébé qu'elle imaginait dans son ventre. « Tu ne connaîtras peut-être jamais ton père. Dieu sait où il est celui-là? » Parfois, elle s'endormait assise, surtout quand Léon était déjà au lit, et qu'elle souhaitait le rejoindre le plus tard possible.

Chacun d'eux avait acquis une certaine indépendance. Léon allait de plus en plus souvent à La Charité. Julia tenait la maison en main. Léon n'y était plus qu'un figurant qui pouvait jouer de temps en temps avec les enfants puisque le destin avait voulut qu'il fût leur père.

Julia n'avait pas bonne mine. A la ferme d'en haut, tout le monde le voyait, mais, bien sûr, personne ne disait rien. Cependant, vers la mi-octobre, alors qu'elle paraissait encore plus défaite que d'habitude, Auguste décida de lui parler. La conduite de Léon ne pouvait pas, à elle seule, expliquer qu'elle fût dans un tel état. Il la connaissait bien, va! Il devait y avoir autre chose. Après le dîner, il la prit par le bras. « Viens ma belle! On va faire un tour. Je voudrais te montrer le beau veau qui est né hier. » Les femmes feignirent de n'avoir pas entendu. Après tout, si le vieux voulait causer avec sa fille, c'était son droit.

Aussitôt dehors, Auguste prit Julia par la taille. « Dis donc, toi! Tu sais que je suis inquiet! J'aime pas beaucoup la tête que tu fais en ce moment! » Julia se laissa aller contre son père. Sa nervosité s'atténua. Elle s'abandonna. Auguste continuait : « Je sais bien que c'est pas la joie avec le Léon! Mais tu ne vas pas m'en faire accroire! Ça fait belle lurette que vous n'êtes plus cul et chemise. Telle que je te connais, c'est pas ça qui devrait te rendre si triste! » Ils entrèrent dans l'étable et s'assirent sur la paille. Auguste, qui attendait surtout que Julia réagît à ses propos, lui montra le jeune veau. Soudain elle se mit à parler. Cela vint doucement, d'abord par petites touches comme si elle ne parlait qu'à elle-même. « C'est sûr... C'est sûr... Le Léon... Mais ce n'est pas vraiment ça... Il s'est passé des choses, tu sais! » Auguste se gardait de l'interrompre. Il la sentait, sa petiote! Il ne fallait pas la forcer!

Julia se leva. Elle caressa la croupe d'une vache et reprit : « C'est que je comprends rien à tout ça! Tous ces hommes... des drôles! Ils s'en vont tous. » Auguste la questionna : « Il y en aurait eu d'autres? » Julia ne répondit pas. Il comprit. « Jean? Hein? » Elle acquiesça. Le vieux se rapprocha. « Dame! Ça vaut mieux comme ça! » D'un hochement de tête, il désigna son ventre. « Et le gamin? » Elle se cabra. « Eh bien oui! Et alors? » Pour mieux la convaincre qu'il ne lui en voulait pas, Auguste esquissa un sourire. « Eh! C'est bien ma fille! Un bon bougre, le Jean! Ça fera une bonne descendance, va! » Il la reprit par la taille. « Tu sais, il faut prendre les choses comme elles viennent! Il y a pas de quoi en faire une maladie! » Il lui donna une tape affectueuse sur les fesses. Il ne leur restait plus qu'à s'envoyer un petit verre pour sceller ces confidences.

Les premiers frimas qui annonçaient l'hiver apparurent le jour de la Toussaint. Comme chaque année, ils allèrent au cimetière de Narcy. Les uns contre les autres, ils restèrent un long moment en silence autour de la tombe d'Anna. Bien qu'elle fût morte depuis longtemps, elle restait une énigme pour eux. Qu'est-ce qui avait bien pu lui passer dans la tête d'aller se pendre dans l'église?

Auguste, Marcelline et Odette rejoignirent la sortie. Julia, restée seule, n'arrivait pas à détacher son regard de la pierre tombale et des quelques stèles déjà ébréchées qui la recouvraient. « A notre chère fille ». « A notre sœur ». Elle trouvait ces mots particulièrement ridicules, et s'irritait de ne pas se souvenir des traits d'Anna alors qu'elle l'avait côtoyée durant plusieurs années.

Soudain, elle sentit une présence dans son dos. Elle se retourna et vit Clémence, attifée d'un chapeau à voilette, et d'un énorme manteau noir, dans lequel elle disparaissait. « Julia, dit-elle, j'ai vu Léon récemment... » Il était impossible de discerner son visage. Les mots semblaient venir de nulle part. « ... Ne croyez pas que je lui donne entièrement raison. Il se conduit comme un petit imbécile. » Julia restait pétrifiée. Elle s'attendait à tout, excepté se trouver face à face avec sa belle-mère, à cet instant, et dans un lieu aussi insolite! Clémence s'aperçut de sa gêne. « Bien! Je crois que le moment est mal choisi pour parler de tout cela! Nous nous reverrons un peu plus tard. Je passerai à la ferme. » Elle s'éloigna d'un pas rapide pour se recueillir devant une autre tombe, monumentale celle-là, en marbre noir.

Le lendemain, ils reçurent la lettre de Pierre, aussi laconique que les précédentes. Elle procura quand même une grande joie à Marcelline. « Au moins, je sais qu'il est vivant! » répéta-t-elle plusieurs fois. Elle demanda à Julia d'écrire la réponse. Celle-ci fut brève. Elle disait l'essentiel : l'hiver, très rude cette année, rendait la vie de plus en plus difficile.

Effectivement, le froid était particulièrement rigoureux. Il gelait tous les jours. Les bêtes ne sortaient plus, et les hommes les gavaient avec les fourrages engrangés à la fin de l'été. La famille se réunissait le soir dans la grande cuisine de la ferme d'en haut. Auguste n'arrêtait pas de pester contre la cherté de la vie. Tout augmentait! Il n'avait plus un sou! « Bon dieu! ce sont des incapables, là-haut! On vend le blé pour des clopinettes, mais ils n'hésitent pas à nous faire rendre gorge avec leurs saloperies d'impôts! » Il s'enflammait surtout lorsqu'il écoutait les informations. Quoi qu'il entendît, il en tirait toujours un prétexte pour se lancer dans de longues diatribes contre le gouvernement. Plus personne ne l'écoutait. Il répétait toujours la même chose. Quand il devenait vraiment insupportable, l'une des femmes lui mettait Léone dans les bras. C'était l'un des plus sûrs moyens de le faire taire.

La petite, qui commençait maintenant à dire quelques mots, savait l'attendrir et l'amuser. Ils jouaient ensemble. Auguste la mettait debout sur la table. Elle se jetait dans ses bras. Il aimait cela. « C'est qu'elle a du tempérament, la fifille! disait-il. On en fera quelqu'un! » Comme elle n'arrêtait pas de remuer toute la journée, elle finissait par se blottir contre l'épaule puissante du vieux et s'y endormait.

Léon ne venait plus passer les soirées avec eux. Il était à La Charité avec Perrette, ou bien restait à la ferme d'en bas. Julia ne souffrait plus vraiment de son éloignement. Elle s'y était accoutumée. Son temps n'étant plus rythmé par sa présence ou son absence, elle découvrait, avec un certain plaisir, qu'elle se sentait plus libre.

Elle n'était pas plus heureuse pour autant. Elle avait cette impression lancinante d'avoir échoué là où, adolescente, elle avait mis le plus d'espoir.

Bientôt, elle aurait trois enfants, dont un bâtard! Quand l'angoisse se faisait trop forte, et qu'il lui devenait difficile de se laisser aller parce que des images de violence envahissaient son esprit, elle s'activait à tout et à n'importe quoi. A d'autres moments, le rêve prenait le relais de son anxiété. Elle se retrouvait loin, toujours dans une ville. Tous les hommes qui l'abordaient ressemblaient à Jean. Elle portait de magnifiques toilettes et elle riait...

Le brouillard qui s'installait parfois pendant plusieurs jours atténuait la lumière. L'enfant qu'elle portait la faisait souffrir plus que les deux autres. Il remuait beaucoup, ce qui l'obligeait à s'allonger très souvent. A ces moments-là, elle aurait aimé qu'un homme vînt la serrer dans ses bras, la rassurât et l'aidât à passer cette période difficile. Elle lui aurait dit son inquiétude et sa souffrance. Elle réagissait alors violemment. Elle se traitait de « bourrique » et se levait pour se replonger dans une occupation ou une autre. « Allez, ma fille! se disait-elle, serre les dents! Tu es pas là pour geindre! »

Cette contrainte, qu'elle s'imposait, commençait à se traduire sur son visage. Les traits de celui-ci s'accusaient de plus en plus. Il n'en émanait plus aucune joie de vivre, mais une volonté tenace et une certaine raideur.

Clémence vint lui rendre visite le 27 novembre. Elle arriva au début de l'après-midi, dans un coupé flambant neuf. Julia, qui remuait le foin dans la grange, fut étonnée de la voir. Elle se souvenait fort bien, qu'au cimetière, Clémence lui avait dit qu'elle passerait, mais elle n'y avait pas cru. Elles se saluèrent sans tendresse et entrèrent dans la cuisine. Julia referma la porte rapidement pour retenir la chaleur. Léone s'amusait sur le sol avec des chiffons et quelques petites branches d'arbre très fines. Clémence s'accroupit auprès d'elle : « Bonjour, ma chérie! A quoi donc joues-tu? » La petite releva la tête et partit dans de longues explications très confuses. Elle parlait de Papi, de vaches et de chevaux. Elle désignait parfois un chiffon, ou une branche, pour mieux se faire comprendre. Clémence, peu patiente avec les enfants, se releva bien vite. En accordant quelque attention à Léone, elle en avait assez fait pour qu'elle fût convaincue d'être une grand-mère exemplaire. D'ailleurs, elle ne s'inquiéta même pas de René. Elle accepta le café que lui proposa Julia et, sans transition, s'expliqua sur la raison de sa venue. « Je sais que vous ne m'aimez guère. Je reconnais que je n'ai rien fait jusqu'ici pour qu'il en soit autrement... J'ai toujours donné raison à Léon contre vous... Que voulez-vous? Je suis sa mère et j'ai toujours rêvé pour lui d'un meilleur avenir. A plusieurs reprises, je l'ai encouragé à divorcer. Maintenant... J'ai quelque peu révisé mon jugement. Il se trouve que je suis allée à La Charité au mois de septembre et j'y ai appris la vie que Léon y mène certains soirs. J'en ai été d'autant plus choquée que, paraît-il, il s'y affiche au bras d'une traînée. » Elle s'interrompit pour mesurer l'impact de ses propos sur Julia. Cette dernière demeura silencieuse. Elle n'avait rien à dire. Elle savait tout cela... Plus ou moins. Il lui importait surtout de savoir où Clémence voulait en venir.

Celle-ci, décontenancée, détourna son regard vers sa main gauche encore gantée et posée à plat sur la table. Elle ne s'attendait pas à ce que Julia restât de glace. Elle devait savoir? On verrait bien!... Elle reprit très vite : « Bien sûr, après avoir compris cela, j'étais furieuse contre Léon. Je dois avouer que je le découvrais sous un jour que je n'imaginais pas. Un garçon sans moralité! Depuis, je l'ai vu à plusieurs reprises. Je l'ai sermonné. Je lui ai rappelé que je ne l'avais pas élevé avec autant d'attention pour le voir un jour se montrer aussi débauché. Chaque fois, ce fut un drame. La veille du Jour des Morts, ce fut pire encore! Il m'a insultée, et est parti en claquant la porte après m'avoir jeté au visage qu'il ne reviendrait plus me voir! Qu'il en avait marre de tout, et qu'il préférait mille fois une prostituée, qui ne demande rien, à toutes ces femmes qui ont toujours réponse à tout! Vous vous rendez compte? » Elle avait posé la question d'une voix si aiguë, que Julia dut se retenir pour ne pas éclater de rire. Clémence lui apparaissait à la fois très émouvante et très grotesque, et elle n'arrivait pas à démêler qui, de la mère ou de la bourgeoise offusquée de Narcy, s'exprimait. Elle n'hésita pas longtemps. Clémence se mit à pleurer. Julia obéit à son instinct et la prit dans ses bras. A sa grande surprise, elle ressentit pour cette vieille femme une grande tendresse mêlée de pitié. Une complicité naissait entre elles qui souffraient du même homme.

Quand la crise fut passée, Clémence prit congé. Assise dans le coupé, elle se retourna une dernière fois : « Vous savez! Il faudra qu'il change beaucoup s'il veut encore compter sur moi. A bientôt, Julia! » Celle-ci rentra précipitamment. Son ventre la faisait souffrir. Elle décida de ne pas évoquer la venue de Clémence devant Léon.

Depuis quelques jours, celui-ci n'allait plus travailler avec Auguste et Georges. Il rentrait de La Charité tôt le matin, et passait le reste de la journée à dormir, sans se préoccuper des enfants.

Chaque fois, il se demandait pourquoi il revenait. Sans doute s'agissait-il tout simplement d'une habitude, comme l'étaient devenues ses rencontres avec Perrette. Ils ne prenaient plus la peine de se retrouver au café. Il allait directement chez elle. Ils faisaient l'amour brutalement. Léon recherchait une jouissance toujours plus forte, plus durable. Perrette, compréhensive, l'initiait à toutes les subtilités...

Maintenant qu'il découvrait le plaisir, Léon se demandait comment il avait pu faire pour l'ignorer pendant si longtemps. Un soir, il s'en ouvrit à Perrette. Celle-ci haussa les épaules. « Ma foi! C'est pas difficile à comprendre! Avec la mère que tu as eue! Si elle ressemble à ce que tu en dis, il a bien fallu qu'elle couche une fois pour t'avoir, mais après, elle a dû fermer boutique! » La manière dont Perrette s'exprimait fit rire Léon. Elle ne se laissa pas démonter : « Tu peux rigoler! Tout le monde sait que tu causes comme un livre! Mais tes phrases ressemblent aux belles robes pour nous! Ça cache mieux ce qu'on ne veut pas laisser voir! »

Léon éprouvait un bien-être nouveau, à vivre souvent en état d'ébriété. Les gens et les événements quotidiens prenaient alors moins d'importance, et le désir se trouvait sans cesse ravivé.

Une fois, Perrette refusa l'argent qu'il lui donnait. « Laisse donc, va! J'ai pas de mal à m'en faire avec d'autres! Toi, c'est pas pareil. J'ai comme l'impressoin qu'on se ressemble. » Léon accepta. Elle avait raison la môme! Ils méritaient mieux que ça...

Durant les nuits passées à La Charité, Léon ne pensait pas à Julia. Elle sortait complètement de son esprit. Par contre, il se sentait parfois coupable de délaisser les enfants, Surtout Léone, pour laquelle il se découvrait de plus en plus d'intérêt. Il se faisait une joie de la retrouver quand il revenait. Après avoir bien dormi, il aimait jouer avec elle, et l'écouter raconter à sa façon les menus événements de sa vie. Il la trouvait fort éveillée, et imaginait pour elle de grandes choses. Elle sortirait de cet univers clos, irait à la ville, aurait un travail et épouserait un homme qui vaudrait mieux que lui.

Ce fut à cause d'elle qu'il sut que Clémence venait parfois à la ferme. « Hier, Mamie là... », lui dit-elle un soir. Léon questionna Julia. « Qu'est-ce qu'elle vient foutre ici? » Celle-ci haussa les épaules : « Elle vient s'occuper des enfants... » Piqué au vif, Léon se moqua de sa mère. « Avec le caractère qu'elle a, elle doit faire un bon père! » Julia se retourna et lui fit face : « En tout cas, j'espère que le vrai père viendra pour l'anniversaire de sa fille! » Léon se sentit pris en faute. C'était vrai! Léone allait avoir trois ans. Il se promit d'être présent...

La fête eut lieu à la ferme d'en haut. Clémence y participait. Les femmes avaient été un peu surprises de la voir arriver, mais elles n'avait pas voulu faire des histoires pour cela. Léone portait une petite robe de taffetas que Marcelline avait elle-même mise dans son enfance. Ils mangeaient un canard qui avait mijoté toute la journée.

Le vin aidant, ils se sentaient tous d'excellente humeur. Georges jouait de l'accordéon. Auguste faisait grimper Léone sur la table et l'encourageait à danser. Tous tapaient dans leurs mains. René, blotti dans les bras de Julia, pleurait de temps en temps. Mais dame! Il n'avait qu'à attendre. Ce serait bientôt son tour!

Clémence fit son effet. Elle annonça qu'elle irait à Paris rendre visite à sa sœur avant Noël. Odette se désola : « Crénom! Je crois bien que je verrai jamais la capitale! » Auguste éclata de rire : « Et alors? Qu'est-ce que tu ferais là-haut! Tu aurais l'air d'une grosse génisse égarée! » Puis il se tourna vers Clémence : « Il faudra nous raconter! » Elle promit de le faire. Ils trinquèrent tous à la réussite de son voyage.

Son départ eut lieu le 21 décembre. Il faisait froid. Le ciel gris, et le plafond des nuages très bas, annonçaient une neige imminente. Il avait été convenu qu'elle passerait prendre Julia et Léon à la ferme d'en bas. Bien qu'il n'en eût aucune envie, ce dernier avait accepté d'accompagner sa mère.

Clémence arriva à la ferme en début d'après-midi. L'express de Paris ne partant qu'à 18 h 13, elle possédait une confortable avance. Pourtant elle restait inquiète. Il persistait en elle un vieux fond d'angoisse, qui venait du mauvais rapport qu'elle entretenait depuis toujours avec le temps. Il lui semblait que celui-ci passait, ou très vite, ou très lentement, mais qu'il ne s'accordait jamais à son propre rythme de femme seule. Lorsqu'elle entra dans la cour de la ferme, elle pensait qu'elle manquerait sans doute son train.

Belle aboya avec force. Julia alla au-devant de Clémence et l'aida à descendre. Cela s'avéra difficile. La vieille femme était engoncée dans une pelisse de fourrure, très longue, dans laquelle elle se prenait les pieds. Julia ne put s'empêcher de rire. « Eh bien, il faudrait la faire raccourcir! » Clémence secoua la tête. « Pas question. Elle appartenait à mon pauvre mari! Je n'y toucherai jamais! » Elle courut se réfugier dans la cuisine pour se réchauffer. Julia mit l'attelage à l'abri sous le hangar. Quand elle revint, Clémence se frottait les mains au-dessus de la cuisinière et parlait à Léone : « Alors, ma chérie! Tu as l'air de bien t'amuser! » La petite gardait la tête baissée. Clémence s'en désintéressa très vite. « Voulez-vous du café? » demanda Julia. Clémence acquiesça, et s'assit. « Et Léon? Il n'est pas encore là? Pourtant il sait bien que je pars pour Paris! Il va encore arriver au dernier moment! » Julia ne répondit pas. Elle n'osait pas. Si elle parlait de lui, elle risquait de sortir de ses gonds. Cela ne servirait à rien. Elle préféra changer de sujet. « Combien de temps resterez-vous à Paris? » Clémence ignora la question : « Alors? Comment ça va avec Léon? » Julia, qui préparait le café, lui tournait le dos. Elle fit la grimace. « Décidément, pensa-t-elle, quand elle a une idée en tête, celle-là, elle l'a pas ailleurs! » Elle choisit de rester évasive. « Oh! ça va! Comme ça! Il n'est pas souvent là! » Clémence, exaspérée, se mit à tapoter du doigt sur la table. Julia vint s'asseoir à côté d'elle. « Vous savez, il m'en fait voir de toutes les couleurs, mais ça passera. C'est pas tous les jours qu'il fait mauvais temps. » Puis, les deux femmes se turent. Léone jouait sur le sol avec des bouts de bois et racontait des histoires inintelligibles. René, couché dans son berceau, pleurait par intermittences. Belle, allongée près de la cuisinière, soupirait d'aise.

Le silence fut bientôt insupportable à Clémence. Elle n'allait pas rester ainsi, pendant des heures. Il fallait qu'elle parlât, qu'elle rompît cette quiétude, et qu'elle n'entendît plus le balancier du morbier qui lui rappelait que le temps passait sans qu'elle fît rien pour l'occuper. « Il faudrait peut-être ne pas trop tarder? » dit-elle. Julia sursauta. Elle réalisa qu'elle rêvait les yeux ouverts. Elle tenta de se souvenir des dernières images, mais n'y parvint pas. Cela l'irrita. « Mais non! On a bien le temps, répondit-elle d'un bon brusque. La Charité n'est qu'à dix kilomètres. Il faut pas une heure pour s'y rendre! »

Odette frappa à la porte, entra et referma rapidement. « Il fait un froid dehors! J'ai bien cru que je gèlerais sur place avant d'être rendue! » Elle embrassa Julia, salua Clémence, et reprit : « Dame! J'avais bien entendu la carriole. Alors, vous partez à la capitale? » Encore essoufflée d'avoir couru pour traverser le pré qui séparait les deux fermes, elle soupira bruyamment. « Vous n'avez pas vu Léon? questionna Clémence. – Ma foi, non! répondit Odette. Il est parti aux champs avec les autres du côté de Varzy. Mais il a rien dit sur l'heure qu'il reviendrait! » Clémence haussa les épaules. Odette se trémoussait sur sa chaise et regardait Julia. Celle-ci s'étonna : « Mais qu'est-ce que tu as donc à avoir la danse de Saint-Guy comme ça? » Odette éclata de rire. « Eh! c'est que tes chaises sont dures! Quelques instants plus tard, elle se tourna vers Clémence : « J'aurais bien envie d'aller à La Charité avec vous. Ça fait si longtemps que j'y ai mis les pieds. Je pourrais dire un bonjour au gros Marcel que j'ai pas revu depuis des siècles! » Clémence accepta, un peu dépitée que ce ne fût pas uniquement pour l'accompagner. Odette, ravie, témoigna de sa joie en embrassant Léone, qui n'y comprenait rien. « Je m'en vais me faire une beauté », dit-elle en riant.

Léon n'arriva qu'à cinq heures. Le jour commençait à décliner. Il se précipita vers Léone et l'arracha littéralement du sol. Il l'embrassa et la serra contre lui à l'étouffer. « Ça va ma grande? » Elle se mit à pleurer. Il la reposa doucement, et se tourna vers les deux femmes qui se levaient. « Alors, on y va? » Il n'ajouta rien et sortit préparer l'attelage. Clémence, qui n'en revenait pas, suffoquait de cette rage contenue. « Quel goujat! Ne même pas dire bonjour à sa mère! » Julia sourit et haussa les épaules. « Il faut pas vous en faire! Il est comme ça depuis quelque temps! » Clémence enfila sa pelisse. Julia habilla les enfants et passa un lourd manteau qu'Auguste lui avait donné pour l'hiver. Ils montèrent dans le coupé, et passèrent à la ferme d'en haut, où ils laissèrent les enfants. Marcelline les garderait. Odette grimpa dans la voiture. Elle s'était recoiffée avec tant de soin qu'elle semblait aller au bal. Léon n'attendit pas qu'elle fût assise. Avec les rênes, il frappa violemment les flancs du cheval qui se mit tout de suite au trot. Odette fut projetée vers le siège arrière et s'écrasa sur Clémence. Celle-ci jura, et tenta de remettre en place son chapeau à voilette, qui pendait sur son épaule, retenu par quelques épingles. Son chignon finit par se défaire et ses longs cheveux gris libérés flottèrent au vent. Elle hurlait, mais Léon faisait mine de ne pas entendre. Il fouettait le cheval à tour de bras.

Ils arrivèrent à la gare avec un peu d'avance. Léon resta assis sur le siège de conduite. Clémence héla un porteur. Julia et Odette descendaient les bagages. L'effort faisait transpirer Odette. Elle n'arrêtait pas de maugréer : « Crénom! Il se fout de nous le bellâtre! Il risque pas d'attraper un tour de rein, celui-là! » Julia se retenait d'éclater. Elle aurait giflé Léon. Elle n'en revenait pas de le voir agir ainsi. Pourtant, dans le même temps, son attitude outrancière l'émouvait comme s'il s'agissait d'un appel à l'aide.

Clémence ne faisait pas ce genre de nuances et jugeait les manières de son fils inqualifiables. Elle suivit le porteur qui poussait la charrette à bras, pleine de bagages, vers le train. Elle ne se retourna pas. Les deux autres femmes lui emboîtèrent le pas. Odette échangea un regard avec Léon et haussa les épaules. « Bourrique, va! » laissa-t-elle échapper entre ses dents.

Léon resta assis, quelques instants encore, à considérer la robe luisante du cheval, qui frappait le sol de violents coups de sabots, et secouait la tête. Des volutes de vapeur s'échappaient de ses naseaux. Léon ne savait que faire. Il se sentait las et dégoûté. Il ne comprenait pas pourquoi il agissait d'une manière aussi excessive. Son comportement lui échappait. Il haussa les épaules. C'était ainsi. Il ne pouvait rien y faire! Le froid le fit frissonner. Il sauta du coupé, et attacha le cheval à l'un des crochets fixés sur la façade de la gare. « Bah! Elles retrouveront bien la voiture! » pensa-t-il. Il prit le chemin du centre ville. Il allait se réchauffer, et s'étourdir encore un peu plus, chez le gros Marcel. Peut-être y rencontrerait-il Perrette?

Pendant ce temps, Clémence s'installait à sa place de première classe. Julia et Odette attendaient sur le quai. Elles avaient refusé de monter, de peur d'être surprises par le départ de l'express. Aussi curieuses l'une que l'autre, elles se hissaient sur la pointe des pieds et tentaient d'apercevoir l'intérieur du compartiment. Elles n'avaient encore jamais pris le train. « Bon dieu! que c'est beau là-dedans! » remarqua Odette. Julia ne répondit pas. Elle dévorait des yeux tout ce qu'elle pouvait apercevoir malgré les reflets de la vitre : les banquettes confortables... La couleur chaleureuse des panneaux de bois du couloir... L'éclairage tamisé des lampes... C'était d'autant plus féerique qu'il faisait nuit et qu'elle pouvait voir l'enfilade des lumières jusqu'au bout de la rame. Clémence actionna une manivelle. La vitre descendit. Elle sourit aux deux femmes qui tenaient la tête relevée et écarquillaient les yeux. « Je serai de retour dans deux mois, et là, croyez-moi, je m'occuperai de Léon! » Julia sentit combien Clémence était pleine d'amertume et de colère contenue. Elle ne renchérit pas. Elle retenait ses larmes. Pourquoi Léon se conduisait-il d'une manière aussi détestable, comme par plaisir?... Soudain, le wagon s'ébranla. Clémence se maintint à la barre d'appui. Elle agita sa main libre et esquissa un sourire. Le convoi s'éloigna dans un bruit assourdissant de ferraille.

Quand les fanaux de la dernière voiture disparurent, Odette retrouva la parole. « Si j'avais su! C'est pas croyable! » Julia ne s'inquiéta pas de savoir pourquoi Odette s'extasiait. Elle l'entraîna vers la sortie. « Viens donc! On est pas encore rendues! »

Lorsqu'elles furent dehors, Odette s'étonna de ne pas voir Léon. Julia haussa les épaules. « Il est certainement avec sa roulure! » Odette alluma les lanternes qui encadraient le coupé. Julia fouetta le cheval. Elles disparurent dans la nuit, serrées l'une contre l'autre pour mieux lutter contre le froid. Odette était un peu déçue de repartir si vite. Elle serait bien allée boire un verre chez le gros Marcel, où elle espérait se replonger dans l'ambiance qu'elle avait connue dans son troquet des Bertins. Mais Léon s'y trouvait certainement. Elle se doutait que Julia le savait. Elle ne lui proposa pas de s'y rendre.

En effet, Léon était encore chez le gros Marcel. A l'écart, au bout du comptoir en zinc, il buvait à même le goulot d'une bouteille de fine. Bientôt, il retrouva l'état d'ivresse habituel qui réveillait son désir, et alla rejoindre Perrette...

Quand il arriva, elle n'était pas seule. Un homme, adipeux et rougeaud, debout dans l'unique pièce, rajustait sa vareuse. Il ne manifesta aucune réaction en voyant entrer Léon. Il pensa qu'il s'agissait probablement d'un prochain client...

Léon ne put contenir sa colère. Cet individu, qu'il ne connaissait pas, ressemblait trop à Auguste. Ses gestes exprimaient la même assurance tranquille, que Léon exécrait. Il se sentit frustré. Perrette s'était fait prendre par lui. Il avait joui en elle. Peut-être y avait-elle trouvé du plaisir? Sans crier gare, il empoigna l'inconnu par le revers de sa veste et le jeta dehors. « Fous le camp, bouseux! Elle n'est pas pour toi! Tes pattes crasseuses sont juste bonnes pour la croupe des vaches! » Surprise par une telle violence, Perrette resta figée quelques instants avant de se précipiter vers Léon. Elle lui agrippa le bras au moment où il claquait la porte. « Mais tu es fou de faire ça, hurlait-elle. Tu sais qui c'est? Tu sais qui c'est? » Elle le secouait violemment. « Tu te rends compte! C'est le père Benoit, le chef des chemises vertes de La Charité! Tu vas en entendre parler, crois-moi! » Léon sortit de l'hébétude qui avait suivi son accès de colère. Il repoussa Perrette, et alla s'asseoir au bord du lit. Elle continuait à gueuler devant lui, mais il ne l'entendait plus. Le dégoût l'envahissait à nouveau. Il se sentait spectateur de lui-même, comme si tout ce qu'il faisait s'imposait, sans qu'il dût y prendre part... Soudain, il comprit à nouveau ce que lui disait Perrette : « Eh bien, il ne faut pas te gêner! Tu te prends peut-être pour mon maquereau! C'est pas parce que j'ai de l'amitié pour toi qu'il faut tout te permettre. Puis enfin, tu t'es mis dans de beaux draps! Je te dis que le père Benoit a le bras long! » Léon en eut par-dessus la tête de l'entendre. Il la prit à bras-le-corps et l'attira sur le lit. Elle ne résista pas...

Léon se réveilla dans la nuit. La lumière de la pleine lune inondait la pièce. Il tourna la tête et distingua le dos découvert de Perrette allongée sur le ventre. Il eut envie de la reprendre. Il s'allongea sur elle et lui empoigna les seins à pleines mains. Elle gémit et écarta les jambes. Il la pénétra sans ménagements. Le cri qu'elle poussa fut étouffé par l'oreiller...

Contrairement à son habitude, il resta en elle un long moment. Ce soir-là, il aimait l'adhérence de leurs corps, et sentir les côtes de Perrette se soulever au rythme de sa respiration. Léon appuya son visage contre celui de la jeune femme afin de pouvoir lui parler à l'oreille. « Dis donc? C'est quoi les chemises vertes? » Elle haussa les épaules. « Ce que je sais! C'est politique... » Léon, qui voulait en savoir plus, reprit d'un ton plus brusque : « Mais bon dieu! Tu couches avec lui! Il doit bien te raconter ce qu'il fait! » Perrette ricana. « Tu crois que parce qu'on couche ensemble, on se raconte nos vies! Ce que je sais c'est qu'ils se réunissent à plusieurs dans l'arrière-salle de chez le gros Marcel et que ça bavasse pendant des heures. » Léon demeura silencieux un long moment. Cela l'intriguait de n'avoir jamais entendu parler de ces gars-là et de leurs activités. Qu'à cela ne tienne! Il irait se renseigner chez le gros Marcel. Il s'allongea de nouveau sur le dos, et s'endormit d'un coup. Perrette le regarda. Décidément, elle ne comprenait rien à cet homme.

A la ferme d'en bas, Julia attendait, assise devant la table. Elle avait sorti quelque nourriture du garde-manger, mais elle ne pouvait avaler quoi que ce fût. Belle en profitait. Elle happait les morceaux entiers de fromage que Julia lui donnait sans même s'en rendre compte.

Longtemps, elle fixa une vieille reproduction sépia de *L'Angélus* de Millet, accrochée sur le mur qui lui faisait face. Puis, elle regarda autour d'elle. L'ampoule recouverte de chiures de mouches diffusait une lumière terne et orangée. Les murs, la table, le vaisselier et le morbier perdaient tout relief. Le chagrin l'envahit peu à peu sans qu'elle pût faire autrement que l'accepter. Elle finit par s'assoupir.

Plus tard, dans la nuit, toujours assise à la même place, elle s'éveilla au milieu d'un cauchemar. Dès qu'elle eut ouvert les yeux, la tristesse la reprit à nouveau. Elle sentit son menton s'agiter en un tremblement désordonné. Elle serra les mâchoires pour s'empêcher de pleurer, mais n'y parvint pas. Elle secoua la tête. Vivre ainsi était trop dur... Comment pouvait-elle en être arrivée là?... Avait-elle bien vécu ce jour où Léon était venu la chercher sur le banc, face à l'église?... Puis elle se ressaisit. « Allons, ma petite! se dit-elle, tu vas pas te laisser aller comme ça! C'est ta vie! » Toutefois, l'argument ne lui parut pas assez convaincant pour accepter d'aimer et de haïr dans le même temps un homme absent. A cet instant, le visage souriant de Jean s'imposa à son esprit. « Où est-ce qu'il est, celui-là? » marmonna-t-elle. Puis elle s'endormit à nouveau.

Elle fut tirée de son sommeil, vers six heures du matin. Léon revenait de La Charité. Elle hésita. Laisserait-elle éclater sa colère ou bien garderait-elle le silence? Elle n'eut pas le temps de savoir ce qui l'emporterait. Il passa devant elle, fit un salut de mauvaise grâce, et sortit après avoir passé sa vareuse de travail.

Durant les jours qui suivirent, Julia ne voulut pas envenimer leurs relations. Elle ne fit aucun reproche à Léon pour ses absences répétées. Elle s'occupait des enfants, préparait les repas, et soignait les bêtes comme à l'ordinaire. Elle espérait qu'avec la venue de Noël, il changerait d'attitude, ne serait-ce que pour Léone. Il n'en fut rien. Le soir du réveillon, il ne revint pas des champs.

Il avait quitté Auguste en fin d'après-midi, et rejoint La Charité d'un bon pas. Il était convenu avec Perrette qu'il devait la retrouver chez elle, et qu'ensuite, ils iraient réveillonner chez le gros Marcel.

Quand ils arrivèrent, la fête battait son plein. La fumée était à couper au couteau. Bien qu'il ne fût pas très tard, tous les clients étaient ivres. Deux accordéonistes faisaient un raffut d'enfer. Ça gueulait dans tous les coins. Des couples s'embrassaient à pleine bouche. Le gros Marcel, qui d'ordinaire ne buvait pas, avait lui aussi le geste imprécis. Pour emplir un verre, il arrosait tout le comptoir! Léon et Perrette, qui avaient déjà bu une bouteille, ne mirent pas longtemps à se fondre dans la foule. Accoudés au bar, ils avalaient la fine au goulot. Ils riaient sans savoir pourquoi. Léon pelotait le cul de Perrette qui se trémoussait de plaisir. Parfois, ils entonnaient une chanson paillarde avec les autres. Ça braillait tellement, à ces moments-là, qu'on n'entendait même plus les accordéonistes. Qu'importait! Ils n'étaient pas là pour chanter des cantiques! Ce fut bientôt un vrai capharnaüm. Ça rotait, vomissait, crachait à même le sol. La serveuse, que le gros Marcel avait embauchée pour l'occasion, avait bien du mal à tenir la situation. Elle s'en fichait. Son patron n'était plus en état de faire le difficile. Telle une semeuse, elle jetait la sciure à pleines poignées sur le sol. A chaque fois qu'elle fendait la foule, des mains s'égaraient sur ses fesses. Elle ne disait rien. Elle aimait plutôt ça...

Bientôt, les ventres vides crièrent famine. Un grand gaillard, hissé sur l'une des tables, hurla : « C'est pas le tout de boire! Il faut bouffer pour éponger! » Tous reprirent en chœur : « Faut bouffer pour éponger! » Le gros Marcel, qui calait son énorme ventre sur l'évier du comptoir pour ne pas tomber, réalisa qu'il fallait faire quelque chose. La plupart des clients connaissaient sa réserve, et l'un d'eux pouvait avoir la mauvaise idée d'y entraîner les autres. « Vos gueules, nom de Dieu! » cria-t-il. Il lui fallut recommencer plusieurs fois. Enfin, un silence relatif se fit dans la salle. Il continua : « Je vais chercher de quoi remplir vos sacs à vin! » Des rires fusèrent de toutes parts. On s'offrit de nouvelles tournées.

Léon n'était pas le dernier à régaler. Il se sentait

riche. Il marchait sur cinquante hectares qui valaient un bon prix... La mère possédait certainement un magot dont elle ne lui avait jamais parlé... Il ne risquait pas d'être un mauvais payeur avant longtemps.

Perrette, qui buvait autant que Léon, finit par s'asseoir sur un tabouret. La jupe relevée jusqu'en haut des cuisses, les seins à moitié à l'air, elle riait à gorge déployée et s'offrait à toutes les mains. Léon n'y voyait pas de mal. Ceux qui se permettaient de la toucher connaissaient son corps mieux que celui de leur propre femme. « Tu peux y aller, disait-il à l'un ou à l'autre. Je l'ai baisée avant de venir! » Il empoignait alors la bouteille de marc et en avalait une nouvelle gorgée.

Le gros Marcel, aidé de la serveuse, revint de la réserve, les bras pleins de victuailles. Des cris de satisfaction l'accueillirent. Avant même qu'il fût parvenu au comptoir, on lui arracha les saucissons, les pâtés, le pain et le beurre. Les plus affamés témoignaient de leur plaisir en tapant du poing sur les tables. D'autres, trop soûls pour manger, redemandaient à boire en jurant.

Accroché au zinc, Léon n'arrêtait pas de clamer que sa femme n'était qu'une vache et qu'il allait la quitter. Un instant, il se tourna vers Perrette et partit d'un rire sonore et guttural. « Je préfère les putes! Au moins, on n'est pas trompé sur la marchandise! » Perrette, ivre morte, approuva : « Pour sûr! Et c'est de la première qualité! » Pour mieux convaincre son auditoire, elle prit ses seins à pleines mains et les souleva pour les rendre encore plus volumineux. Soudain, son visage se figea. La porte venait de s'ouvrir, livrant passage au père Benoit et à trois paysans du coin, tous passablement éméchés. Ils jetèrent un coup d'œil circulaire sur l'assemblée. Le père Benoit repéra Perrette et

Léon. Ce dernier venait de se retourner. Les deux hommes se mesurèrent du regard. Aucun ne baissa les yeux. Perrette s'en aperçut. La peur la rappela à la réalité.« Ils seraient bien capables de se foutre encore sur la gueule! » pensa-t-elle.

Le père Benoit fendit la foule en distribuant force claques de connivence dans le dos des uns et des autres. Bien qu'ils fussent fin soûls, tous les clients lui disaient un mot de bienvenue. Il était influent!

D'autorité, il vint s'asseoir près de Perrette. Léon n'en menait pas large. « Ce gros porc et ses hommes, pensa-t-il, sont certainement venus me mettre une raclée. » Cependant, il se détendit quelque peu. Le père Benoit lui souriait. « Alors, jeune homme! C'est qu'on a le sang vif! » dit-il sans méchanceté. Il poussa un verre de fine devant Léon. Ce dernier n'en revenait pas. « Il est en train de me taquiner, celui-là! Il se fait tout miel pour mieux m'endormir! » Il se redressa et chercha des yeux les trois autres larrons. Dispersés dans la foule, ils se désintéressaient de ce qui se passait au bar. Perrette voyant le désarroi de Léon, intervint : « Eh bien, prends-le donc ce verre! C'est pas du poison! » Le père Benoit souriait toujours. « C'est vrai, mon gars! Vous croyez tout de même pas que je vais vous foutre une tannée! La fois qu'on s'est vus, j'ai plutôt apprécié vos façons! Il faudrait qu'on cause tous les deux! Mais trinquons d'abord! » Léon se laissa aller. Ils cognèrent brutalement leurs verres. Ça valait tous les traités de paix!

La fête dura toute la nuit. Vers six heures, la salle se vida. Les bêtes n'attendaient pas!... Il ne resta bientôt plus que Léon, le gros Marcel et le père Benoit qui jouaient au quatre-cent-vingt-et-un. Perrette ronflait, assise sur une chaise, les bras ballants, le nez piquant dans sa poitrine. La serveuse tentait tant bien que mal de remettre de l'ordre.

Soudain, Léon s'exclama : « Bon dieu! Vous avez vu l'heure? » Il désigna la rue d'un hochement de tête. « Il va falloir que j'y aille! » Il se tourna vers Perrette. « Il faudrait la raccompagner. » Il se souvint alors qu'il n'avait pas le coupé. Le père Benoit le rassura. « T'en fais pas, mon gars! On va la laisser chez elle et je te ramènerai chez toi. »

Le cheval alla bon train. Léon somnola jusqu'aux Bertins. Il demanda au père Benoit de l'y laisser. Il finirait à pied. Il lui restait peu de route à parcourir. Marcher lui ferait du bien... L'air était frais. Le ciel bas donnait une couleur plombée aux champs environnants. Léon aimait cette époque de l'année durant laquelle la nature s'offrait au regard, nue et silencieuse. Sans savoir pourquoi, il se sentait alors en pleine harmonie avec elle.

Longtemps avant d'arriver, Léon entendit Belle qui hurlait à la mort. Il tressaillit. Cela n'annonçait rien de bon. Il accéléra le pas. Bientôt, il s'engagea dans le chemin de la mare. La ferme d'en bas apparaissait dans la perspective. Les arbres qui bordaient l'allée étaient défeuillés. Les ornières, durcies par le froid, lui rendaient la marche difficile. La voiture du docteur Bertranges stationnait dans la cour. Personne ne se tenait dehors. Seuls, les pleurs de la chienne, qui ne bougeait pas, troublaient le silence. Léon s'arrêta un instant. L'angoisse lui taraudait le ventre. Il entra rapidement.

Toute la famille entourait le lit dans lequel Léone semblait dormir. Auguste se tenait accoudé sur le rebord de pied. Marcelline était assise sur une chaise à côté de la table de nuit. Julia, à moitié allongée sur le matelas pleurait en tenant la main de la petite. Odette, debout de l'autre côté, s'appuyait contre le mur. Tous regardaient le docteur qui prenait le pouls de Léone. Auguste lança un regard noir à Léon, qui n'osa pas s'avancer plus avant.

La voix grave du médecin résonna dans la pièce : « Je crois qu'elle a perdu connaissance! » Il garda le silence durant quelques secondes. Tous guettaient la suite. Il reprit : « Je n'ai aucun moyen de la ramener à nous. Ça peut durer une heure comme plusieurs... » Il s'interrompit. Il semblait réfléchir. Auguste en profita pour intervenir. « Elle va rester comme ça très longtemps? » Le docteur acquiesça puis ajouta : « Mais il ne faut pas désespérer! Je passerai tous les jours. Vous lui donnerez des cuillerées d'eau sucrée pour qu'elle ne dépérisse pas trop... » Il remballa son attirail dans son sac en cuir usé, et le ferma. Il toisa Léon lorsqu'il passa devant lui et sortit. Auguste lui emboîta le pas.

Léon caressa le front de Léone. « Comment cela est-il arrivé? » demanda-t-il à Julia. Celle-ci le fixa un long moment. Ses yeux mouillés exprimaient la haine et le désespoir mêlés. « Elle est tombée » réussit-elle à articuler. Odette reprit : « Elle jouait dans la cour avec la chienne. Elle s'est cogné la tête contre le mur. Je l'ai trouvée à terre qui bougeait plus! » Elle s'interrompit, renifla, et sortit un mouchoir pour sécher ses larmes. Elle hoqueta : « Elle est... comme ça... depuis... tout à l'heure... » Puis elle se remit à pleurer bruyamment. Elle préféra s'en aller. Avant de la suivre, Marcelline se retourna. « Si tu as besoin de moi, ma fille, appelle donc. »

Julia et Léon se retrouvèrent seuls. Ils encadraient Léone et lui tenaient chacun une main. Ils restèrent longtemps ainsi, silencieux et sans se regarder. Julia se sentait vidée et ne savait que dire à Léon. Celui-ci pleurait doucement. Il éprouvait un tel sentiment de culpabilité, qu'il ne pouvait s'exprimer. Sans être particulièrement superstitieux, il pensait que cet accident était lié, d'une manière ou d'une autre, à sa conduite qu'il jugea soudain scandaleuse. Il décida d'y mettre un terme. Mais avant, il fallait renouer le dialogue avec Julia. Il se tourna vers elle et chercha son regard. « Veux-tu un café? » Elle accepta, le suivit dans la cuisine, et s'assit à la table. Lorsque ce fut prêt, il vint la rejoindre, et emplit les tasses. Belle rentra, s'ébroua et se lova devant la cuisinière pour se réchauffer. Léon s'éclaircit la gorge : « Je regrette... Je n'aurais pas dû agir ainsi... » Julia le regarda. Son visage, défait par la douleur, exprimait une immense tristesse. Ses yeux s'embuèrent à nouveau. Elle ne savait que dire. Elle sentait que Léon était sincère, mais il pouvait s'agir d'une bonne intention, sans plus. « Oui... », dit-elle, puis elle sortit s'occuper des bêtes.

Le docteur passait comme il l'avait promis. Son diagnostic restait le même : « Difficile de dire si l'état évolue. Elle respire normalement et ne présente aucun symptôme d'affaiblissement. Je suis convaincu qu'elle va bientôt s'éveiller... Laissez la chienne venir auprès d'elle et parlez-lui le plus souvent que vous pouvez. Appelez-la par son nom. Bref! Agissez comme si elle dormait! » Un soir, alors qu'il allait s'en aller, Julia éclata en sanglots. Elle releva le pan de son tablier pour se cacher le visage. Ses pleurs redoublèrent d'intensité. Doucement, il la prit dans ses bras. « T'en fais pas, Julia. Tout va s'arranger. Il ne faut jamais désespérer. Après la pluie, le beau temps, tu sais... » Elle approuva et se dégagea de son emprise. « Vous avez raison, mais le beau temps, il se fait attendre! Entre le Léon qui court le guilledou, Léone qui est comme une plante, et le prochain gamin qui s'agite tellement qu'il me déchire le ventre... J'en peux plus!

J'arrête pas de m'échiner à droite et à gauche, je ferme plus l'œil de la nuit et il faut que je me taise! » Tout en l'écoutant, le médecin fourrageait dans sa sacoche. Enfin, il trouva la fiole qu'il cherchait. « Tiens, Julia, tu vas me prendre ça tous les soirs avant d'aller te coucher. Ça va te faire du bien! Tu dormiras et tu verras la vie en rose! » Il lui redressa le visage. « Allez! Fais un sourire! Il ne faut pas que le prochain que tu as dans le ventre soit aussi triste que tu l'es en ce moment! Je comprends bien ce qui t'arrive. Mais je sais aussi que tu es taillée dans le roc. Je suis tranquille, tu vas te montrer à la hauteur! » Il l'embrassa sur le front. « Allez! Raccompagne-moi à ma voiture! »

Il dépassait la mare, quand il vit Léon qui revenait à pied de la ferme d'en haut. Dès qu'il fut à sa hauteur, il arrêta le cheval. « Salut! Il fait froid, hein? » Léon approuva puis enchaîna : « Eh dites! La petite est toujours dans le même état? – Oui, répondit le docteur, mais je garde espoir qu'elle va se réveiller bientôt! » Il s'interrompit un instant et reprit : « Léon, ça ne me regarde pas... Il faudrait être gentil avec Julia. Je la trouve très fatiguée et elle en a un troisième dans le ventre. Alors! » Léon regardait ses pieds. Il dessinait des arabesques sur le sol avec l'un de ses sabots. Il releva la tête. « Je crois que ça va aller mieux! Allez, bonsoir et bonne année! » Le médecin hocha la tête.

Léon resta quelques instants, immobile sur le bord du chemin à regarder l'attelage qui s'éloignait. Il se demanda si tout allait vraiment s'arranger. Depuis son retour, lui et Julia ne se parlaient pour ainsi dire pas, et chaque fois qu'il rencontrait Auguste ou l'une des femmes, il se sentait en butte à une hostilité silencieuse et hargneuse. Quand il mangeait à la ferme d'en haut, on lui jetait la nourriture plutôt qu'on ne la lui donnait. Pour lui dire quoi que ce fût, Auguste s'adressait à Georges. Malgré cela, Léon pensait qu'il restait des raisons d'espérer. Léone allait se réveiller, le père Bertranges le disait. Dès lors, la famille ne le rendrait plus responsable de l'accident... Ils s'apercevraient de tous les efforts qu'il faisait pour redevenir celui qu'il était lorsqu'il avait épousé Julia... Il serait à nouveau accepté dans le clan... Une connivence existait entre eux et cela malgré les nombreux heurts qui les avaient opposés...

Les jours suivants, Léon but modérément et alla aux champs avec Auguste. Le soir, il revenait tôt pour pouvoir veiller sur Léone et permettre ainsi à Julia de s'occuper de René et du dîner. Quand il arrivait, il trouvait Marcelline ou Odette, parfois les deux, qui entouraient la petite. Dès qu'il entrait, elles s'en allaient sans un mot. Bien qu'il en fût peiné, il comprenait. Après tout, elles avaient raison. Il s'était montré bien peu attentif envers ses enfants.

Il ne retournait plus à La Charité. Cependant, le souvenir de Perrette restait tenace. Certaines nuits, des sensations anciennes de jouissance l'envahissaient. Il devait alors mobiliser toutes les ressources de sa volonté pour ne pas sauter dans le coupé et aller la rejoindre.

Ils passèrent tous la journée du premier de l'an à la ferme d'en bas. Auguste, assis près de la cuisinière, était perdu dans ses pensées. Les trois femmes demeuraient auprès de Léone. Elles ne disaient pas un mot. De temps en temps, l'une ou l'autre soupirait. Léon, plus énervé et inquiet que jamais, n'arrêtait pas de faire les cent pas. L'alcool commençait à lui manquer. Quand il n'en pouvait plus, il prétextait qu'il lui fallait aller à l'écurie surveiller les bêtes.

Le docteur vint en fin d'après-midi. Ils trinquèrent avec lui sans que le cœur y fût vraiment. Ils se sentaient tous orphelins d'une partie d'eux-mêmes. Auguste le répétait souvent : « C'est qu'elle nous manque, la gamine. »

Le dimanche suivant, Léone était toujours dans le coma. Comme d'habitude, Belle dormait allongée à ses côtés. Julia soignait les lapins. Léon travaillait aux champs. Odette et Marcelline n'étaient pas encore arrivées. Soudain, vers la fin de la matinée, Léone bougea la tête et ouvrit les yeux. Elle n'eut pas le temps de reprendre ses esprits. Belle avait déjà bondi sur elle, lui léchait le visage, jappait par à-coups et remuait la queue à tout va. Léone tenta de la repousser. Elle n'y parvint pas. Belle avançait, reculait, sautait. Enfin, elle quitta la petite. Elle se précipita dans la cuisine et se mit à aboyer furieusement. La porte étant fermée, elle se ficha sur ses pattes de derrière et regarda dehors. Elle ne voyait pas Julia. Celle-ci, qui donnait le blé à la basse-cour, entendit les aboiements. « Mais qu'est-ce qu'elle a donc à faire un pareil vacarme? » Prise d'une violente inquiétude, elle lâcha le pan de son tablier. Les grains tombèrent. Toutes les poules se ruèrent dessus. Elle courut vers la maison. Elle ne savait que penser... Et si Léone?... Elle entra en trombe. Elle fut un instant déséquilibrée par la chienne qui s'était mise dans ses jambes. Elle se rattrapa à la table, jura et enfin pénétra dans la chambre. « Ma fille! Ma fille! » s'écria-t-elle. Elle se jeta sur le lit et serra Léone dans ses bras.

A la ferme d'en haut, les femmes s'étonnèrent. « Eh! s'exclama Odette, ce serait Belle? » Marcelline tendit l'oreille. « Elle en fait un boucan, celle-là! Il se passe quelque chose en bas! Ça lui ressemble pas de gueuler comme ça! » Intriguées, elles décidèrent de descendre. Elles se mirent à courir aussi vite qu'elles pouvaient, en soulevant leurs jupes afin que les sabots ne se prissent pas dedans. « Mon Dieu! Mon Dieu! » répétèrent-elles en arrivant. Julia, debout sur le pas de la porte, portait Léone et l'embrassait avec fougue en prononçant des mots incompréhensibles. Odette, qui se montrait toujours la plus prompte, arracha la petite des bras de Julia. « C'est pas possible! hurla-t-elle, le bon Dieu nous l'a rendue! » Elle l'embrassa. Marcelline la prit à son tour. Mais l'émotion était trop forte. Il lui fallut s'asseoir pour reprendre son souffle et ses esprits.

Odette n'hésita pas un instant. « C'est que ça s'arrose », dit-elle. Elle alla chercher les verres et la bouteille. Les trois femmes s'attablèrent et trinquèrent ensemble. Julia donna même une lampée de vin à Léone. Celle-ci, bien qu'abrutie par ce tintamarre, souriait sans arrêt. Tout à leur joie, elles ne pensèrent pas à René qui braillait à pleins poumons, dans la maie, à la ferme d'en haut.

Il hurlait toujours quand Auguste revint des champs avec Léon et Georges. « Bon dieu! tonna-t-il en entrant dans la maison. Elles sont donc changées en fantômes, celles-là! » Il était hors de lui. René pleurait, un plat de légumes brûlait sur la cuisinière, et rien n'était prêt pour le casse-croûte! Il ressortit dans la cour et appela : « Marcelline... Nom de dieu!... Odette!... » Léon et Georges qui dételaient le cheval ne comprenaient pas. Auguste les rejoignit. « Les patronnes sont parties je ne sais où! A voir l'état de la cuisine, elles devaient avoir le feu au derrière! Elles ont même laissé le gamin qui gueule comme un veau! » Georges suggéra qu'elles se trouvaient peut-être à la ferme d'en bas. Auguste acquiesça. « Ça se pourrait bien! Allons-y voir »! Il prit René dans ses bras et se mit en route suivi des deux autres.

Dès qu'ils furent dans le pré qui séparait les deux

fermes, des rires leur devinrent perceptibles. « Bon dieu! s'exclama Auguste. C'est pourtant pas le moment de la rigolade! » Ils hâtèrent le pas, et trouvèrent les femmes assises sur le perron en train de bavarder. Leurs yeux brillaient et leurs voix n'étaient plus aussi assurées qu'à l'ordinaire.

Interloqués, les hommes demeurèrent silencieux, puis Auguste explosa en tendant René à Julia. « Mais nom de dieu! il faut que vous soyez devenues folles! C'est l'heure de se soûler quand la petite est presque morte? » Les femmes rirent de plus belle. Julia entra dans la maison, et en ressortit avec Léone dans ses bras.

Auguste et Léon se précipitèrent en même temps. C'était à celui qui la câlinerait le plus. Ils finirent par s'embrasser. Belle aboyait en s'accrochant aux basques de l'un ou de l'autre. « On va fêter la résurrection de la petite! » dit Odette. Elle emplit à nouveau les verres. Ils restèrent à la ferme d'en bas, et ne dessoûlèrent pas de la nuit. Chacun voulait en profiter. Il y avait si longtemps qu'ils n'avaient été aussi heureux! Cela risquait de ne pas durer!

Peu de temps après, les pensées de Léon furent à nouveau accaparées par Perrette. Au lit, c'était intolérable. Dès qu'il effleurait le corps de Julia, l'envie le reprenait de retrouver les sensations qui l'avaient tellement bouleversé lorsqu'il tenait Perrette dans ses bras. Certaines nuits, il saisissait Julia avec brutalité en espérant l'associer à sa quête de jouissance. Elle le repoussait avec détermination. Il lui fallut rapidement trouver un moyen de supporter sa solitude. Il se remit à boire. Progressivement, l'alcool eut l'effet inverse. Son désir s'exacerba et Perrette devint encore plus présente à son esprit. Elle le harcelait.

Julia comprenait le calvaire qu'endurait Léon. Toutefois, elle ne l'aidait pas. Elle désirait qu'il dominât tout seul ses difficultés. Ce serait, pensait-elle, la preuve qu'il voulait vraiment revenir à elle. Elle abandonna tout espoir, le jour où elle s'aperçut qu'il recommençait à boire. Il n'était qu'un bon à rien, et ne méritait pas qu'elle crût en lui. Plutôt que de lui faire des reproches, elle choisit l'indifférence. Cela ne lui pesait pas. Avec les enfants dont il fallait constamment s'occuper, les travaux de la ferme et sa grossesse douloureuse, les besognes ne manquaient pas.

Certains soirs, lorsqu'elle se sentait très lasse, elle parlait de Léon avec Odette ou Marcelline. Mais celles-ci se montraient peu loquaces. Pour elles, il n'était qu'une feignasse qui causait bien. Parfois, Auguste, assis dans la cuisine, entendait ce que disait Julia. Il se contentait de hausser les épaules et de marmonner : « Ça finira mal! Moi je vous le dis! »

Le 20 janvier, en fin d'après-midi, Léon revenait d'un champ situé à la Réserve où il avait réparé une moissonneuse-lieuse en prévision de la prochaine saison. Il prit la direction de La Charité au lieu de revenir à la ferme. Il ne pouvait résister. Il lui fallait absolument rejoindre Perrette.

Debout à l'avant du coupé, il poussait le cheval. Plus La Charité approchait, plus son désir s'aiguisait. Il se rappelait la peau très blanche de Perrette, son regard voilé, et ses seins qu'il aimait prendre à pleine mains... Il l'enlaçait... Lui arrachait sa robe à fleurs... Il la pénétrait... Les souvenirs de quelques-unes de leurs nuits réveillèrent son sexe. Il fouetta le cheval encore plus fort. Il guettait les bornes kilométriques calottées de rouge. Chacune d'elles signifiait qu'il se rapprochait. Bientôt, il la tiendrait dans ses bras.

Sur le bord de la route, des paysans s'arrêtaient pour mieux voir passer ce curieux équipage.

Enfin, il arriva. Il planta là le cheval qui écumait de fatigue, et gravit les marches quatre à quatre. Il frappa avec force à la porte contre laquelle il s'appuya hors d'haleine. Personne ne vint ouvrir. De rage, il tambourina à nouveau et donna des coups de pied dans les montants. « Perrette! Ouvre, bon dieu! C'est moi! » Sans aucun doute, elle était en train de forniquer avec un péquenot du coin! L'idée de tout défoncer lui traversa l'esprit. Soudain, une femme aux allures de mégère, un fichu noir noué dans les cheveux, un tablier sale recouvrant une poitrine imposante, apparut sur le palier. Elle sortait de l'appartement d'en face. Elle fulmina : « Vous avez fini ce bordel! La môme elle est pas là! Il faut donc que vous cassiez tout pour le voir! » Puis, sans laisser à Léon le temps de répondre, elle rentra chez elle en refermant violemment.

Chez Léon, l'exaltation se mua bientôt en hébétude. Il saisit la rampe, et, lentement, le pas lourd, commença de descendre. Les claquements irréguliers des sabots, heurtant les marches de bois, résonnaient dans la cage de l'escalier. Parvenu en bas, il n'eut plus qu'une idée : retrouver Perrette. Elle était certainement en train de tapiner chez le gros Marcel! Il négligea le coupé et se mit à courir aussi vite que le lui permettaient ses sabots.

La grande salle du café était bondée et enfumée. C'était l'heure de l'apéritif. Les têtes se tournèrent quand Léon entra. Le gros Marcel l'apostropha : « Eh bien, tu as le feu au derrière! » Quelques rires fusèrent. Léon n'y prêta pas attention. Il fendit la foule, bouscula plusieurs clients qui l'injurièrent, et alla jusqu'au fond de la pièce. Perrette n'était pas là! Il revint au bar et reprit sa place habituelle. Bientôt plus personne ne fit attention à lui. Le gros Marcel s'approcha. « Eh Léon! Tu es dans un drôle d'état, toi! Tu aurais soif à ce point-là? » Léon ne releva pas l'ironie du propos. « Verse-moi donc une fine! » dit-il sèchement. Puis il agrippa le bras du mastroquet. « Dis donc, tu sais peut-être où se trouve Perrette? » Le gros Marcel, qui n'aimait pas la familiarité, se dégagea brutalement, et haussa les épaules. « Ce que je sais moi! A l'heure qu'il est, elle doit travailler! » Léon répliqua : « Je viens de chez elle. Il n'y a personne! » L'autre hocha la tête en signe d'irritation. « Eh dis, Léon! Je suis pas son maquereau! J'ai pas de raison de savoir où elle traîne son cul! » Il servit une seconde fine à Léon. Celui-ci l'avala d'un trait et reprit : « Elle ne serait pas partie, par hasard? » Le gros Marcel ne répondit pas. Il se retourna. A l'autre bout du comptoir, quelques ouvriers à moitié éméchés agitaient leurs verres vides et gueulaient : « Eh le gros! Faudrait qu'on se rince le gosier! » Il posa le litre de fine devant Léon et les rejoignit. Après les avoir servis, il entama une conversation avec eux.

Léon comprit que le gros Marcel ne lui dirait plus rien. Il jeta quelques pièces sur le zinc, prit la bouteille, et sortit en grommelant des injures entre ses dents. Dehors, un vent glacé lui fouetta le visage. Il s'immobilisa et releva le col de sa vareuse. « Où aller, pensa-t-il, avec une chance de mettre la main sur cette salope? » Le mieux était encore de retourner chez elle et de s'allonger devant sa porte. Là, au moins, il ne serait pas transi de froid.

Perrette revint à trois heures du matin. En gravissant les dernières marches de l'étage, elle aperçut Léon qui dormait en chien de fusil sur le paillasson. Il lui tournait le dos. Elle ne le reconnut pas et s'arrêta, saisie de peur. « Peut-être que ce n'est qu'un vagabond? » pensa-t-elle. Cela lui parut improbable. Il s'agissait plus certainement d'un client éconduit qui voulait remettre ça! Le moment de frayeur passé, Perrette monta jusqu'au palier.

« Après tout, se dit-elle, il y a pas grand risque! » Elle donna un coup de pied dans les côtes de Léon. « Eh toi! Pousse-toi de là que je rentre chez moi! » Léon tourna la tête. Surprise, Perrette resta silencieuse quelques instants, tandis qu'il s'éveillait avec difficulté. « Qu'est-ce que tu fous là? s'exclama-t-elle, ta bonne femme t'a foutu dehors? » Elle l'enjamba, entra et laissa la porte ouverte. Du fond de la pièce elle gueula : « Remue ta carcasse! Il y a des courants d'air! » Léon se leva péniblement. Il s'appuya au chambranle. « Putain de fine! marmonna-t-il, c'est qu'elle cogne, la vache! » Il regarda la bouteille qu'il tenait à la main. Elle était vide. Il s'affala sur le lit. Perrette persifla : « Tu vas finir par te noyer, à tremper ton museau dans les verres! » Mais Léon s'endormait déjà. Elle se déshabilla rapidement, et le poussa vers l'autre bord du matelas. « C'est ça! Cuve ton vin? dit-elle, on causera demain! » Elle se glissa sous les couvertures et éteignit.

A huit heures, Perrette secoua Léon sans ménagement : « Alors, vieil ivrogne, te voilà de retour! » lui lança-t-elle en éclatant de rire. Il ne répondit pas et voulut l'enlacer. Elle le repoussa. « Me touche pas avec tes pattes sales! On dirait que tu viens de remuer le purin! » Léon sentit la colère l'envahir. Il l'empoigna et s'allongea sur elle. « Ça fait des jours et des jours que j'attends ça! » dit-il d'une voix rauque. Il défit son pantalon et la pénétra brutalement. Perrette ne résista pas. Ce n'était pas la première fois qu'on la forçait! Tandis que Léon s'activait, elle fixait la peinture écaillée du plafond. Léon?... Peut-être l'avait-elle aimé pendant quelque temps? Elle ne savait pourquoi... A l'époque, il devait représenter à ses yeux une certaine distinction... Et elle avait rêvé qu'il la sortirait de cette condition de putain qu'elle haïssait de plus en plus...

Au moment où il le fallut, elle simula un orgasme.

Léon se retira d'elle. Un long silence s'installa entre eux. Chacun attendait que l'autre le rompît. Léon finit par se décider : « Perrette! Tu sais... Je crois bien que je suis... Que tu m'es... Que je t'aime, quoi! » Perrette ne répondit pas. Léon se tourna vers elle. Son cœur battait à tout rompre. L'angoisse lui serrait la gorge. En prononçant ces quelques mots, il savait qu'il venait de piétiner tout ce qui avait fait sa vie jusqu'à ce jour.

Perrette demeurait silencieuse. Elle s'attendait à tout, sauf à une déclaration. Puis, elle ne put se contenir et éclata de rire. C'était la seule façon d'exprimer ce qu'elle ressentait confusément. Cette situation était grotesque! Léon lui rappelait ces gamins qu'elle avait dépucelés, et qui prenaient leurs érections pour des preuves d'amour! « Mon pauvre Léon! Tu as vu à quoi tu ressembles? dit-elle. A un pauvre gars qui vient pleurnicher dans le giron d'une putain! Va savoir pourquoi je te dis ça, mais c'est comme si tu n'existais pas! Allez va! Contente-toi de venir coucher si tu veux, mais cause pas de ce que tu connais plus... » Léon lui agrippa le bras. « Mais bon dieu! Tu ne comprends donc pas! Je t'aime! Je veux vivre avec toi! Tu entends! » Plus il hurlait, plus il la secouait. Il avait les yeux exorbités. Perrette prit peur et tenta de se dégager. « Lâche-moi! Lâche-moi! Je te dis! Bas les pattes, ivrogne! » Léon se dressa sur les genoux, et la gifla à toute volée. Puis il se mit debout, l'arracha à la couche et continua de la frapper. Elle hurlait, pleurait et tentait de lui échapper.

Soudain, Léon se calma. Sa colère s'était évanouie d'un coup. Il s'assit sur le bord du lit et se prit la tête dans les mains. Il écouta les hoquets de Perrette qui pleurait, coincée dans la ruelle.

Quelques minutes plus tard, il s'habilla. Il se sentait étonnamment bien. Certes, une fois encore, il n'avait pas su dominer sa violence mais il refusa d'y penser. Quand il fut prêt, il se dirigea vers la porte et s'immobilisa quelques instants, la main sur la poignée. « Salope! » lança-t-il à l'adresse de Perrette avant de sortir.

Il libéra le cheval qu'il avait attaché au crochet du mur, la veille au soir. « Hue dia! Bourrique! A l'écurie! » Sous la douleur du fouet, l'animal lança une ruade, et prit le trot. Léon fut projeté violemment sur le siège. Une vive douleur au dos lui arracha un cri. Il se remit d'aplomb : « Saloperie! hurla-t-il. Tu vas voir un peu! » Toutefois, il se domina. Il ne voulait pas que cette vieille carne s'emballât...

Avant de quitter La Charité, il acheta une fiole de fine. « En voilà une au moins qui ne fera pas de caprices! » marmonna-t-il en la débouchant avec la lame de son couteau. Il roula doucement, s'arrêta à plusieurs reprises. Vers midi, quand l'attelage entra dans la cour, la bouteille était vide. Léon descendit du coupé et tituba jusqu'à la maison. Il n'y trouva personne. « Bordel! Où sont-ils donc fourrés? » Trop soûl pour s'inquiéter davantage, il se jeta sur le lit et s'y endormit.

Julia se trouvait à la ferme d'en haut avec les enfants. Elle entendit la voiture. « C'est le Léon qui rentre », dit-elle. Marcelline bougonna : « Aurait mieux fait de rester d'où il vient. » Julia eut envie de pleurer mais se retint. Si elle devait chialer, pensait-elle, c'était de s'être trompée sur le compte de Léon! Décidément, il ne valait pas un sou! Il lui apparaissait nécessaire, désormais, de protéger les enfants et de les soustraire à l'influence de leur père. Le mieux serait qu'ils fussent le plus souvent possible ici, avec Odette et Marcelline. Jamais Léon n'oserait y mettre les pieds de peur d'avoir à affronter Auguste. Elle songea qu'il faudrait également l'envoyer dormir dans le fauteuil de la cuisine quand il serait là. C'était tout ce qu'il méritait! Elle ressentait une immense tristesse à constater que la rupture était consommée. Mais dans le même temps, elle se sentait libre comme elle l'avait été quelques années auparavant. Bientôt, elle pourrait à nouveau agir à sa guise.

L'espace d'un instant, elle envisagea de rejoindre Léon pour lui dire son fait. Elle y renonça. « Cela ne servirait à rien, pensa-t-elle. Il vaut mieux que je m'habitue à l'ignorer. » Elle regarda les enfants. René, à quatre pattes sous la table, hurlait à pleins poumons. Il tentait sans succès de passer par-dessus la barre d'appui-pied. Léone, plus calme, assise entre Marcelline et Odette qui épluchaient les légumes, jouait avec la boîte à couture. Elle mettait beaucoup d'application à empiler des bobines de fil. Julia ne put s'empêcher d'éprouver une certaine inquiétude. Cette gosse lui paraissait trop sérieuse pour son âge. Quand elle parlait, elle vous fixait avec ses grands yeux verts. Ce qu'elle disait semblait toujours de la première importance. Certes, Julia éprouvait une certaine fierté quand on disait que la petite enfant tenait d'elle, mais...

Les aboiements de Belle la tirèrent de sa réflexion. Marcelline alla ouvrir et jeta un coup d'œil dehors. « Les hommes doivent pas être bien loin. Elle est partie avec eux ce matin. » Odette et elle mirent le couvert.

Quelques minutes plus tard, Auguste et Georges entrèrent. Chacun s'installa à sa place habituelle. Le vieux marmonna : « Dieu vous bénisse! » puis il se mit à manger sans dire un mot. Il était de mauvaise humeur. Personne n'osait rompre le silence. Ils attendaient tous qu'il parlât. Dès qu'il eût fini sa soupe, il se tourna vers Julia : « J'ai vu le coupé devant chez vous. Dis donc, ma fille! Tu es encore mariée? » Devant le mutisme de celle-ci, il reprit d'une voix plus cassante : « Je commence à en avoir soupé de ce bordel! Il va falloir que ça change, nom de Dieu! » René, effrayé par le ton vindicatif d'Auguste, se mit à pleurer. Le vieux éclata : « Mais va le coucher! » Livide, Julia essaya de se lever. Elle n'y parvint pas. Odette se précipita, prit l'enfant, l'allongea dans la maie et le consola. Auguste continuait : « Je te l'avais dit! Hein? Ça va mal tourner si tu t'occupes pas de le ramener à la raison! » Puis, sans transition, il fit un signe de tête à Georges. « Allez! au boulot! » Il donna un coup de pied à la chienne pour qu'elle dégageât le passage. Il sortit, suivi de Georges qui haussa les épaules en signe d'impuissance.

Julia avait les yeux embués de larmes. Machinalement elle caressait Belle qui s'était réfugiée à ses côtés. Il lui fallait agir. Elle avait perçu, derrière les propos d'Auguste, une fureur contenue qui ne présageait rien de bon. Léone, droite sur son siège, fixait sa mère, sans prononcer un mot. Marcelline s'activait en marmonnant, et haussait les épaules par intermittences. Odette essayait de calmer René qui continuait à crier. Soudain, Julia se leva : « Je vais descendre voir le Léon! » Quand elle fut sortie, Léone éclata en sanglots. Elle se réfugia dans les bras de Marcelline.

Julia éprouvait quelques difficultés à marcher. Pour éviter que son ventre la fît trop souffrir, elle se rejetait légèrement en arrière. Elle s'arrêta à deux reprises pour reprendre son souffle. Elle se demandait ce qu'elle allait bien pouvoir dire à Léon.

Quand elle entra dans la chambre, elle le trouva allongé, tout habillé, sur leur gros édredon blanc. Elle eut l'impression qu'il était à moitié enfoui sous une épaisse couche de neige. Elle le regarda durant quelques instants. Elle n'éprouvait plus de colère. Celle-ci avait fait place à un vague sentiment de pitié, peut-être même de tendresse. Elle pensa qu'il était en train de mourir. Pour chasser cette idée qui lui faisait peur, elle le secoua avec rudesse. « Lève-toi! Il faut que je te parle. » Léon grogna. Julia s'impatienta. « Allez, bouge! Nom d'un chien! Il faut que je te parle, je te dis! » Puis elle alla s'asseoir dans la cuisine. Quand Léon apparut dans l'encadrement de la porte, Julia tressauta sous l'effet de la surprise. Débraillé, pas rasé, le cheveu en bataille, il paraissait dix ans de plus. Elle ne pouvait détacher son regard des deux rides profondes qui lui creusaient le front. Léon ricana. « Qu'est-ce que tu veux? Si c'est pour me dire d'arrêter de boire, tu peux toujours aller te promener! »

Julia secoua la tête en signe de lassitude. « Tu as bien changé! » Léon lui coupa la parole : « Oh! je t'en prie! Tu ne vas pas venir pleurnicher! J'en ai par-dessus la tête de vous tous! Je fais ce que je veux, moi! Je fais ce que je veux! » Il criait de plus en plus fort. « Ce n'est pas possible de voir ça! Vous me regardez comme si j'avais la peste! Eh bien, oui! Je l'ai! C'est la peste blanche, tu m'entends? De la couleur de la fine! » Il s'approcha en titubant, s'appuya sur le bord de la table, et se pencha vers Julia. Ses yeux, gonflés et injectés de sang, brillaient à la lueur de l'ampoule électrique. Julia, dégoûtée par son haleine âcre, recula. Léon rapprocha encore son visage déformé par un rictus de haine. « Je vous emmerde tous! Je bois et je baise avec une pute! Qu'est-ce que ça peut bien te foutre! Ce n'est qu'une traînée, mais elle vaut mille fois mieux que toi, avec ton air de sainte nitouche! Je vous... »

Folle de rage, Julia se leva et l'interrompit :

« Fous le camp! Fous le camp, tu m'entends? Et ne remets jamais les pieds ici! »

Impressionné, Léon se mit à bafouiller. « Je... Julia... Je ne sais pas ce qui m'a pris... Je... » Mais celle-ci, toujours debout, lui désignait la porte. Léon n'insista pas. Il sortit et monta dans le coupé. Julia regarda à la fenêtre. Elle le vit disparaître derrière le rideau d'arbres qui bordaient la mare. Quand elle se rassit, aucune larme ne coulait sur son visage. « Cette fois-ci, c'est bien fini... »

6

Aussitôt parti de la ferme, Léon mit le cheval au trot. Il réfléchit à ce qu'il allait faire. Il pouvait se rendre chez Clémence qui ne devait revenir qu'à la mi-février. Cela ne l'enthousiasma pas. L'idée de se retrouver seul lui paraissait insupportable. Il ressentait un besoin impérieux de parler. Il décida de rejoindre Perrette. Malgré leur dispute de la veille, elle comprendrait certainement son désarroi.

Effectivement, elle lui ouvrit sans difficulté. « Ah! te revoilà! Sale brute! Tu reviens peut-être pour t'excuser? » Léon s'assit sur le bord du lit et garda le silence. Perrette, debout, lui fit face. « Alors! Tu vas pas rester planté là! Qu'est-ce que tu veux encore? » Bien qu'elle se sentît d'humeur agressive, elle ne parvenait pas à lui en vouloir. Elle ressentait douloureusement la tristesse qu'il exprimait. Elle s'irrita que ce diable d'homme réussît à l'émouvoir. Cela ne lui était jamais arrivé auparavant. Et pourtant, Dieu savait combien elle en avait vu défiler! « Eh bien, parle donc! Qu'est-ce qui t'arrive? » Léon releva la tête. Perrette sourit. « Mon cochon, on dirait que tu as pris un bon coup de vieux! » Léon haussa les épaules. « Tu n'as pas quelque chose à boire? » demanda-t-il. Perrette sortit une bouteille de fine et servit deux verres à ras bord.

Léon avala le sien d'un trait. « Tu n'aurais pas un peu de place ici pour quelques jours? » Perrette éclata de rire. « Celle-là, c'est la meilleure! Tu viens de me mettre une tournée et en plus tu veux que je te serve d'édredon la nuit! C'est pas croyable! » Mais elle n'alla pas plus loin. Elle acceptait. Léon commença à lui raconter sa dispute avec Julia. Elle l'interrompit : « Oh! garde tes histoires pour toi, mon gars! J'ai assez des miennes! Tu as qu'à coucher ici! Mais je veux être tranquille pendant la journée. Il y a du passage! » Léon hocha la tête en signe d'acquiescement et se leva. « Je reviendrai ce soir, dit-il. – Si tu trouves ton chemin » répondit Perrette en fermant la porte.

Une fois dehors, Léon pensa qu'il lui fallait de l'argent. Heureusement sa mère en plaçait chez le notaire de La Charité. Celui-ci lui devait certainement des intérêts. Il se rendit à l'étude d'un bon pas.

Le notaire ne fit aucune difficulté pour lui donner quelques centaines de francs. Léon, satisfait, recompta les billets. Avec cette somme, il pourrait voir venir. Bien sûr, cela ne durerait pas éternellement et il lui faudrait tôt ou tard mettre de l'ordre dans sa vie. Mais il chassa bien vite cette idée de son esprit. Il préférait aller boire un canon chez le gros Marcel.

Ce fut bientôt la fin du mois de janvier. Léon et Perrette avaient fini par s'habituer à vivre ensemble. Chacun respectait le vice de l'autre. Pendant que Léon buvait, Perrette faisait la putain. Toutefois, pour elle, ce n'était pas gai tous les jours. Qu'il rentrât tout seul, ou qu'elle le ramenât, Léon était toujours soûl. Quand elle allait le chercher au café, elle l'y trouvait, affalé sur le comptoir à la même place. Le gros Marcel, d'un naturel pourtant accommodant, en profitait pour manifester sa mauvaise humeur. « Mais bon dieu, Perrette! Qu'est-ce que tu fais avec une éponge pareille? J'en ai plein le dos de l'avoir là, toute la journée, à déblatérer des conneries! » D'ordinaire, Perrette se fichait bien de ce que pouvait dire le tenancier. Il n'était pour elle qu'un sale cochon qui savait tirer avantage des vices de ses clients. Une fois cependant, elle s'était énervée. « Eh! Ferme-la un peu le gros! Si tu as un bistrot, c'est bien pour que les soûlards viennent s'y rincer le gosier! Et puis te plains pas, va! Celui-là, au moins, il te paie! » Le gros Marcel se l'était tenu pour dit.

Un soir de mélancolie, au lieu d'emmener tout de suite Léon, elle s'assit au bar. Elle but pour s'étourdir à son tour et oublier sa chienne de vie... Elle avait le don d'être malheureuse. Elle n'avait pas connu ses parents et ne savait pas où elle était née. Dès son plus jeune âge, on l'avait placée dans une institution religieuse en Auvergne. Elle en gardait un sale souvenir. Les raclées qu'on lui donnait parce qu'elle se montrait dissipée et plutôt têtue... Les corvées qu'on lui infligeait comme autant de punitions... Laver le carrelage, aller chercher le bois, allumer le feu... Et cette solitude, surtout, qui lui pesait... Elle ne se rappelait aucun visage : ni ses compagnes d'infortune, ni ces bonnes sœurs qui la battaient comme plâtre. De ce temps-là, il ne lui restait qu'une impression de tristesse et de dégoût.

Plus tard, à l'âge de quinze ans, l'institution l'avait placée comme fille de ferme chez un riche agriculteur de Bourgogne. Le travail y était dur mais elle avait eu l'impression de respirer. Là, elle avait commencé à connaître les hommes. Avec le garçon vacher, d'abord, puis avec le propriétaire qui avait usé de son droit de cuissage. Cela avait fini par mal tourner. L'épouse les avait surpris en train de faire l'amour dans une des granges du domaine. Il lui avait fallu quitter rapidement l'endroit. Finalement, elle avait échoué comme serveuse dans un bar-hôtel de Moulins. Bien vite, le cafetier lui avait fait faire la putain pour satisfaire sa clientèle... De là, elle s'était à nouveau enfuie, et avait erré quelques mois, avant de s'installer à La Charité. Le coin lui avait plu. Il lui avait suffi d'entrer chez le gros Marcel pour trouver des clients. Curieusement, quand elle repensait à tout cela, elle reprenait espoir. Dieu! qu'il fallait qu'elle eût le cuir dur, pour être encore vivante, et espérer qu'un jour un gars bien viendrait l'enlever, et l'emmènerait à la capitale! Et dire qu'aujourd'hui, pensa-t-elle, me voilà amourachée d'un homme qui n'est qu'une éponge!

Après avoir aidé Léon à se coucher, elle tenta de parler avec lui, mais il s'endormit d'un coup. Elle resta seule avec ses pensées... Pourquoi acceptait-elle de vivre avec lui? Peut-être parce que, la première fois, il avait su lui parler et portait beau? Ce souvenir la rattachait à Léon. Il ressemblait au rêve auquel elle s'accrochait.

Parfois, moins soûl qu'à l'ordinaire, Léon parvenait à rentrer tout seul. Perrette était contente. Au moins, il avait assez de force pour faire l'amour. C'était une autre raison pour laquelle elle restait attachée à lui. Il était l'un des rares hommes qui sût lui donner du plaisir. A ces moments-là, à voir la force avec laquelle il la prenait, elle se disait que peut-être il l'aimait.

Une nuit, elle osa lui demander ce qu'il lui trouvait, alors qu'elle n'était qu'une grue. Léon resta silencieux quelques instants, puis répondit évasivement : « Ce que je sais, moi! Tu es un joli bout de femme et puis je t'ai dans la peau! » Perrette haussa les épaules : « Tu as raison, moins on en dit... » Elle ne put terminer. Sa voix dérailla... Elle se mit à sangloter silencieusement. Léon fit mine de ne s'apercevoir de rien, puis lui murmura à l'oreille : « Je t'ai déjà dit que je t'aime. » Perrette s'offrit alors à lui, pour jouir le plus longtemps possible.

A La Charité, ça commençait à jaser. L'un des plus riches héritiers de la région s'ensoûlait toute la journée et fréquentait une putain. Les cancans s'amplifièrent à tel point que, le 6 février, en fin d'après-midi, Auguste en eut connaissance. Comme d'habitude, Alfred, le facteur, s'arrêta à la ferme pour boire un canon à la fin de sa tournée. Auguste, occupé dans l'appentis à aiguiser une faux, sortit et alla au-devant de lui. Il se serrèrent la main. « Alors, il y a une lettre de notre soldat?« Alfred secoua la tête en signe de dénégation. Ils descendirent les quelques marches qui menaient à la cave. Auguste emplit les verres, et en tendit un à Alfred. « Tiens! Goûte-moi celui-là! C'est de la cuvée de l'an dernier. » Ils burent et claquèrent la langue. Alfred apprécia : « Il coule bien! » Il y eut un silence, puis Alfred reprit : « Ça va toi? » Auguste fronça les sourcils. « Dame oui! J'aurais des raisons de pas aller? » Alfred, mal à l'aise, dansait d'un pied sur l'autre. « Oh! non, s'exclama-t-il, mais... » La suite resta en suspens. Auguste s'énerva. « Mais quoi? » Alfred semblait de plus en plus gêné. « Eh! C'est que ça jase, Auguste! Tu sais... On dit que le Léon fait la vie là-bas, à La Charité, et qu'il vivrait avec une fille! » Auguste fixa Alfred. « Et alors? Qu'est-ce que tu veux que ça me foute? Il fait ce qu'il veut. » Alfred leva la main. « Oh! moi, tu sais! Ce que j'en dis... » Mais il en fallait plus pour arrêter la colère d'Auguste. Il se mit à hurler : « Ce que tu en dis? Tu racontes ça dans toutes les fermes, oui! Eh! Alfred! c'est des lettres que tu dois porter, pas des ragots! Ce que fait ce petit con à La Charité, ça regarde personne! Alors ferme-la un peu, tu m'entends! »

Alfred comprit qu'il aurait mieux fait de se taire. « Tu as raison! C'est son affaire! » Sans attendre la réponse d'Auguste, il ajouta : « Bon! C'est pas le tout, il faut que je rentre! Merci pour le godet! » Il gravit les marches quatre à quatre, et disparut.

Auguste, furieux, fulmina à voix haute contre Léon : « Sale petit merdeux! Je vais lui en foutre de faire le joli cœur! je vais lui en foutre, moi! » Ça résonnait dans la cave voûtée. On aurait dit une voix d'outre-tombe. Pour se calmer, il se versa une autre rasade de vin, qu'il but d'un trait. Il s'essuya la bouche du revers de la main, et remonta en grommelant. « Je vais y aller, moi! » Il jurait encore quand il entra dans la cuisine. Odette s'y trouvait avec Julia et les enfants. Elle se tourna vers Auguste. « Eh bien, le vieux! Qu'est-ce que tu as à gueuler comme un veau? On t'entend d'ici! » Auguste enfilait déjà sa vareuse. « Il faut que j'aille à La Charité! » Odette se leva. « Il y a le feu, que tu cours comme ça? » Auguste se planta devant elle. « Eh! Quand je voudrai dire pourquoi je fais ce que je fais, tu le sauras! Allez, à ce soir. » Il claqua la porte en sortant. Julia, trop fatiguée, n'avait pas prononcé un mot. Son ventre lui pesait tellement qu'elle évitait même de se lever de sa chaise. La chaleur de la cuisinière lui faisait du bien. Elle sursauta quand Léone lui secoua le bras. « Dis m'man, pourquoi Papi il est colère? » Julia lui passa la main dans les cheveux. « C'est rien, ma chérie. C'est rien, va! »

Durant tout le chemin, Auguste ne fit que nourrir sa colère. Léon n'était qu'un bon à rien. Il rendait Julia malheureuse. En plus, il se permettait de faire du scandale. Inévitablement, cela salirait toute la famille. Et ça, lui, Auguste, ne pouvait le tolérer. Il ne trimait pas depuis si longtemps pour qu'un jour un sale petit bourgeois vînt tout détruire!

Quand il arriva, il était au comble de l'exaspération. « Je vais faire un malheur! » dit-il en descendant du coupé. Il entra dans le café. Il fut surpris d'y trouver une foule nombreuse et un calme relatif. La plupart des clients écoutaient la radio. Celle-ci trônait à côté de la caisse enregistreuse. Le gros Marcel, accoudé derrière le zinc, tendait l'oreille, et hochait la tête par intermittence. Le présentateur parlait rapidement, d'une voix hachée et nasillarde : « ... nous apprenons à l'instant que les deux cortèges sont arrivés place de la Concorde. Celle-ci est noire de monde. La police a formé un large cordon sur le pont. Mousqueton à la main, les gardes mobiles interdisent le passage aux émeutiers qui veulent se rendre à la Chambre des Députés. Des affrontements ont lieu en ce moment devant le ministère de la Marine... » Auguste progressa jusqu'à un groupe de paysans qui faisaient partie de la coopérative. « Qu'est-ce qui se passe? » s'enquit-il à voix basse auprès de l'un d'eux. L'autre eut un sourire entendu : « Dame! c'est que ça barde à la capitale! Il m'est avis qu'on va foutre tous ces politiciens véreux à la porte. Il y a les Croix-de-Feu qui attaquent la chambre des putes! » Il éclata d'un rire gras, puis il ajouta, en tapant sur le ventre d'Auguste : « Eh bien, tu en fais une tête! » Effectivement, celui-ci bouillait de colère. « Ces salauds de fascistes sont en train de foutre la merde » pensa-t-il. Il joua des coudes et se rapprocha. Le speaker, de plus en plus excité, hurlait dans le micro : « Les manifestants jettent des pavés et des grilles d'arbres sur les policiers! Ceux-ci continuent à contenir la foule sans cesse grandissante et nerveuse! A l'Assemblée, M. Daladier demande l'investiture des députés! Nous attendons que l'un de nos reporters vienne nous faire le compte rendu de la séance! Pour vous faire patienter je vous donne lecture des dernières dépêches dont je dispose... » Auguste finit par atteindre le bar. Le gros Marcel, toujours attentif aux nouvelles, inclina la tête en signe de bonjour. Auguste, d'un geste de la main, lui demanda à boire. Le gros Marcel lui versa aussitôt un verre de vin. Auguste écouta la radio avec attention. Le ton dramatique du journaliste l'inquiétait. « Nous apprenons à l'instant que les manifestants de " Solidarité Française " tentent de bousculer le service d'ordre! On dit que le président du Conseil, M. Daladier, en accord avec l'ensemble des députés, serait prêt à décider l'état de siège... » Plusieurs clients, debout au fond de la salle, hurlèrent : « Hou! Hou! Daladier au poulailler! Chautemps aux champs! Dorgères au pouvoir! » Auguste, agacé par ces cris, se retourna. Il aperçut Léon, mêlé au groupe des braillards. Il se souvint, alors, qu'il se trouvait à La Charité pour lui. Sa colère, détournée quelques instants, revint avec d'autant plus de force que Léon criait des slogans qui le révulsaient. Dire que des imbéciles de son espèce allaient foutre la République par terre! Il ne put se retenir. Tête baissée, il fendit la foule et fonça sur Léon. Celui-ci l'aperçut au dernier moment. Il eut juste le temps de se demander ce que le vieux faisait là, avant d'être projeté à terre. Un furieux corps à corps s'engagea entre les deux hommes. Léon, trop soûl pour résister à la force d'Auguste, tentait de se protéger. Le vieux frappait en jurant : « Salaud! Ordure! Ivrogne! » Surpris, les clients se poussèrent pour faire de la place et mieux regarder le combat. Léon se débattait plus qu'il ne se battait. Il couinait à chacun des coups qu'il recevait. Bientôt, tout le monde s'agglutina pour regarder.

Le gros Marcel, qui tremblait de peur pour son mobilier, coupa la radio, quitta son comptoir et essaya de se frayer un passage pour les séparer. N'y parvenant pas, il décida de sortir par-derrière, et d'aller chercher les gendarmes.

Léon ne réussissait pas à esquiver les horions d'Auguste, qui frappait méthodiquement avec ses poings et ses sabots. Bientôt, le visage ensanglanté, il parvint à se glisser sous une table. Ivre de rage de voir qu'il s'échappait, Auguste la saisit à bras-le-corps, l'arracha du sol, et la lança de côté, mettant Léon à découvert. Celui-ci se plaqua dans une encoignure et, certain que le vieux voulait l'achever, attendit, tétanisé par la peur. Soudain, le père Benoit surgit de la foule et s'interposa. Auguste et lui se mesurèrent du regard quelques instants. Chacun des spectateurs retenait son souffle. « Allez! Ça va comme ça! » s'exclama le père Benoit, « Tu vas le tuer si tu continues! » Auguste cracha au sol et massa ses phalanges ensanglantées. « C'est bien tout ce qu'il mériterait. » Puis, il haussa les épaules, et se dirigea vers la sortie. Les badauds s'écartèrent pour lui livrer passage. Il referma la porte violemment. Les carreaux de celle-ci se brisèrent et tombèrent au sol.

Dès qu'il fut parti, un client alluma de nouveau la radio. Le présentateur, d'une voix hystérique, continuait le compte rendu de la manifestation : « ...Ne pouvant plus résister à la poussée de la foule, les gardes mobiles ont tiré. Nous ne savons pas encore s'il y a eu des victimes... »

Léon vomissait tripes et boyaux. Tout son corps lui faisait mal. Une migraine violente le paralysait. Il s'appuya au mur afin de retrouver son équilibre. Le père Benoit l'aida à s'asseoir. D'autres remirent les tables en ordre. Les bavardages recommencèrent. Chacun commentait la bagarre. « Qu'est-ce qu'il lui a mis, dis donc! »... « Vingt dieux! Il est fort comme un Turc, le père Auguste! »... « Espérons que ça dessoulera l'autre! »... Léon, la tête enfouie dans ses bras, pleurait silencieusement.

Quelques paysans s'attablèrent autour de lui. Le père Benoit lui tapota affectueusement le dos. « Allez, c'est pas grand-chose, va! Il faudrait prendre des forces, mon gars! » Il poussa la bouteille devant lui. « Tiens! Bois un coup! Après, je te mènerai chez toi! » Léon, humilié, n'osait relever la tête. Il ne voulait pas rouvrir les yeux, de peur d'avoir un vertige. Par bribes, il pensait qu'il n'avait pas de chance. Il n'était qu'un raté, un faible! Il tremblait de rage contenue. C'était certainement à cause de Julia que le vieux était venu le massacrer. Des images de violence envahirent son esprit. Il la battait. Elle hurlait... Il tapait plus fort. Il serra les dents et les poings. La douleur lui fut insupportable. « Il a dû m'arracher la moitié de la mâchoire », pensa-t-il. Il entendait le brouhaha confus des conversations et des rires de ses voisins. « Ils sont en train de se moquer de moi. »

Brusquement, il releva la tête. Le gros Marcel faisait irruption dans le café, suivi de deux gendarmes. Ceux-ci marquèrent un temps d'hésitation. Toutes les tables étaient à leur place. Les gens discutaient normalement. A part le carreau cassé de la porte d'entrée, rien ne montrait qu'une rixe s'était déroulée quelques minutes auparavant. « Où il est, l'autre fou? » hurla le gros Marcel. Le père Benoit se retourna. « T'inquiète donc pas! Il est reparti, va! » Le gros Marcel s'approcha de la table et désigna Léon. « Eh bien, il t'a drôlement arrangé! » Le brigadier se pencha vers lui. « Vous voulez porter plainte? C'est pas les témoins qui manquent! » Puis il se tourna vers la salle. Les clients détournèrent leur regard. Léon hésita. Cela ne regardait pas la police. Il s'agissait d'une histoire de famille. « Non! Non! réussit-il à articuler. Je paierai la casse! » Les gendarmes, embarrassés, s'en allèrent. Le gros Marcel retourna au bar, et augmenta le son de la radio : « ... Chambre des Députés. M. Daladier a obtenu l'investiture de son gouvernement par 303 voix. Pour l'instant, une suspension de séance a lieu. Le président du Conseil a réuni quelques-uns de ses ministres à huis clos... » Quelques consommateurs tendirent à nouveau l'oreille. D'autres reprirent leurs discussions. Tous se désintéressèrent de Léon. Celui-ci, appuyé sur le bras du père Benoit, sortit du bistrot. L'air frais de la nuit lui fit du bien. Ils s'arrêtèrent. Léon respira profondément à plusieurs reprises. « Ça va mieux je crois! lui dit le père Benoit, je vais te raccompagner chez ta donzelle, mais ce soir tu feras pas de prouesses. » Il riait encore en aidant Léon à gravir le marchepied du coupé.

Ils arrivèrent bientôt devant l'immeuble de Perrette.

Le père Benoit refusa de monter, comme le lui proposait Léon. « Il faut que j'aille à mes affaires, mon gars! Mais on aura l'occasion de se revoir. Tu m'es sympathique et j'aimerais bien causer avec toi de certaines choses! » Cette proposition piqua la curiosité de Léon, mais le froid était trop vif, ses blessures le faisaient trop souffrir pour qu'il fût tenté d'en parler. Il proposa au père Benoit de le voir un jour prochain chez le gros Marcel.

Il monta les escaliers avec difficulté. Il lui semblait que tout son corps était à vif. Bien sûr, Perrette n'était pas là! Il s'emporta : « Ah! la vache! Je pourrais bien crever sans qu'elle le sache! Elle va finir par se faire user le cul, cette salope! » Toutefois, l'accès de colère ne dura pas. Il se passa la tête sous l'eau et alla se planter devant la glace en pied de l'armoire. Evidemment, le vieux l'avait bien amoché! « Il me le paiera », dit-il à voix haute. La douleur se fit trop aiguë pour qu'il restât debout. Il s'allongea et plongea dans un sommeil agité.

De son côté, Auguste arrivait à la ferme. Durant le trajet, il avait pris conscience de sa haine accumulée contre Léon. Il avait revécu avec une intensité particulière tous les instants de la bagarre, et cette joie troublante avec laquelle il avait frappé. Alors qu'il dételait le cheval, une certitude s'imposa à lui. Plus jamais Léon ne devait reparaître à la ferme d'en haut, sinon... Il ne formula pas sa pensée jusqu'au bout.

Il entra dans la cuisine et fut frappé par le silence qui y régnait. Les enfants dormaient. Odette, Marcelline et Julia, silencieuses, attendaient. Il alla s'asseoir devant son couvert disposé au bout de la table et s'énerva : « Eh bien, qu'est-ce que vous avez à me lorgner comme ça? Vous ne m'avez donc jamais vu? » Marcelline haussa les épaules d'un air d'agacement. Odette répliqua : « Non mais! Tu sais dans quel état tu es? On dirait que tu reviens d'un champ de bataille! C'est pas vrai, ça? » Elle se tourna vers les deux autres : « Il a le visage tout sanguinolent et il vient nous demander pourquoi on s'inquiète! Je vous jure! » Auguste écrasa son poing sur la table. « La ferme! Donne-moi plutôt le casse-croûte. » Julia, assise le dos tourné vers le foyer de la cuisinière, les mains croisées sur le ventre, le fixait sans animosité. Il soutint son regard un court instant. Mais il ne put résister au malaise qu'il sentait sourdre en lui. Il plongea le nez dans son assiette. Il fallait lui dire quelque chose. N'importe quoi! Des mots assez justes pour la rassurer. Il chercha mais ne trouva pas. « T'inquiète donc pas », articula-t-il faiblement. Quand il releva la tête, Julia n'avait pas bougé, mais des larmes embuaient ses yeux qu'elle tenait grands ouverts. Odette et Marcelline firent mine de ne s'apercevoir de rien. Tous restèrent silencieux et s'absorbèrent dans l'écoute des menus bruits familiers : les soupirs de la chienne, le vent qui ronflait dans le conduit de la cheminée, et la porte qui claquait contre le chambranle sous l'effet des courants d'air.

Enfin, Auguste se leva pour aller se coucher. Odette et Marcelline en firent autant. Julia resta assise. La chaleur qui irradiait du fourneau atténuait les violentes douleurs qu'elle éprouvait dans les reins. Elle se sentait bien et voulait rester seule avec ses pensées et ses interrogations. Que s'était-il passé à La Charité? Le Léon était-il blessé? Pourquoi le vieux n'avait-il rien dit? Puis son attention se relâcha. Les questions se superposèrent, les phrases se vidèrent de leur sens. Elle s'endormit.

Durant les jours qui suivirent, Julia n'évoqua jamais Léon, même par allusion, avec Odette ou Marcelline qui ne voulaient plus en entendre parler. Pourtant, elle aurait aimé, avec leur aide, exorciser cette inquiétude qui la rongeait depuis le retour d'Auguste de La Charité.

Un matin, vers la fin du mois de février, elle eut l'idée d'aller chez le gros Marcel. Il lui donnerait certainement des nouvelles de Léon. Sur l'instant, elle s'en voulut d'avoir une telle intention. Après tout, il ne méritait pas qu'elle s'inquiétât encore de son sort. Il se conduisait avec elle comme un goujat. Cependant, elle eut la certitude qu'elle ne se pardonnerait jamais de l'avoir abandonné en toute conscience. Après tout, elle l'avait épousé pour le meilleur et pour le pire.

Elle alla à l'écurie y préparer l'attelage. Mais, lorsqu'elle souleva le licol, elle ressentit de vives douleurs au ventre, et fut prise d'un violent vertige. Elle s'assit. Elle transpirait abondamment. Elle resta ainsi jusqu'à ce que la crise fût passée. Elle haussa les épaules de déception et s'adressa au cheval : « Tu vois bien! Je ne suis même pas capable de rester debout! C'est pas pour que tu me ballottes dans la carriole jusqu'à La Charité! » Elle lui donna une tape affectueuse sur le cou et, doucement, retourna se coucher.

Dès le lendemain, Julia s'arrêta de travailler. Il fallut s'organiser. Georges viendrait à la ferme d'en bas nourrir et traire les vaches. Odette et Marcelline prendraient soin de la basse-cour et tiendraient compagnie à Julia. Comme disait Odette : « C'est pas le moment de te lâcher, ma fille, ça va pas tarder. »

Julia s'installa donc dans l'attente de l'accouchement. Elle restait assise durant de longues heures dans la cuisine. Elle s'occupait beaucoup des enfants et veillait en particulier sur René qui s'agitait tout le temps. Quand ce dernier lui laissait quelques instants de répit, elle les consacrait à Léone. Celle-ci l'inquiétait. Depuis plusieurs jours déjà, elle semblait s'être renfermée sur elle-même, et ne parlait quasiment plus.

Une fois, c'était un dimanche, Julia voulut l'interroger. Elle la prit dans ses bras : « Eh bien, ma chérie, tu me boudes? » Léone tourna la tête et se débattit. Comme Julia ne la lâchait pas, elle se mit à pleurer et lui donna un violent coup de pied dans le ventre. Julia étouffa un cri. Elle lâcha Léone qui se précipita sous la table. Quand la douleur se fut atténuée, Julia laissa éclater sa colère. Elle se pencha : « Je vais te mettre une calotte! Tu vas voir ça! Je vais t'apprendre, moi? » Elle allait attraper la petite, quand elle entendit un attelage qui entrait dans la cour. Elle regarda par la fenêtre. C'était Clémence. « Tiens! pensa Julia. Je l'avais oubliée, celle-là! » Le spectacle la fascinait. Elle n'avait encore jamais vu Clémence attifée d'une manière aussi extravagante. Altière, sur le siège de conduite, elle disparaissait sous un énorme manteau noir à longs poils. Le col relevé s'évasait contre les bords d'un large chapeau de la même couleur. Julia se retenait d'éclater de rire. Clémence lui rappelait ces moineaux dont le corps paraissait ridiculement petit par rapport à la masse de plumes qui le recouvraient.

Clémence, toujours aussi précautionneuse, descendit du coupé, s'arrêta, s'épousseta à l'aide de sa paire de gants, et prit quelques sacs. Après un coup d'œil à ses bottines vernies, elle se décida enfin à s'approcher.

Julia se dépêcha de lui ouvrir. Comme d'habitude, Clémence entra d'un seul trait, jeta au passage ses paquets sur une chaise, et se précipita vers la cuisinière au-dessus de laquelle elle se frotta les mains. « Brrr! Il fait toujours aussi froid ici! Ça change de Paris! » Julia la considérait avec amusement, et tenait toujours la porte ouverte. Clémence s'assit : « Eh bien, Julia! Fermez donc! Vous voulez qu'on se transforme en glaçons! » Et, sans transition, elle s'enquit de la santé des petits. « Où sont-ils donc fourrés! Je leur ai rapporté des bricoles de la capitale! » Julia ferma, et vint s'asseoir à son tour. « Vous avez fait bon voyage? » demanda-t-elle. « Oui, oui! répondit Clémence qui cherchait les enfants des yeux. Tenez, ça c'est pour la gamine. Et ça pour René! Ça va les changer de leurs bouts de ficelles et de leurs morceaux de bois! »

Julia se pencha et appela Léone qui pleurnichait toujours sous la table. « Eh bien! s'exclama Clémence, qu'est-ce que tu fais là-dessous? Ce n'est pas la place d'une fillette! » Léone apparut, l'air grognon, son pouce dans la bouche. Clémence l'attrapa par le bras, l'attira à elle, et lui colla un baiser sur le front. « Qu'est-ce qu'on dit à sa grand-mère? »

Léone marmonna : « B'jour, Mamie. » Visiblement satisfaite, Clémence lui tendit alors son cadeau joliment ficelé par un ruban vert. « Tiens, ma fille! Et fais attention de ne pas l'abîmer. » Julia n'en revenait pas. Décidément, rien ne pouvait émouvoir cette femme. « Elle est sèche comme un pruneau, pensa-t-elle, c'est pas possible. » Léone défit l'emballage, et découvrit une poupée de chiffon habillée de vêtements très colorés. Elle la considéra un instant, puis, sans dire un mot, disparut avec dans la chambre. Julia s'énerva : « Mais enfin, remercie ta grand-mère! » Léone ne répondit pas.

Clémence signifia à Julia que ce n'était pas grave en agitant la main, et reprit d'un ton sec : « Et mon troisième petit-enfant? Comment va-t-il? » Julia rougit. « Ça va, ça va! On se porte pas trop mal nous deux! » Clémence se satisfit de la réponse, et d'une voix hachée enchaîna : « Bon! Vous savez, Julia, je viens d'arriver, mais je compte bien m'occuper de Léon! Je n'ai pas changé d'opinion. Il va m'entendre! Croyez-moi! » Puis, fronçant les sourcils : « Mais au fait, où est-il? C'est dimanche aujourd'hui! Il devrait être là! » Elle tourna la tête dans tous les sens, et regarda la pièce comme si elle s'attendait à le voir surgir de l'armoire ou de l'un des murs. Julia baissa les yeux et éclata en sanglots. C'était plus fort qu'elle. Clémence la rudoya. « Allons! Allons! Racontez-moi, plutôt que de pleurer. Il a encore agi comme un imbécile? » Surprise par le ton peu amène de Clémence, Julia essuya ses larmes. « Elle veut savoir, pensa-t-elle, eh bien, elle va savoir! »

Les mots se précipitèrent : « Le Léon? Il est comme ne sont même pas les animaux! Moi qui croyais qu'il avait de l'éducation. Je vous en foutrai! Il se pavane à La Charité avec une traînée et me laisse avec tout sur le dos! » Julia éprouvait une ivresse particulière à évoquer ainsi Léon devant Clémence. Elle voulait se venger sur la mère de ce que le fils lui faisait subir. « En plus, il boit comme un trou et ne fait rien de ses dix doigts! Mais c'est fini maintenant! Je vous le dis, Clémence! Je veux plus en entendre parler! C'est un bon à rien! » Julia s'exprimait avec de plus en plus de violence. Clémence, qui ne s'attendait pas à de tels propos, rentrait le menton chaque fois qu'elle était choquée. Julia continuait, l'air excédé. « Oui! Je lui en veux! Il n'a fait que me débiter des histoires! C'est qu'un godelureau qui ne vaut pas mieux qu'un saisonnier! Il va le payer! Croyez-moi! »

Soudain, une forte douleur parcourut le ventre de Julia. Elle se tut. Clémence ne savait plus sur quel pied danser. Certes, elle en voulait à Léon de se conduire ainsi, d'être un déshonneur pour la famille. Mais enfin, elle ne pouvait admettre de Julia des réflexions aussi désobligeantes. Elle se rengorgea et reprit : « J'ai toujours vu votre mariage comme l'alliance de la carpe et du lapin! Ce qui vous arrive n'a rien d'étonnant! J'avais mis Léon en garde. L'amour, ma fille, n'est pas une histoire d'almanach! » Puis, elle se calma. « Toutefois, ce n'est pas une raison pour qu'il se comporte ainsi. J'irai à La Charité dans les jours qui viennent. » Julia se leva pour faire réchauffer du café. Elle marqua un temps d'arrêt. Léone, debout dans l'encadrement de la porte, écoutait avec attention. Julia, qui espérait qu'elle n'eût pas compris ce qui venait de se dire, lui demanda de retourner jouer dans la chambre. Clémence se retourna. « Oui, ma chérie! Ce n'est pas bien d'écouter les grandes personnes! » Léone disparut. Julia revint s'asseoir.

Clémence et elle avalaient leur café en silence, quand Odette entra en trombe. « Bonjour! Diable! Il fait un froid à vous geler les os! » Elle salua

Clémence, embrassa Julia, et s'attabla à côté d'elle. « Ça va, le petit? » dit-elle en lui posant la main sur le ventre. Julia acquiesça. Odette se tourna vers Clémence. « Alors? Vous voilà de retour? Il paraît que ça chauffait là-haut! » Clémence eut un sourire de satisfaction. « Et comment! Je peux en parler! J'y étais! » – Ah! oui? » s'exclama Odette; les yeux écarquillés de curiosité elle se rapprocha. Julia, soudainement intéressée, en fit autant. Clémence, qui voulait soigner son effet, se taisait. Enfin, lorsqu'elle eut l'impression de bien capter l'attention des deux femmes, elle reprit : « Vous pensez! Durant les quelques jours qui précédèrent le 6 février, on n'entendait plus parler à Paris que de scandales, de changement de gouvernement, de coup d'Etat! Grâce à ma sœur Emilie, qui reçoit beaucoup, j'étais au courant de tout. On disait que le préfet de police s'opposait ouvertement au président du Conseil, que des légions de patriotes allaient prendre le pouvoir. On vivait sur les nerfs. On s'attendait au pire! »

Clémence s'arrêta. Elle s'éclaircit la gorge, et demanda à Julia de lui verser à nouveau du café. Odette, irritée par cette interruption, ne cessait de répéter : « Dame oui! Ça c'est sûr! » Clémence buvait à petites gorgées. Odette fut bientôt au comble de l'impatience. « Et alors? demanda-t-elle. Qu'est-il donc arrivé? » Clémence allait répondre quand Auguste rentra. « Bonjour! Alors ça caquète? » Odette répliqua vivement : « Mais tais-toi donc! Elle raconte tout ce qu'on disait à la radio. » Auguste, surpris, s'assit à son tour sans discuter.

Clémence, agacée par l'arrivée inattendue d'Auguste, reprit d'une voix plus haut perchée : « Le 6 au matin, on sut qu'il y aurait une manifestation à la Concorde. » Odette, un peu perdue, lui coupa la parole : « Qu'est-ce que c'est donc que cet endroit? » Auguste la rabroua : « Mais tu peux donc pas la fermer! On s'en fout! » Clémence ignora la question et continua : « Vous pensez que je m'y suis précipitée avec Emilie. Dès le début de l'après-midi, j'étais en haut, dans les jardins qui dominent la place, et je regardais. La foule affluait de partout! Bientôt le coin fut noir de monde. Les gens, nerveux pour la plupart, parlaient à voix haute. Certains hurlaient des insultes contre les ministres ou demandaient leur démission! Au loin, je voyais les agents de police barrer le pont qui fait face à la Chambre des Députés. Ils résistaient avec difficulté à la poussée des manifestants. Moi-même, j'étais écrasée contre le muret. Il ne se passa rien jusqu'à environ six heures du soir... »

Julia, Odette et Auguste n'osaient pas bouger de peur qu'elle ne s'interrompît. René pleurnichait dans la chambre, mais personne ne broncha. Léone vint se hisser sur les genoux d'Auguste qui lui fit signe de se taire. Clémence vida sa tasse de café et reprit : « A cette heure-là, on sentait tous les gens prêts à faire n'importe quoi! Soudain, au loin, vers le pont, il y eut un mouvement de foule. On perçut une suite de détonations... Sur l'instant, je crus qu'il s'agissait de pétards qui explosaient. Mais bientôt ce fut la débandade autour de nous... On entendait "Les salauds! ils tirent! ils tirent!" Emilie prit peur. L'endroit devenait trop dangereux. Elle me saisit par le bras et m'obligea à la suivre. Il fallait que nous revenions à la maison. Ce fut horrible! Nous étions bousculées, entraînées. J'avais un mal de chien à courir avec les bottines neuves que je n'avais pas encore faites! Heureusement, ma sœur connaît bien Paris. On s'échappa vers le Louvre et l'on revint à Saint-Germain-des-Prés par le Pont-Neuf. » A bout de souffle d'avoir raconté si rapidement, Clémence s'arrêta.

Les autres restèrent cois quelques instants pour bien s'assurer qu'elle avait terminé. Odette rompit le silence. « Eh bien, nom d'un chien! En voilà une histoire! » Auguste approuva, puis haussa les épaules. « Moi, je l'ai entendu à la radio! C'étaient tous des fascistes! Sûr que le gouvernement vaut pas tripette! Mais les gueulards feraient mieux de trimer au lieu d'aller se faire tirer comme des lapins! » Clémence se redressa sur sa chaise, l'air pincé. « Mais enfin! Je n'ai vu aucun fasciste, comme vous dites! Il s'agissait de personnes très bien! » Auguste secoua la tête d'un air dubitatif. « Ta! Ta! Ta! Je sais bien moi que les fascistes défilaient. Ils existent chez nous. Tenez! Les chemises vertes à La Charité, ce sont les mêmes et ils foutent la merde partout! » Clémence, qui n'entendait rien à la politique, ne voulut pas s'engager dans une discussion avec Auguste, et se tut. Chacun sentait qu'il ne faudrait pas grand-chose pour mettre le feu aux poudres. Julia proposa à nouveau du café. Tous refusèrent. Clémence se leva. « Il faut que je m'en retourne. Je n'aimerais pas rentrer dans l'obscurité. » Elle s'habilla rapidement, salua tout le monde et partit en courant.

Quand le coupé se fut éloigné Auguste se mit à rire : « Moi, je vous le dis, elle est un peu piquée... » Odette l'interrompit : « Oh! toi. Tu pousses un peu! Il faut toujours que tu mettes ton grain de sel quand il faut pas! C'est pas tous les jours que tu entends quelqu'un qui te parle de Paris! » Auguste s'emporta : « Tais-toi donc! Au lieu de causer, tu ferais mieux d'aller aider la Marcelline à faire la soupe! » Odette se rebiffa. « Dis donc, le vieux! Tu vas pas me casser les oreilles, même le dimanche! Va donc aux bêtes! J'entends qu'elles beuglent là-haut. » Auguste n'insista pas et sortit. Odette s'attarda quelques instants encore auprès de Julia. « Tu veux que je reste, ma fille? » Julia refusa et la rassura : « C'est pas pour ce soir, va! » Odette l'embrassa et s'en alla.

Julia écouta le silence. René dormait. Léone, qui était retournée dans la chambre, ne faisait plus de bruit. Peut-être s'était-elle assoupie sur le grand lit? La nuit commençait à tomber. Julia n'alluma pas. Elle voulait demeurer ainsi le plus longtemps possible. Elle ne voyait aucune raison de bouger. Elle irait s'occuper des petits un peu plus tard.

Soudain, son regard fut attiré par le paquet que Clémence destinait à René. Elle le prit et défit l'emballage. La boîte contenait une douzaine de soldats de la guerre de 1914, en terre cuite. La plupart d'entre eux étaient des fantassins en position de tir. Les uns visaient debout, les jambes écartées, d'autres, agenouillés ou allongés. Julia s'intéressa plus particulièrement à deux brancardiers. Des trous minuscules dans leurs poings permettaient d'y glisser les poignées d'une civière sur laquelle reposait un blessé. Elle retourna dans sa main une jeune infirmière en uniforme, sur les bras de laquelle on avait peint une croix rouge. Julia disposa toutes les figurines sur la table. Elle s'étonnait. Comment Clémence avait-elle pu penser que cela intéresserait René, âgé d'un an et demi? Le vieux avait peut-être raison? Elle devait être un peu piquée.

Julia repensa à Léon. Avec une mère pareille, ce n'était pas surprenant qu'il fût à ce point une girouette. Elle sursauta. Voilà qu'elle allait lui trouver des excuses! « Qu'est-ce qui te prend, ma fille? » dit-elle tout haut. Elle se leva, alluma et réactiva la cuisinière. Les enfants devaient avoir faim.

Clémence se rendit à La Charité le 8 mars, jour de la foire. Elle en aimait particulièrement l'ambiance, et appréciait d'y rencontrer certains paysans de la région, qui venaient régulièrement à la ferme du vivant de son mari. Elle évoquait avec eux le souvenir de cet homme, qui avait été le seul de sa vie. Avant de sortir, elle se regarda une dernière fois dans la psyché de l'entrée. Le chapeau « plume de faisan », qu'elle avait rapporté de Paris, lui parut du meilleur effet. Elle ferma la porte à clef, et resta quelques instants sur le perron. Elle se remémora le programme qu'elle s'était fixé. Elle irait d'abord chez son notaire et, ensuite, essaierait de trouver Léon pour le ramener à la raison.

Elle gara le coupé devant l'étude, attacha le cheval au mur et tira sur la clochette de la porte monumentale de l'immeuble. Un jeune domestique lui ouvrit, et la salua respectueusement. Il s'apprêtait à l'introduire, quand Clémence le précéda, et pénétra dans le bureau du notaire. Celui-ci, plongé dans ses papiers, sursauta. Il ajusta ses binocles. Quand il eut reconnu Clémence, il se précipita au-devant d'elle. Il la salua avec affectation, et fit discrètement signe au clerc, qui bredouillait sur le seuil, d'aller chercher le dossier de Clémence. « Mes hommages, chère madame. J'ai appris que vous étiez allée à Paris? Avez-vous fait bon voyage? » Clémence ignora la question et s'assit. « Alors, maître, où en sont mes affaires? » Celui-ci prit la chemise qu'on venait de lui apporter. Tel un collectionneur, il la caressa avec application, l'ouvrit et délicatement tourna les pages. Il arbora un large sourire et tendit un document à Clémence. « Voici votre état de comptes, madame. » Celle-ci le lui arracha des mains. Elle négligea le détail des opérations et jeta un coup d'œil rapide sur la dernière ligne où figurait le montant de son argent disponible. D'ordinaire, elle rendait aussitôt la feuille. Cette fois-ci, elle la garda, et s'étonna : « Mais enfin, comment se fait-il qu'au bout de deux mois d'absence, alors que je n'ai exécuté aucun retrait, mon compte ait diminué de près de cinq mille francs? » Surpris par la violence du ton, le notaire recula, et se cala contre le dossier de son fauteuil. Il toussota. Ne sachant que faire de ses mains, il les posa à plat sur le bureau impeccablement ciré. « Eh bien, maître? reprit Clémence. Auriez-vous subi quelques déboires dans vos placements? » Celui-ci, outré qu'on pût mettre en doute ses qualités professionnelles, se redressa : « Non! Non! Chère Madame! Pas du tout! Mais, voyez-vous, je... Je n'avais pas d'autre moyen que d'accepter... » Clémence, agacée par son expression embarrassée, lui coupa la parole. « Accepter quoi? » Comme s'il pensait pouvoir ainsi calmer Clémence, le notaire leva les bras en signe d'apaisement. « Eh bien, voici, chère madame. Votre fils, monsieur Léon, est venu à plusieurs reprises et m'a demandé de l'argent. » Soudain, il se mit à parler plus rapidement. « Bien entendu, je lui ai donné à chaque fois la somme qu'il désirait. Je respectais en cela le souhait que vous m'avez exprimé. »

Clémence, piquée au vif par l'argument, se tut quelques instants. « Il n'y a rien à redire à cela, pensa-t-elle. Cet imbécile a fait son travail! Mais comment ai-je pu dire une pareille bêtise? »

Elle n'alla pas plus loin dans ses réflexions. Jamais, dans sa vie, elle n'avait reconnu ses erreurs. Cela n'allait pas commencer aujourd'hui! Léon s'était encore comporté de manière tout à fait inadmissible à son égard! « Eh bien, répondit-elle, je vous donne la consigne inverse. Désormais, vous ne lui donnerez plus un sou sans mon consentement écrit! Je me charge de lui dire de ne plus venir vous importuner. » Le notaire se détendit et s'enfonça de nouveau dans son siège. Clémence reprit : « Mais dites-moi, maître, vous savez certainement où il habite? »

Celui-ci se sentit mal à l'aise. Bien sûr, il savait où Léon vivait, et connaissait tout ce qu'on racontait en ville sur lui. Toutefois, il ne voulait pas être contraint d'en rapporter quoi que ce fût à Clémence. Elle était une trop bonne cliente pour qu'il prît le risque de lui déplaire. Il sourit. « Oh! madame! je le croyais marié à une fille des... » Clémence s'impatienta. « Allons! Allons! maître! Ce n'est pas ce que je vous demande! Je veux connaître où il loge. Je dois le savoir immédiatement. » Le notaire n'hésita qu'un instant avant de reprendre : « Vous savez, madame, que je n'ai aucune raison de demander à monsieur Léon où il demeure! Par contre, je sais qu'il a l'habitude de prendre... l'apéritif à la buvette de monsieur Marcel, sur la grand-place. Celui-ci sait probablement où l'on peut le trouver. » Il appuya sa suggestion d'un léger hochement de tête. Il était fier de lui. Il avait dit l'essentiel sans trop en dévoiler. Bien que Clémence eût saisi l'ironie de sa réponse, elle ne répondit rien. Elle se leva, remercia et sortit d'un pas rapide. Elle était furieuse. La conduite de Léon ternissait vraiment l'honorabilité de la famille. C'était insupportable.

Le marché battait son plein. Les étalages et les parcs à bêtes des paysans des alentours occupaient le centre de l'esplanade. Les vendeurs haranguaient la foule de leurs voix rudes et fortes. Chacun d'eux tentait de dominer la cacophonie environnante, des meuglements, hennissements et caquètements des animaux parqués, ou enfermés, dans des cages superposées. Des caisses et des détritus divers encombraient la chaussée glissante.

Clémence considéra un instant ce remue-ménage tumultueux d'hommes et de véhicules, et entreprit de faire le tour de l'endroit pour trouver le bar que lui avait indiqué le notaire. Elle relevait les pans de sa robe quand elle devait éviter un obstacle, elle la soulevait encore plus pour ne pas la salir. Mais elle n'amplifiait pas trop le mouvement de peur que quelqu'un vît ses jambes. Elle pestait contre Léon. A cause de lui, ses vêtements et ses bottines seraient maculées de taches. Des brutes la bousculaient sans même s'excuser. A chaque pas, il lui fallait éviter des monceaux d'ordures, des flaques d'eau, des éclaboussures. Enfin, elle arriva devant le café. Elle était rompue, et n'avait plus qu'une idée : s'asseoir à une table et boire une tasse de chocolat brûlant. Elle se précipita vers la porte. La vitre de celle-ci refléta un instant son visage. Elle garda la main figée sur la poignée. « J'ai l'air d'une folle, murmura-t-elle. Qu'est-ce qu'on va penser de moi? » Elle jeta un rapide coup d'œil à l'intérieur. C'était comble.

Soudain, elle sentit qu'on la poussait. « Alors, mémère! On sait pas si on a soif! » Choquée, elle se retourna. Un gros paysan à la mine rougeaude, une cigarette maïs au coin des lèvres, lui faisait face. Il éclata de rire. « C'est pas pour les dames seules! » Clémence haussa les épaules et lui laissa le passage. Le geste rapide, elle remit son chapeau d'aplomb et rajusta sa veste. Elle repassa deux fois devant le café et, enfin convaincue qu'elle était présentable, décida d'entrer. « Il me le paiera », marmonna-t-elle en pensant à Léon. Par sa faute, elle pénétrait seule dans un tel lieu, pour la première fois de sa vie!

Clémence suffoqua sous l'effet de la chaleur humide qui régnait dans la salle. Le vacarme des voix, assourdissant, lui rappela les piaillements incessants des oiseaux tropicaux de la volière du Jardin des plantes, qu'elle avait visitée à Paris. Elle tenta de se frayer un passage dans la foule compacte. Elle était si petite que personne ne la remarquait. Certains, pourtant, se retournaient en voyant passer la plume du chapeau à la hauteur de leurs yeux. Ils riaient et finissaient par se pousser. Clémence, plus raide que jamais, bouillait de colère. Quand elle parvint au bar, elle réussit à se glisser entre deux paysans. L'un d'eux s'esclaffa : « Vingt dieux! Hé! madame! Heureux que la chasse est terminée sinon je vous aurais prise pour une faisane! » L'autre riait aux larmes. Clémence le toisa du regard. Ils n'insistèrent pas. Le gros Marcel sourit à son tour quand il l'aperçut. « Qu'est-ce que c'est donc encore que cette folle? » pensa-t-il. Clémence, dans l'espoir d'apercevoir Léon, tournait la tête dans tous les sens. La penne venait alors caresser le visage de l'un ou l'autre des clients. Ceux-ci reculaient en jurant comme des charretiers. « Mais, bon dieu! Qu'est-ce qu'il fout donc là cet oiseau! » Le gros Marcel, hilare, s'approcha. « Eh bien, madame! Vous allez vous dévisser la tête à chercher le chasseur comme ça. » Clémence, choquée par ce ton familier, se renfrogna. « Je cherche mon fils, monsieur! » Le gros Marcel fut pris d'un énorme rire. Sa bedaine sautait tellement qu'il dut s'appuyer contre le zinc. « Votre fils!... Votre fils!... » Il ne parvenait pas à dire autre chose. Il s'étouffait. Mortifiée, Clémence hoqueta. Endurer une telle situation était vraiment au-dessus de ses forces. Elle se mit à pleurer.

Le gros Marcel s'en aperçut et s'en voulut d'avoir été aussi grossier. Cette vieille femme souffrait, c'était visible! Après tout, peut-être avait-elle réellement perdu son rejeton? Il se pencha vers Clémence. « Alors? Qu'est-ce que je peux faire pour vous? » De part et d'autre de la salle, des buveurs ignorés par la serveuse criaient : « Eh! Marcel! Une bière!... Un canon!... » Celui-ci restait sourd à leurs appels. Il attendait que Clémence eût essuyé ses larmes. « Eh bien, voilà, dit-elle. On m'a dit que Léon avait l'habitude de venir prendre l'apéritif chez vous. J'espérais que vous sauriez me dire où le trouver. » Le gros Marcel se redressa. « Quoi! Le Léon est votre fils? Eh bien, ma pauvre dame! Je vous plains!... » Il lui fit signe, l'invitant à le rejoindre à l'extrémité du comptoir.

Quand elle fut arrivée, le gros Marcel s'inclina vers elle avec un air de conspirateur. « Je devrais pas vous dire ça, mais enfin, vous êtes sa mère... Le Léon, il est plus tout à fait normal. Il picole trop! Tous les soirs, il est là à dégoiser tant et plus, ivre soûl, que même des fois je dois le mettre dehors. Dame! Je vous plains de supporter un garçon pareil. Mais dites donc? Jamais il ne parle de vous. » Clémence hocha la tête en signe d'acquiescement. « Je m'en doute! Je m'en doute! » Le gros Marcel, emporté par son désir de ragoter, n'entendait plus les appels de plus en plus pressants des clients. L'un d'eux, plus impatient que les autres, vint lui secouer l'épaule. Il se retourna, rouge de colère. « Mais, bon dieu! Tu vois donc pas que je cause! Si tu as soif, demande donc à la gamine! » Puis il reprit à l'adresse de Clémence : « Il m'est avis qu'il file un mauvais coton! Il écluse sans arrêt et fait la java avec une petite qui s'appelle Perrette. Pas bien méchante, la môme, remarquez! Mais quand même... » Il laissa sa phrase en suspens et fit la moue de quelqu'un qui en connaissait long. Clémence ne bronchait pas. Elle savait que le meilleur moyen d'en apprendre était encore de se taire. Le gros Marcel, encouragé par le regard attentif de Clémence, s'enhardit : « Tiens! Je peux même vous dire qu'il n'arrête pas de se lamenter sur son sort! Qu'il est malheureux! Que sa femme n'est qu'une truie! Qu'il va claquer tout ce qu'il a! Ah! Parce qu'il est pas regardant! J'ai jamais eu d'ennuis avec lui! Il paie rubis sur l'ongle. C'est pas comme les autres qui viennent boire et règlent la semaine des quatre jeudis! » Clémence était folle de rage. Ainsi, Léon s'affichait tous les jours ici, et dilapidait l'argent que son pauvre père avait gagné avec tant de peine! Elle coupa la parole au gros Marcel. « J'imagine que si vous le connaissez aussi bien, vous devez savoir où il habite? » Le gros Marcel montra un sourire entendu. « Oh! Pour ça, c'est pas difficile. Vous voyez la gare? Eh bien, c'est le bâtiment qui est juste en face. Il habite chez la petite. » Clémence salua. « Merci, monsieur! J'espère que je le trouverai... » Le gros Marcel voulut l'encourager. « Dame! Je vous le souhaite aussi... » Il regarda Clémence fendre à nouveau la foule. Quand elle fut sortie, il la suivit au loin quelques instants encore. « Si c'est pas malheureux de voir ça! » marmonna-t-il en secouant la tête.

Clémence traversa la place. Ce fut un véritable calvaire. Elle glissait à chaque pas, recevait des détritus jetés au jugé, était interpellée par des paysans qui voulaient à tout prix lui vendre leurs volailles ou leurs légumes. Elle était bousculée, parfois injuriée. Certains la charriaient en désignant son chapeau. Clémence faisait mine de ne rien entendre et conservait une attitude digne et distante.

Quand elle fut sortie du marché, elle prit la direction de la gare. Elle n'en pouvait plus de fatigue. La rue n'en finissait pas. Par comble de malchance, le trottoir, défoncé à plusieurs endroits, l'obligeait à sauter au-dessus des flaques d'eau et à raser les murs pour éviter de glisser sur le sol en terre, détrempé. Enfin, la station de chemin de fer apparut dans la perspective. Plus elle s'en approchait, plus elle fulminait contre Léon. Il allait voir ce qu'il allait voir, ce vaurien! Elle trouva l'immeuble sans difficulté. En bas, un homme qui sortait lui indiqua l'étage où habitait Perrette.

Clémence s'arrêta quelques instants avant de monter. Elle n'en croyait pas ses yeux. Les murs étaient lézardés. Des pans entiers de plâtre étaient tombés sous l'effet de l'humidité. A certains emplacements, on devinait des traces anciennes de papier peint. L'escalier, peu engageant, disparaissait très vite dans une semi-obscurité. Clémence se déhancha pour tenter de voir le plus haut possible. Tout restait indistinct. Elle n'en revenait pas. Comment Léon pouvait-il vivre dans un lieu pareil? Il fallait qu'il fût vraiment tombé bien bas. Parvenue devant la porte, elle se retint de pleurer. Ce n'était pas le moment! Elle s'octroya un petit instant pour reprendre son souffle. Elle rajusta machinalement sa robe, sa veste et son chapeau, et frappa.

Perrette, pensant qu'il s'agissait d'un client, ouvrit, vêtue d'un déshabillé qui cachait très peu son anatomie. Elle comprit instinctivement qu'elle se trouvait devant la mère de Léon. Elle eut un mouvement de recul et ne put prononcer un mot. Cette femme lui paraissait encore plus grotesque que ce qu'elle avait imaginé. Clémence, surprise que Perrette vînt lui ouvrir à moitié nue, et gênée par l'impudeur qu'elle affichait avec tant de naturel, demeura également silencieuse. Léon, encore couché, s'étonna de ne rien entendre. « Qu'est-ce que c'est? » gueula-t-il. Clémence répondit : « C'est ta mère! » Léon jura, sauta du lit, enfila son pantalon et rejoignit les deux femmes. Clémence ne put dissimuler sa stupeur. Avec les cheveux ébouriffés, une barbe de plusieurs jours, et les yeux gonflés de sommeil et d'alcool, Léon ressemblait à ces clochards qu'elle avait vus au hasard de ses promenades parisiennes! Perrette, qui ne pensait qu'à s'habiller et partir, s'éclipsa sans un mot.

Léon s'avança sur le palier et referma derrière lui. « Qu'est-ce que tu fous là? » s'écria-t-il sourdement. Clémence, furieuse de voir Léon s'adresser ainsi à elle, lui fit face : « J'ai à te parler. » Léon haussa les épaules. « Eh bien je t'écoute! » Clémence répliqua sèchement : « Tu ne crois tout de même pas que moi, ta mère, je vais discuter avec toi sur un palier, au vu et au su de tout le monde! Je n'ai pas enduré ce que j'ai enduré pour que cela se passe ainsi! Je te préviens, Léon... Si tu ne te décides pas à te conduire d'une manière correcte avec moi, ça va mal aller! Tu sais tout ce dont je suis capable... » Le ton sans réplique de Clémence impressionna Léon. Cela faisait longtemps qu'il ne l'avait vue aussi déterminée. Il sentit que la menace n'était pas à prendre à la légère. Il l'interrompit, l'air contraint. « Bon! Bon! Ça va! » Perrette réapparut à cet instant. Elle passa entre eux, marmonna quelques mots indistincts et se précipita vers l'escalier. Elle descendit quatre à quatre. Léon et Clémence restèrent face à face, silencieux, jusqu'à ce qu'elle fût sortie de l'immeuble.

Léon invita Clémence à entrer. Il lui proposa une chaise et s'assit sur le bord du lit. « Alors? Je t'écoute! » Clémence ne répondit pas. Elle se sentait à la fois dégoûtée et fascinée par le bric-à-brac qui l'entourait. Où qu'elle regardât, c'était des bouteilles vides ou pleines, des verres, des entassements de vaisselle sale. Des vêtements chiffonnés traînaient dans tous les coins de la pièce ou sur le sol. Les murs suintaient. La moisissure dégageait une odeur fétide. La lumière du jour, atténuée par les carreaux opaques de saleté, accentuait encore l'atmosphère d'abandon et de tristesse qui régnait dans la pièce.

Léon s'irrita du silence de sa mère. « Bon! Alors! Je croyais que tu avais à me causer? » Clémence sursauta. « Dis donc, Léon! J'aimerais bien que tu ne me parles pas de cette manière! Que tu n'aies plus de respect pour toi-même, soit! Mais que tu n'en aies pas à mon égard, je ne le tolérerai pas! » Léon se redressa. Il allait répondre, mais Clémence, d'une voix aiguë, lui imposa le silence. « Cette fois-ci, tu vas m'entendre jusqu'au bout! Je viens de voir le notaire. Il m'a appris que tu lui avais demandé plus de cinq mille francs. J'imagine que tu les as consacrés à boire et à entretenir cette... » Elle ne savait quel qualificatif employer. Elle renonça à en trouver un et reprit : « ... C'est inadmissible! Je lui ai donné la consigne de ne plus te donner un sou! » Elle reprit son souffle et enchaîna : « Ce n'est pas la peine de me lancer ce regard noir! Si tu as besoin d'argent, tu n'as qu'à vendre les terres que je t'ai laissées lors de ton mariage! Ou bien, réclames-en à ta femme... » Clémence ne put retenir un sourire de satisfaction en songeant qu'elle savait manier l'ironie. Elle continua : « D'autre part, je n'irai pas par quatre chemins! Tu as choisi d'épouser Julia. Tu es le père de trois enfants! La vie que tu mènes n'est pas digne d'un époux, ni d'un père. Et peu importe que tu te sois trompé! L'erreur est commise maintenant! Tu dois faire avec! En ce qui me concerne, je te laisse encore une chance. Tu reviens, tu travailles, tu t'occupes de ta famille et nous n'en parlons plus! Avec le temps, tout s'arrange. Je suis sûre que Julia est prête à te pardonner et, crois-moi, je l'admire!... Sinon... » Elle agita son index vers lui en signe de menace. « Sinon... je te déshériterai! Sans compter que je ferai tout pour protéger mes petits-enfants... »

Léon était abasourdi. Jamais sa mère ne lui avait parlé ainsi. L'angoisse lui étreignit la gorge. Il savait qu'il lui était impossible de revenir à la ferme. Il avait Perrette dans la peau! Il ne pouvait plus se passer d'alcool! Il tenta d'intervenir : « Je... Je... » Clémence ne lui en laissa pas le temps. « J'espère que tu as bien compris? J'ai honte d'être ta mère, Léon! Honte aussi pour ton père qui rêvait... Mais n'en parlons plus! » Elle se leva et s'en alla sans rien ajouter.

Quelques instants plus tard, Léon sentit la colère l'envahir. Tout le monde lui en voulait! Ce n'était pas sa faute s'il était comme ça! Il ne demandait rien à personne! Rageusement, il donna un violent coup de pied dans les litres vides alignés sur le sol. Excité par le bruit, il balaya l'étagère du bras. D'autres bouteilles, dont certaines étaient pleines de Pouilly, s'écrasèrent sur le plancher. « Saloperie!... Ordure!... » hurlait-il. Soudain, en abattant son poing sur la table, il se coupa sur un éclat de verre. Cela le calma instantanément. Il porta sa main à la bouche pour enrayer le saignement, et s'assit sur le lit. Il s'abîma dans la contemplation des débris, et des grandes flaques de vin qui dégageaient une odeur acide.

Clémence rejoignit l'étude, reprit le coupé, et partit à bride abattue. Elle voulait revoir Julia pour se décharger un peu de sa peine, en la partageant avec elle. Dans le fond, pensait-elle, Julia était une bonne fille! Elle endurait la situation sans se plaindre! Elle avait de la volonté! Pour Clémence, qui jugeait toujours les autres à l'aune de sa propre ténacité, c'était l'essentiel!

Elle arriva et gara le coupé dans la cour. Il y régnait une agitation inhabituelle. Marcelline qui partait en courant vers la ferme d'en haut la salua à peine. Sur le perron, Auguste se déhanchait pour regarder dans la maison, et retenait fermement Léone. Celle-ci, en pleurs, tentait de s'échapper.

Odette sortit de la grange et pénétra dans la cuisine. Au passage, elle rabroua Auguste : « Pousse-toi donc. Je t'ai déjà dit de ne pas être tout le temps dans nos pieds! » Clémence s'approcha du vieux et s'enquit auprès de lui des raisons de ce remue-ménage. Léone quitta Auguste et vint se réfugier contre Clémence, qui lui passa la main dans les cheveux. « Dame! répondit Auguste, c'est le troisième qui arrive! Les femmes et le docteur Bertranges bataillent depuis une bonne heure! Ça se passe pas tout seul, on dirait! » Les hurlements de Julia parvinrent jusqu'à eux. Clémence hésita un instant, puis entra. Elle ne serait peut-être pas de trop en cas de difficulté!

Julia, allongée sur le lit, découverte jusqu'à la poitrine, les jambes écartées, les genoux pliés, se cramponnait de toutes ses forces aux montants. Sa figure, livide, se crispait sous l'effet de la souffrance. Les cris stridents qu'elle poussait se muaient en râles sourds après chaque contraction. Le docteur l'encourageait. « Allez, ma fille! Pousse! Pousse! » Odette lui essuyait son visage, ruisselant de sueur, avec un linge frais, et lui parlait doucement. « Va, ma chérie! C'est rien va! Ça se termine! »

Devant ce spectacle auquel elle n'était pas préparée, Clémence resta tétanisée quelques instants. Puis, touchée de compassion, elle enleva son chapeau et sa veste, remonta les manches de son chemisier, et s'approcha. « Puis-je être utile, docteur? » Celui-ci, en plein effort, ne se retourna pas. « Certainement, répondit-il dans un souffle, passez-moi la cuvette... » Marcelline revint sur ces entrefaites, et maintint les jambes de Julia. Les minutes passèrent. Rien ne venait.

Le médecin se releva, ausculta le cœur de Julia et alla dans la cuisine. Il fit signe à Odette de le rejoindre. Il se lava les mains. « Ecoutez, je suis très inquiet! Nous ne pouvons attendre beaucoup plus longtemps. Le petit se présente mal. Il y a de fortes chances qu'il vienne à l'envers, si j'ose dire. Bon! On va tenter une dernière fois. Si j'échoue, il faudra que j'opère. »

Soudain, Marcelline appela. « Docteur! Docteur! » Celui-ci se précipita, suivi d'Odette. Julia hurlait. Le bébé se présentait par le siège. Marcelline maintenait les jambes de Julia le plus fermement possible. Odette l'encourageait. Clémence, agenouillée aux côtés du docteur, assistait celui-ci dans son travail. Parfois, elle s'essuyait les yeux embués de larmes. Elle éprouvait une joie qu'elle n'avait jamais connue jusqu'à ce jour. Elle aimait déjà cet enfant qu'elle aidait à naître, comme s'il eût été le sien propre! Ce qui la remuait au plus profond d'elle-même se traduisait sur son visage. Les traits de celui-ci s'adoucissaient. Un sourire inhabituel flottait sur ses lèvres.

Enfin Julia fut délivrée. « Bravo! s'exclama Odette, c'est fini! Voilà une femme de plus à la maison! » La petite se mit à crier. Le docteur la passa à Marcelline, et s'occupa de Julia. Odette se précipita dehors. « Eh! le vieux! C'est une fille! » Celui-ci haussa les épaules et bougonna : « Bon Dieu! Encore une! C'est pas croyable! C'est une maladie! » Mais quoi qu'il en dît, il était heureux. Il arracha Léone du sol et la câlina. « Eh bien, vous serez deux pour faire des bêtises! » Il entra avec elle dans la chambre.

Toutes les femmes, agglutinées autour de Julia, parlaient en même temps. Dieu qu'elle était belle, la môme! Et comment Julia allait-elle l'appeler? Celle-ci proposa dans un souffle qu'elle portât le nom de sa sœur défunte. Tous approuvèrent. Elle s'appellerait donc Anna! Auguste l'embrassa sur le front. « C'est bien, ma chérie! C'est bien, ma chérie! »

répéta-t-il d'une voix tremblante. Léone, qui s'était hissée sur le matelas, vint se blottir dans les bras de Julia. Odette sortit la bouteille. Ils trinquèrent au-dessus du lit. « Bon dieu! Cela n'avait pas été facile, mais c'était la vie! » Clémence buvait aussi. Les autres lui parlaient sans gêne. Maintenant, elle faisait un peu partie de la famille. Odette l'exprima à sa manière « Eh bien, Clémence! Vous n'êtes pas une empotée! Sûr que vous sauriez travailler à la ferme! » Clémence sentit qu'elle serait désormais la bienvenue. Elle ne voulut pas être en reste. Elle se tourna vers Julia : « Je suis fière de vous et de ma petite-fille. »

Julia éclata en sanglots. Odette, qui avait compris, détourna la conversation en s'inquiétant de René. Marcelline haussa les épaules : « T'inquiète pas! Georges le surveille là-haut! » Quand il eut terminé son verre, le médecin prit congé. Il partait visiter d'autres malades, mais il reviendrait le soir. Jusque-là, il fallait bien surveiller Julia. Odette le rassura : « On l'aura à l'œil! » Julia s'arrêta de pleurer. Elle demanda à Clémence si elle avait vu Léon. « Oui, répondit celle-ci, mais nous en reparlerons. Reposez-vous! Vous devez être fatiguée! » Elle l'embrassa. Julia, souriante, serra Anna dans ses bras. Tous sortirent de la pièce. Marcelline tira les rideaux, et laissa la porte entrouverte. Auguste retourna à la ferme d'en haut.

Les femmes s'assirent autour de la table de la cuisine, et se mirent à bavarder à voix basse. Léone se jucha sur les genoux d'Odette. Marcelline et Clémence exprimaient le même avis : Anna paraissait bien malingre! Il allait falloir s'en occuper plus que des autres enfants! Odette émit quelques réserves : « Ça veut rien dire! J'en connais qui sont sèches comme des triques à la naissance et qui crèvent quasiment centenaires! » Puis elle nomma deux ou trois vieilles de la commune. Marcelline approuva. D'ailleurs, Julia ne pesait pas bien lourd lors de sa naissance et il fallait voir comme elle était solide aujourd'hui!

Le docteur revint à la tombée de la nuit. Il ausculta Anna et Julia. Tout se présentait pour le mieux. Il donna quelques potions fortifiantes à Julia. Clémence s'en alla en même temps que lui. Elle promit de revenir le lendemain. Dès qu'elle fut sortie, Odette fit une moue étonnée : « Eh bien, je ne sais pas ce qui s'est passé, mais je trouve la Clémence bien changée! Sûr que c'est pas une mauvaise femme. » Marcelline approuva. « Dame! C'est plus celle qu'on a connue! »

Durant les jours qui suivirent, Julia demeura plongée dans une profonde léthargie. Elle restait assise dans le lit, à fixer le mur blanc qui lui faisait face et répondait rarement aux questions. Elle se désintéressait même d'Anna, qu'il fallait nourrir au biberon. Les rares fois où elle sortait de sa prostration, elle ne faisait que parler de Léon, par bribes de phrases, parfois incohérentes. Elle disait toute la rancœur qu'elle éprouvait à son égard. Il n'était qu'un salaud, un lâche, un ivrogne qui ne méritait pas l'amour qu'elle lui portait. Les femmes étaient décontenancées. Surtout Odette qui savait qu'Anna n'était pas de Léon. Quand elle se retrouvait seule avec Julia, elle tentait de la raisonner. « Mais enfin! Ne sois pas sotte! Tu dois l'oublier, ce bon à rien! Tu as tort de t'user à penser à lui... » Clémence, qui venait tous les jours, n'y comprenait rien non plus. Comment Julia pouvait-elle être encore attachée à Léon, alors qu'elle-même commençait à le détester? Elle s'en ouvrit à Odette : « Il faut qu'elle soit devenue folle pour penser encore à lui, après tout ce qu'il lui a fait endurer! » Odette était du même avis, mais elle avait son idée sur la question :

« Dame! C'est une chose de ne plus aimer son homme, c'en est une autre de ne pas l'avoir à côté de soi. »

Préoccupées de voir Julia aussi abattue, Odette et Marcelline s'en ouvrirent au docteur. Cela ne l'inquiéta pas outre mesure. « Vous savez, c'est toujours un peu comme ça après une naissance. On a une période de forte fatigue! » Marcelline fut de son avis. « C'est bien vrai. Quand j'ai eu les miens, ça tournait pas rond! Je m'en souviens bien! » Le médecin conseilla qu'on l'entourât beaucoup, qu'on laissât les enfants auprès d'elle, et surtout, qu'elle mangeât bien. Elle redeviendrait bientôt gaillarde. Il fallut expliquer à Léone pourquoi sa mère ne la reconnaissait pas toujours. Odette s'en chargea : « C'est rien, ma chérie! ta maman est fatiguée par la naissance. » En attendant, Marcelline s'occupait d'Anna. La première fois qu'elle la berça, elle pleura. Elle se souvenait de ce temps déjà lointain où c'était sa propre fille qu'elle tenait dans ses bras. « Mais nom d'un chien, se demanda-t-elle, pourquoi il a fallu qu'elle s'en aille ainsi? »

Désormais, Marcelline et Odette habitaient à la ferme d'en bas. Elles avaient dit au vieux et à Georges de venir manger là. C'était plus facile pour elles. Auguste n'arrêtait pas de pester contre Julia qui n'avait pas de santé. Mais, dans le fond, il s'inquiétait de la voir aussi mélancolique. Au début, il en avait voulu à Clémence, puis il s'était fait une raison. La vieille avait beau être la mère de Léon, elle semblait vraiment peinée de ce qui arrivait. Elle n'arrêtait pas de la journée et aidait les femmes autant qu'elle le pouvait. Elle avait abandonné ses allures de bourgeoise. Maintenant, on pouvait parler avec elle sans avoir l'air d'être bête comme une bourrique.

Une dizaine de jours après la naissance, comme le

docteur l'avait prévu, Julia retrouva assez d'énergie pour se lever. Elle vaquait doucement à des tâches ménagères et s'occupait à nouveau de René et de Léone. Elle prenait souvent Anna dans ses bras et la câlinait. Elle était heureuse d'avoir cette fille. Cela la rapprochait de sa sœur qu'elle avait si peu connue... D'ailleurs, un matin, elle insista pour aller se recueillir sur sa tombe. Les femmes poussèrent de hauts cris. « Ce n'est pas possible! Tu n'es pas en état de faire un tel chemin! » Auguste la traita de « folle à lier ». Mais Julia tint bon. L'après-midi, Auguste et Marcelline l'accompagnèrent. Julia, couverte de la tête aux pieds, comme en plein hiver, était assise à l'arrière, à côté de sa mère. Auguste maintenait le cheval au galop. « Plus vite on arrivera, plus vite on sera de retour », disait-il chaque fois que Marcelline lui demandait d'aller lentement.

Au cimetière, ils se retrouvèrent tous les trois face au tombeau que le lichen commençait à envahir. Ils se tenaient serrés les uns contre les autres, tels des oiseaux frileux. Marcelline, qui s'essuyait les yeux sans arrêt, marmonnait une vague prière en sautant la moitié des mots. Julia ne disait rien. Elle contemplait la pierre tombale et imaginait Anna sous terre. Elle lui parlait et lui demandait de la protéger. Cette terrible phrase, comme quoi elle allait en baver, lui trottait toujours dans la tête. Auguste, impatient de repartir, n'arrêtait pas de se dandiner d'un sabot sur l'autre. Il ne supportait pas ces pèlerinages. Cela suffisait de s'y rendre une fois par an pour la fête des morts! Il fallut qu'il brusquât les femmes pour les tirer de leur méditation. « Bon! Il faudrait peut-être y aller? Là où elle est, elle nous entend pas! » Marcelline se signa rapidement. Elle ne voulait pas qu'Auguste se mît en colère au milieu des sépultures. Ce fut tout juste s'ils ne coururent pas vers la sortie. A les voir, on aurait dit qu'ils venaient de profaner les lieux.

Le lendemain, Odette et Marcelline regagnèrent la ferme d'en haut. Clémence viendrait de temps en temps. Julia retrouva ses habitudes. Comme elle aimait à le dire, rien n'avait changé, sinon qu'elle avait un enfant de plus à nourrir.

7

Léon apprit la naissance d'Anna deux semaines plus tard. Ce matin-là, comme d'habitude, il buvait les premières fines de la journée chez le gros Marcel. Un individu, qu'il ne connaissait pas, s'installa auprès de lui, et commanda une tasse de café. Ils se mirent à discuter. Le gars, qui habitait du côté de Narcy, cherchait actuellement une place. Léon fut soudainement intéressé. Ce n'était pas loin de la ferme d'Auguste. Peut-être y était-il passé? « Vous n'avez pas essayé du côté des Bertins? » L'autre secoua la tête. « Pensez donc! Hier j'ai vu le Georges, l'un de mes camarades de régiment. Il travaille actuellement chez un gros du coin, un nommé Auguste. Il m'a dit qu'il n'y avait rien dans la région. » Léon offrit une tournée. Le saisonnier accepta et ajouta en riant : « Juste pour allonger un peu le jus. » Tous deux burent en silence. Léon reprit : « Et votre copain, il est satisfait? »

L'autre avala son verre d'un trait et claqua la langue. « Ça, oui! Son patron est un peu gueulard, mais il paie bien! Alors, il est plutôt content! Puis il dit qu'il y a une ribambelle de bonnes femmes là-dedans, et que ça lésine pas sur le manger! » Léon attendait qu'il continuât, mais l'ouvrier semblait n'avoir plus rien à dire. Il relança la conversation. « Vous auriez dû essayer quand même! Ils doivent manquer de bras! » Son voisin acquiesça. « Ça, c'est sûr! D'après le Georges, ils étaient trois, mais il y aurait eu un drame et le gendre aurait foutu le camp... Seulement, il a dû s'amuser avant de partir parce que sa dame a accouché d'un troisième! » Léon ressentit une violente douleur à la poitrine et devint livide. « Bon dieu! C'est pas vrai! » pensa-t-il. Le saisonnier remarqua son trouble. « Eh bien, mon vieux! Ça va pas? » Léon le rassura. Le type remercia pour le marc et s'en alla.

Léon s'accouda au bar, la face dans les mains. Son cœur battait à tout rompre. L'angoisse lui étreignait la gorge et le ventre. Voilà qu'il était père d'un autre enfant en ignorant s'il s'agissait d'une fille ou d'un garçon! Il n'avait même pas été là pour l'accouchement! Quel salaud il faisait! Il releva la tête. Son visage se reflétait dans la glace qui ornait le fond du bar. « A quoi tu ressembles, pensa-t-il. A un ivrogne. A un sale ivrogne!... Elle a bien raison la mère... Tu n'es qu'un raté... » Soudain, il eut envie de vomir, et se précipita aux toilettes. Le gros Marcel, devant lequel il passa en courant, éclata de rire. « Eh bien, mon vieux, tu es en avance aujourd'hui! Tu tiendrais plus l'alcool, par hasard? » Quelques clients, qui consommaient au comptoir, hochèrent la tête en souriant d'un air entendu.

Penché au-dessus de la cuvette, Léon n'en pouvait plus. Chaque remontée de bile lui arrachait l'estomac. Enfin le corps se calma. Les spasmes s'espacèrent. Epuisé, il s'appuya contre le mur. Il attendit quelques instants que cessât le tremblement de ses jambes, et qu'il retrouvât son équilibre. Un désir s'immisça dans son esprit, et s'y imposa très vite : il devait aller à la ferme d'en bas voir son gamin, le serrer dans ses bras. Quand il se sentit plus vaillant, il retourna dans la salle du bistrot. Le gros Marcel ricana : « Il vaudrait mieux boire de l'eau », lui lança-t-il. Léon ne répondit pas. Il paya, sortit, et se mit immédiatement en marche vers les Bertins. Il en avait pour trois bonnes heures. En arrivant, il se planquerait quelque part aux alentours et attendrait la nuit pour voir Julia.

Dès qu'il fut sorti de La Charité, il prit par la campagne. Surpris par la force de la bourrasque, qui venait de l'ouest, il releva le col de sa veste et accéléra le pas. Il eut la certitude qu'il allait pleuvoir. Cela lui fit plaisir. Il aimait la couleur sombre que prenait la nature quelques instants avant l'ondée. Il s'arrêta au milieu d'un pré et regarda les lourds nuages gris qui couraient dans le ciel. Il sentit les premières gouttes sur sa figure. Ainsi qu'il le faisait quand il était petit, il ouvrit la bouche pour avaler celles qui y tombaient. Un éclair illumina l'horizon. Machinalement, il compta : « Un... deux... trois... quatre... » La foudre éclata. « Quatre kilomètres, murmura-t-il, il ne va pas tarder. » Il avisa à la lisière du champ une rangée de chênes feuillus. Il s'y précipita et se mit à l'abri sous l'un d'eux. Pensant au risque d'être foudroyé, il haussa les épaules. « Bah! va où tu veux, meurs où tu dois! » dit-il tout haut. L'orage redoubla de violence. Léon s'appuya contre le tronc. La pluie tombait si dru, que bientôt le paysage s'estompa comme s'il avait été envahi par le brouillard. Léon prêta l'oreille. Le choc de l'eau sur les feuilles, sur le sol, le bruissement des branches d'arbres, le sifflement du vent et les coups de tonnerre créaient autour de lui une cacophonie étonnante. Il goûta l'impression rassurante d'être protégé, et se détendit.

Quand l'averse cessa, il se remit en route. Il ne prenait que des chemins de traverse. Il y avait peu de chances qu'il y rencontrât quelqu'un. Il voulait être tranquille et profiter de ces quelques heures de solitude pour « reprendre ses esprits ». Il sentait bien qu'il divaguait depuis quelques mois, et encore plus depuis la venue de Clémence à La Charité. Son sermon n'avait pas eu sur lui l'effet escompté. Il s'était mis à boire sans retenue. Il avait dépensé tout ce qui lui restait, et vécu ensuite aux crochets de Perrette. En pensant à elle, il frissonna de désir. Dieu qu'elle était belle, cette fille! D'un autre côté, elle l'inquiétait. Elle rentrait de plus en plus tard. Quand il essayait de savoir d'où elle venait, elle l'envoyait paître, et lui reprochait de ne plus avoir un sou! Elle ne pourrait pas le nourrir et l'héberger éternellement! Il devait trouver du travail, sinon elle le jetterait dehors! Trop soûl ces soirs-là pour la supporter, il tapait. Elle réagissait. Ils se battaient et, comme d'habitude, cela se terminait au lit. Léon, qui marchait rapidement, haussa les épaules. Certes Perrette était attachée à lui, mais elle ne l'aimait pas vraiment. Seule leur solitude les rapprochait. Peut-être avait-elle été réellement intéressée par l'argent qu'il avait eu à profusion pendant quelques semaines? Soudain, parvenu à un embranchement, il interrompit ses pensées. Il hésita et prit à gauche... Perrette?... Ah! oui!... Elle possédait un tempérament de garce. Justement cela lui plaisait. Il savait qu'il n'y avait pas que des clients parmi ceux qui la baisaient, mais il s'en foutait. Il voulait seulement qu'elle fût vraiment avec lui quand ils étaient ensemble... Oui, mais elle revenait de moins en moins souvent chez elle! Léon chassa cette idée. Ce ne devait être qu'un effet de son imagination. Il l'avait trop dans la peau, voilà tout.

Brusquement, il ressentit une grande fatigue. Cela faisait bien deux heures qu'il n'avait rien bu! Il fallait qu'il trouvât quelque chose de fort à avaler, sinon, il allait devenir fou! Il regretta de s'être isolé ainsi. Le premier bistrot se situait aux Bertins. C'était encore loin! Il se maudit de n'avoir pas pris une fiasque d'alcool. Il se mit à courir. Le sang lui cognait aux tempes. Son corps ruisselait de sueur. Il avait froid, puis chaud. Sa tête lui semblait prise comme dans un étau. Ses pieds, emprisonnés dans les sabots, lui faisaient mal. Il se tordait les chevilles sur les cailloux du chemin. Enfin, à bout de souffle, il s'arrêta dans un champ de vignes, la gorge et les poumons en feu. Il s'appuya contre un pieu, autour duquel s'entortillaient des sarments, et respira profondément. Il fallait absolument qu'il dominât son envie de boire. Il se remit en marche en titubant. « C'est le comble, ça! pensa-t-il. Voilà que je tangue comme si j'avais déjà bu! »

Enfin, il aperçut les premières maisons des Bertins. Il accéléra le pas et entra en trombe dans le café. Aucun client ne s'y trouvait. François, le propriétaire, lavait des verres. Léon commanda deux marcs qu'il but coup sur coup. Quelques minutes plus tard, il se sentit mieux. Il s'accouda. Trois heures sonnèrent à la pendule murale. Il avait le temps. François voulut entamer la conversation. « Eh bien, mon vieux, ça fait belle lurette qu'on t'a vu ici! » Léon approuva. « C'est sûr! Mais qu'est-ce que tu veux, il y a du travail! » François répéta sur un air entendu : « C'est ça! Il y a le travail! » Subitement, Léon eut envie de partir. On le connaissait ici. On jasait certainement sur son compte et à voir son regard, François ne devait pas être le dernier. Léon acheta un flacon de fine et prit congé. « A bientôt! lança-t-il au cafetier. – C'est ça, répondit celui-ci, à bientôt! » Puis il marmonna en secouant la tête : « Pauvre gars! En voilà un qui ne fera pas long feu. »

Léon prit la direction de la ferme. Comme il lui restait encore un long moment à attendre, il décida d'aller dans la forêt de Malmaison. Là, il ne risquait pas de rencontrer qui que ce fût. Il s'enfonça dans le sous-bois encore humide de la dernière pluie, et s'assit sur une souche d'arbre. Il faisait frais. Il but quelques gorgées d'eau-de-vie qui le réchauffèrent. Il regarda autour de lui. Des bruits divers témoignaient d'une vie intense. Il se souvint que Julia s'était réfugiée là quand elle s'était sauvée en rentrant de la messe. Elle lui avait raconté cela un soir après l'amour. Léon éprouva un soudain remords. Qu'avait-il pu arriver pour qu'aujourd'hui, il fût contraint d'attendre la nuit avant d'aller la retrouver? La malchance, probablement? Il ne poussa pas plus loin sa réflexion. Le sommeil le gagna. Il s'engourdit. Il se laissa glisser sur le sol et s'endormit.

Il s'éveilla, transi de froid. Il faisait sombre. Il se leva avec difficulté, et finit la bouteille qu'il abandonna. Il agita les bras et les jambes et se remit en route. Il devait être environ huit heures. Il pouvait donc, sans crainte, rejoindre la ferme. Il prit à travers champs. Il n'hésita pas un instant. Il connaissait le coin comme sa poche. Bientôt, il aperçut les rectangles lumineux que dessinaient la porte et la fenêtre de la cuisine dans la nuit. Plus il se rapprochait, plus il se sentait ému. Il allait bientôt voir son enfant. Tout à cette pensée, il mesura mal l'écartement de deux fils barbelés entre lesquels il passait. Sa veste s'accrocha au passage et se déchira. Il poussa un juron, mais ne s'arrêta pas. Il était trop près du but. Il se dissimula un instant derrière le mur de la grange. Des éclats de voix lui parvenaient. Ils devaient être plusieurs à table. Il pensa à Belle. Si elle le sentait, elle allait aboyer. Il hésita : « Bah! Si elle était là, pensa-t-il, elle aurait déjà gueulé. Elle doit être en maraude! » Il se décida et traversa la cour en quelques enjambées. Il longea la façade et parvint à côté de la croisée entrouverte. Il jeta un coup d'œil à l'intérieur.

Auguste, Odette et Marcelline s'attablaient autour de Julia qui berçait le nouveau-né. La radio diffusait une valse. Soudain, la musique s'arrêta. « Ah! gueula Auguste, c'est pas trop tôt! » Le speaker prit la parole. « Mesdames, mesdemoiselles, messieurs, vous allez entendre monsieur Doumergue, président du Conseil des ministres. » Auguste, au comble de l'excitation, s'écria : « Il a intérêt à bien causer, celui-là! » Odette le coupa. « Mais nom d'un chien! Tais-toi donc! » Il y eut quelques secondes de silence et le président prit la parole d'une voix ferme et chaleureuse : « Mes chers concitoyens, la tâche du gouvernement est vaste et ardue : apaiser d'abord les passions surexcitées, et, pour rendre cet apaisement plus prompt, poursuivre et punir sévèrement les coupables dont l'impudence et l'impunité ont très justement exaspéré l'ensemble de notre nation, qui est probe et saine... » Auguste ne put se retenir : « Il a raison. Ces fascistes! Il faut les fusiller! – Chut!! » firent les trois femmes. A nouveau tous redevinrent attentifs au discours. « ... L'œuvre d'assainissement moral ne pouvait pas attendre. Elle est en train. Elle se poursuivra sans ménagement pour personne! Il faut que l'atmosphère soit bien purifiée pour que le gouvernement puisse mener à bien tout ce qu'il y a à faire, et il y a beaucoup à faire... » « Ça c'est sûr! s'exclama Auguste, il peut le dire! » Odette et Marcelline exigèrent à nouveau qu'il se tût. Auguste s'énerva : « Mais bon dieu! Je parle si j'en ai envie! D'abord, vous n'y entendez rien! Alors qu'est-ce que ça peut vous foutre que je dise ce que je pense? » Marcelline, furieuse, répliqua : « Mais tu vas te taire! Sinon va l'écouter là-haut! » D'une voix un peu emphatique, le président du Conseil continuait :

« ... Ce salut exigera des réformes dans les lois qui régissent ce régime, des changements de méthodes, des mises au point dont l'expérience a montré la nécessité, et aussi le retour à des disciplines nouvelles... » Auguste hochait la tête régulièrement tandis que les femmes fixaient le poste de radio comme si l'orateur allait apparaître. « Dans le budget d'un Etat comme dans le budget d'un foyer, il ne faut jamais que la dépense soit plus élevée que la recette. Voilà la règle... Pourrons-nous augmenter la recette? Il faudrait pour cela augmenter les impôts existants et en créer de nouveaux... » Auguste s'écria : « Je vous l'avais dit! » Mais peu après le président du Conseil ajouta : « Une pareille opération, avec la crise, est irréalisable! » Marcelline intervint : « Alors tu vois, tête de lard! Il va pas les augmenter! » Auguste, à moitié convaincu, marmonna : « Ouais! Ouais! On verra! »

Dehors, Léon, qui commençait à avoir froid, n'arrêtait pas de changer de position. Il s'appuyait successivement sur l'une ou l'autre de ses jambes pour se reposer. Toutefois, il se sentait heureux. Il voyait son enfant qui semblait dormir malgré le tumulte des voix. Le président du Conseil continuait sa harangue : « ... Il est indispensable que la situation financière de la France inspire au-dedans et au-dehors la plus grande confiance. La valeur du franc ne doit pas pouvoir être entamée; elle a suffisamment fléchi. Le franc à quatre sous doit demeurer intangible pour que soit conservée la vertu d'économiser du peuple français, dont certains se moquent, mais qui est infiniment précieuse. » La voix du président se fit soudain plus autoritaire : « Nous sommes travailleurs et économes, et nous voulons le rester. Cela vaut mieux que d'être spéculateurs et oisifs... » Auguste et les femmes se taisaient. Léon eut l'impression qu'ils étaient paralysés par cette voix. « ... Ce n'est ni vers ceux dont les récoltes ne se vendent pas, ou qui les ont perdues par suite du mauvais temps, ni vers les industriels et les commerçants qui n'ont pas de commandes, ni vers les ouvriers qui chôment, dont les salaires ont été réduits par suite de la crise économique, que l'Etat peut se retourner pour ramener le chiffre de ses dépenses à celui de ses recettes. Quand le patron n'a pas de commandes, l'ouvrier n'a pas de travail... » Enfin, le président du Conseil prit un ton pathétique pour terminer son discours : « Le miracle que je ne peux pas faire tout seul, nous pouvons, mes chers amis, le réaliser ensemble, si vous vous rapprochez les uns des autres... »

Léon, qui regardait toujours par la fenêtre, s'impatienta : « Quand vont-ils foutre le camp? » Ils gardaient le silence. Peu de temps après, la musique revint. Auguste éteignit le poste. « Eh bien, en voilà un qui cause comme il faut! Ils ont bien fait de lui demander de revenir! Ça m'étonne guère! Il avait été un bon président de la République! » Odette acquiesça mollement. « Tu as peut-être raison, lança-t-elle, mais enfin, il doit pas être bien différent des autres! » Auguste haussa les épaules. « Bah! Tu n'y connais rien! On ferait mieux d'aller se coucher! » Odette et Marcelline se levèrent. Léon courut se réfugier derrière le mur de la grange, et les vit sortir. Auguste, de bonne humeur, pelotait les femmes qui gloussaient et le traitaient de vieux cochon! Il les entendit rire jusqu'à ce qu'ils fussent arrivés à la ferme d'en haut. Il attendit encore un peu et se précipita vers la porte de la cuisine. Il s'arrêta un instant devant, garda la main sur la poignée, et regarda par la vitre. Julia, assise, berçait le bébé dans ses bras. Léon ne put plus y tenir. Il frappa doucement et entra.

Julia eut un mouvement de recul, et plaqua instinctivement Anna contre sa poitrine. Léon s'avança vers elle. « Tu as peur que je le voie? » Julia n'arrivait pas à prononcer un mot. Immobile, le regard fixe, elle semblait statufiée. Que venait-il faire ici? Machinalement, elle tendit l'enfant. Léon s'en empara avec impatience. Il l'embrassa, le serra contre son torse en débitant des phrases incohérentes. Ses yeux s'embuèrent. « Comment s'appelle-t-il? » demanda-t-il, la voix tremblante. Julia avait retrouvé son calme. « Anna », dit-elle dans un souffle. Léon serra de nouveau la petite contre lui. Tout en marchant autour de la table, il continuait à la câliner.

Julia le regardait et ne savait que faire. Elle s'attendait si peu à sa venue. Elle ressentait seulement un malaise à le voir manifester son amour paternel envers Anna. Devait-elle lui dire la vérité? Elle pensa qu'elle avait toutes les raisons de le faire. Léon n'était qu'un salaud. Dans son cœur, il n'était pas son mari. Cependant le doute s'immisça dans son esprit. Cela avait-il autant d'importance, maintenant que Jean était parti pour toujours? Fallait-il vraiment qu'Anna devînt orpheline de père simplement parce qu'elle, Julia, voulait dire les choses telles qu'elles s'étaient réellement passées? Après tout, cette vérité constituait son propre fardeau. Le péché, qu'elle se reprochait tant, s'expiait certainement aujourd'hui à travers cette épreuve. Pourtant, elle se rebella. Non! Pourquoi supporterait-elle encore cela! Elle en avait assez vu depuis quelques mois! Elle décida que ce serait Léon qui choisirait. S'il se conduisait bien, peut-être ne dirait-elle rien? Sinon...

Anna se mit à pleurer. Léon la redonna à Julia qui la calma... Il s'assit. Chacun attendait que l'autre s'exprimât. Seuls les pleurs et les hoquets d'Anna troublaient le silence. Enfin, elle se tut. Julia alla la coucher, puis revint s'asseoir de l'autre côté de la table, face à Léon. « Qu'est-ce que tu veux? » Léon regardait les tommettes inégales du sol. Il éprouva une subite envie d'alcool. S'il buvait, son angoisse s'atténuerait et il pourrait parler. Il se redressa. « Donne-moi quelque chose à boire! » Elle alla chercher une bouteille de vin et la disposa devant lui. « Je t'ai demandé ce que tu voulais », dit-elle d'un ton agacé. Léon se remplit un verre et l'avala d'un trait. Il retrouva un peu d'assurance. « Pourquoi ne m'as-tu pas fait prévenir pour la petite? » lui demanda-t-il.

Julia, qui n'en croyait pas ses oreilles, ne put contenir sa colère. « Quoi? Tu n'as pas été là depuis des semaines! Tu m'as tout laissé sur les bras! Il a fallu que je m'occupe de la ferme avec Anna qui me déchirait le ventre! » Le visage congestionné par la fureur, elle se rapprocha de la table en hurlant : « Tu t'es jamais montré que pour m'engueuler! Et il fallait que je t'envoie quelqu'un pour t'avertir que j'allais accoucher! Non mais! Puis quoi encore! Tu voulais peut-être que j'y aille moi-même? » Léon, qui n'en pouvait plus de l'entendre crier, l'interrompit : « Mais bon dieu! Ne gueule pas comme ça! Je ne suis pas sourd! » Ces quelques mots excitèrent encore plus Julia qui se leva et se pencha vers lui : « Tu n'as rien à exiger! Maintenant, je fais ce que je veux ici! Tu m'entends? Tu n'as plus rien à faire dans cette maison! Va donc te soûler et coucher avec ta traînée! Je sais que pour un " Monsieur " tel que toi, elle vaut mieux que moi, qui ne suis qu'une bécasse! Seulement, mets-toi ça dans la tête : toute bécasse que je suis, j'ai rien à faire d'une épave comme toi! » Julia reprit son souffle. Léon allait répondre, mais elle continua : « Avant, au moins, tu savais porter beau! Mais regarde-toi aujourd'hui!

On dirait que tu sors de la soue! » Léon, hors de lui, se leva à son tour. « Tais-toi, nom de Dieu! Mais tais-toi! » hurla-t-il. Julia répliqua : « Non, je ne me tairai pas! Non! C'est fini! Fous le camp! Je ne veux plus te voir! » Léon s'approcha, l'air menaçant. Julia s'avança au-devant de lui. « Vas-y, cogne! C'est tout ce que tu sais faire! » Léon serra les poings et réussit à se dominer : « Ecoute, Julia! Je ne suis pas venu là pour qu'on s'engueule, mais pour voir ma fille et... » Julia lui coupa la parole. « Pauvre idiot! » Puis elle ricana. Léon la regarda, l'air inquiet. Il ne comprenait pas.

Comme Julia riait toujours, il la prit par le col de sa robe, et la secoua en criant. « Mais arrête, bon dieu! Arrête! » Julia s'étrangla. Des larmes coulaient le long de ses joues. Elle se dégagea et le toisa : « Oui! Tu n'es qu'un pauvre idiot! Anna n'est pas ta fille! » Léon s'appuya au dossier d'une chaise. Il lui semblait que son crâne allait éclater. Les derniers mots de Julia résonnaient à ses oreilles. Il eut une sensation de vertige. Il voulut s'asseoir mais, mû par une force incontrôlable, il se précipita de nouveau sur Julia. « Quoi? répète ce que tu viens de dire! Répète », dit-il d'une voix sourde et menaçante. En reculant, Julia aperçut Léone qui regardait la scène par l'entrebâillement de la porte. Elle se précipita vers elle, la prit dans ses bras, et fit face à Léon : « Allez, vas-y! Frappe! » Léone, effrayée, se mit à pleurer. Léon s'arrêta dans sa course, l'air hébété. Il fixait Julia, mais ne la voyait pas. Celle-ci reprit : « Anna n'est pas ta fille! Tu te rappelles Jean? Eh bien oui! Elle est de lui! » Léon recula. « Non! Non! » hurla-t-il. Puis il fit demi-tour, sortit, et s'éloigna dans la nuit. Par la fenêtre entrouverte, Julia l'entendit crier : « Non! Non! Pas ça! »

Il courut longtemps dans la campagne. Sans qu'il

l'eût décidé, ses pas le ramenaient à La Charité. Le ciel étant dégagé, l'éclat du quartier de lune suffisait à éclairer le chemin. Il avançait comme un automate, l'esprit vide de toute pensée, ne sentant ni le froid, ni la fatigue. Il répétait, tel un leitmotiv, les derniers mots de Julia : « Ce n'est pas ta fille!... Ce n'est pas ta fille... » Il sortit de son hébétude quand il reconnut les premières maisons de La Charité. Il retrouva son calme, et s'étonna d'avoir parcouru une telle distance. Puis, sans qu'il pût rien faire pour l'empêcher, il sentit l'angoisse l'envahir. Comme d'habitude, elle s'installa au creux de son ventre. Ses muscles se contractèrent. Des bribes de phrases dansèrent dans sa tête : « Anna n'est pas ta fille... Julia t'a trompé... Pauvre idiot... raté... » Il lui fallait faire quelque chose. Bouger, parler, rire, pleurer... Il décida d'aller chez Perrette. Il y trouverait au moins le repos et pourrait boire! Oui! C'était cela aussi la raison de son angoisse. Il lui manquait de cette fine qui seule l'apaisait.

Il monta l'escalier quatre à quatre et frappa. « C'est moi! » dit-il tout bas, la bouche collée au panneau de la porte. Perrette, complètement nue, lui ouvrit. Ses yeux étaient gonflés de sommeil. Il la repoussa et se précipita vers la rangée de bouteilles, alignées sur la table. Il en choisit une, déjà ouverte, et but à même le goulot. L'alcool lui brûla la gorge, puis l'estomac. Son corps se détendit. Il s'assit et se retourna. Perrette enfilait une combinaison et le regardait en secouant la tête. « Non mais! C'est de pire en pire! dit-elle. Bientôt on va même plus te reconnaître! Mais d'où viens-tu donc? » Léon balaya l'espace d'une main. « Ta gueule! Va te recoucher et ne pose pas de questions! » Perrette ricana : « Eh bien, voilà! Comme ça, c'est pas difficile! Monsieur rentre, s'installe et j'ai plus qu'à la fermer! Non, mais tu te prends pour qui, mon gars!

Tu crois tout de même pas que dans l'état où tu es, tu vas faire la loi ici! Il faudrait que tu aies une autre pointure, dis! » Léon eut la sensation d'étouffer. Il transpira et se mit à trembler. « Ta gueule », répéta-t-il d'une voix sourde. Perrette haussa les épaules et reprit d'une voix sarcastique : « Ah! Tu me fais rire! Tu es rien qu'une lope! Allez, fous le camp! J'ai d'autres chats à fouetter! Tu as plus rien à foutre ici! De toute façon, c'est fini entre nous! Tu entends? C'est fini! Demain, je m'en vais vivre avec un autre... »

Léon jaillit de sa chaise, et la saisit au cou. « Quoi? Qu'est-ce que tu viens de dire? Avec qui tu vas partir? » Plus il parlait, plus il serrait. Affolée, les yeux déjà exorbités, Perrette se débattait. Mais Léon était trop fort. « Alors, comme ça tu vas t'en aller? Ah! oui! » Il la soulevait légèrement. Elle se cramponnait désespérément à ses mains en tentant de les écarter. Un grognement sourd sortait de sa bouche démesurément ouverte. Appuyée sur la pointe des pieds, elle lui donnait des coups de genoux, de plus en plus faibles. Léon, qui ne relâchait toujours pas son étreinte, ne sentait rien. Il hurlait : « Dis-le avec qui tu vas partir? » Soudain, le corps de Perrette s'amollit, ses bras retombèrent, sa tête s'inclina.

Elle devint si lourde que Léon ne put plus la porter. Il la repoussa sur le lit où elle s'étala lourdement. Léon se jeta sur elle, et la secoua par les épaules. « Perrette! Perrette! Réponds-moi, nom de Dieu! » Il lui donna plusieurs gifles. « Perrette! Perrette! Mais parle donc! Parle! » Quand il comprit qu'elle était morte, il se mit à pleurer doucement. A travers sa chemise, il sentait la chaleur du cadavre. Il l'étreignit. « Non! Non! Ce n'est pas possible! Ce n'est pas possible! Je n'ai pas fait ça! Perrette! Pas toi! » Il pleurait à chaudes larmes.

Pourtant, toute son angoisse le quittait, ses nerfs se relâchaient. Il se sentit bien... Il s'abandonna ainsi quelques minutes, puis, brusquement l'évidence lui sauta aux yeux : il était devenu un assassin! Sa peur se mua en panique. Il se remit à trembler.

Il se leva, avala quelques gorgées de fine. Entre chacune d'elles, il répétait : « Faut que je me calme... Faut que je me calme!... » Enfin, il réussit à dominer son tremblement. Il regarda la pendule. Elle indiquait une heure du matin. Il lui fallait s'enfuir d'ici, sans être vu. Il éteignit, enleva ses sabots qu'il garda à la main, et sortit en tirant la porte le plus doucement possible. Il descendit en s'appuyant sur l'extrémité des marches afin de ne pas les faire craquer. A la sortie de l'immeuble, il regarda la rue à droite et à gauche. Il ne vit personne. Pour plus de sûreté, il décida de prendre le même chemin que la veille. Il s'enfonça dans l'obscurité, longeant les murs. Quand il lui fallait franchir une zone éclairée par un réverbère, il s'arrêtait pour s'assurer que nul ne venait, puis, courait le plus vite possible jusqu'à un endroit plus sombre. Il sortit de la ville, traversa un pré, et pénétra dans un autre. Hors d'haleine, il s'assit dans l'herbe recouverte de rosée. La fraîcheur de celle-ci fit du bien à ses pieds meurtris. Il prit soudain conscience de la fatigue qui pesait sur ses épaules et fut tenté de s'allonger. Non! Il fallait qu'il se dépêchât de rejoindre Julia. C'était sa seule chance! En remettant ses sabots, il ressentit une douleur intense.

Il reprit sa marche plus tranquillement pour mieux réfléchir à la conduite qu'il devait adopter. Il essayait de se concentrer mais la peur l'en empêchait. Il n'arrêtait pas de répéter : « Voyons voir... voyons voir... » Enfin, il commença de récapituler tout ce qu'il avait fait depuis la veille... Son départ précipité de La Charité, sa marche jusqu'aux Bertins où il avait bu une fine ou deux... Son retour après avoir vu Julia. Avait-il rencontré quelqu'un? Non! Non! C'était certain. Cela le calma légèrement. Si l'on ne l'avait pas vu revenir à La Charité, il était tout à fait plausible qu'il fût resté à la ferme d'en bas durant la nuit... Il repensa à Julia. Elle seule pouvait le sauver en témoignant qu'il avait dormi avec elle... Oui! Mais Auguste et les femmes devraient être mis dans la confidence pour que ce fût crédible. Or, jamais ils ne voudraient le couvrir! Il se rassura un instant en songeant à François qui l'avait vu aux Bertins. Certes! Mais cela ne suffirait pas à le disculper. Il était passé au café vers trois heures de l'après-midi. Il avait très bien pu revenir à La Charité entre-temps! Non! Vraiment! Seule Julia pouvait le sauver! A moins?... A moins qu'il allât chez sa mère et lui confiât la vérité. Il s'arrêta un instant pour envisager cette hypothèse. Il secoua la tête. Non! Jamais elle ne comprendrait. Il repartit en accélérant le pas. Il releva son col de veste et croisa les bras sur son torse pour mieux lutter contre le froid humide de la nuit, qui le transperçait jusqu'aux os. Il fit un détour à travers champs pour éviter les Bertins. « On ne sait jamais, pensa-t-il, pour peu qu'il y en ait un qui mette le nez dehors! »

En approchant de la ferme, il distingua sa masse noire qui se dessinait sur le ciel éclairé par la lune. Il avança plus prudemment, passa derrière la grange, traversa la cour et parvint à l'entrée de la cuisine. Il tourna la poignée. Celle-ci résista. « Merde! s'exclama-t-il, elle a fermé! » Belle jappait à l'intérieur. « Encore heureux qu'elle ne gueule pas, celle-là! » grommela-t-il. Il écrasa son visage contre le panneau de verre, mais ne distingua rien. Il ne savait plus que faire. « Chut! Chut! disait-il.

Ferme-la! » Belle aboyait encore plus fortement. Il tapa alors au carreau. Julia, tirée de son sommeil par les aboiements, se dressa sur son séant. « Belle! tais-toi! Viens ici! » dit-elle le plus doucement possible. Mais la chienne n'arrêtait pas. A l'idée qu'elle allait réveiller les enfants, Julia s'énerva et se leva. Elle entendit alors qu'on frappait. Bien qu'elle ne fût pas peureuse, elle frissonna. « Qu'est-ce que c'est encore? » Elle avança dans le noir, tourna autour du lit, puis s'arrêta quand elle put distinguer la porte vitrée. Une ombre s'y détachait. « C'est peut-être le père », pensa-t-elle. Elle alluma. Elle allait ouvrir quand elle reconnut Léon. « Qu'est-ce que tu viens faire ici? » Léon appuya sa joue contre la vitre pour qu'elle l'entendît mieux. « Ouvre, Julia! Je t'en supplie! Ouvre! J'ai fait une connerie! » Julia hésita un instant, puis tourna la clef.

Léon entra. Immédiatement, elle se douta qu'il s'était passé quelque chose de grave. Il avançait avec une allure de bête traquée et la peur se lisait dans ses yeux. Il s'assit contre le fourneau. Il claquait des dents. Julia mit des bûches dans le foyer et réactiva la flamme. Elle fit chauffer le café, et retourna dans la chambre jeter un châle sur son dos. Elle se pencha sur chaque enfant pour s'assurer qu'il dormait bien. Elle ramena l'édredon sur Léone, l'embrassa, et revint dans la cuisine. Léon restait prostré contre la cuisinière qui ronflait. Julia s'assit à son tour près de la table. Elle le regarda et le trouva méconnaissable. Impossible que ce fût l'homme qu'elle avait connu à Narcy. Il avait maigri. Le teint cireux des alcooliques marquait son visage. On ne pouvait lui donner un âge. Elle fut prise d'une soudaine compassion. Il émanait de lui quelque chose de pathétique et d'émouvant. Elle ne parvenait pas à débrouiller ce qu'elle ressentait. Certes, elle ne l'aimait plus, mais il ne lui était pas étranger. Un peu comme s'il s'agissait de son frère... Oui, quelque chose comme ça! En tout cas quelqu'un de qui elle se sentait solidaire, et dont elle désirait encore partager les souffrances.

Elle attendait que Léon parlât. Elle sentait qu'il ne fallait surtout pas le brusquer. Ils burent en silence. A chaque gorgée, Léon se sentait revivre un peu plus. L'atmosphère chaleureuse de cette maison qu'il retrouvait, suscita en lui une fugace impression de bonheur qui lui donna le courage de parler. « Je viens de tuer Perrette », dit-il. Julia sursauta et haussa les épaules. « Tu n'as vraiment rien d'autre à dire? » Toutefois, en même temps, l'angoisse la gagnait. Et s'il disait vrai? Elle le fixa. Il inclina la tête à plusieurs reprises. « Si! Si!... Je t'assure. » A cet instant, elle n'eut plus de doute. Sa voix, ses yeux, tout disait qu'il n'affabulait pas. Elle demeura abasourdie et se répéta mentalement l'évidence, trop effroyable pour que son cerveau l'acceptât d'emblée : « Il a tué... Il a tué...! » Elle voulut parler mais ce fut impossible. Evoquer le fait que Léon était devenu un assassin, ce serait le reconnaître. Non, au contraire, il lui fallait se taire, rester momentanément en dehors de l'horreur. Léon, surpris du silence de Julia, se mit à balbutier : « Tu sais, j'ai... » Julia secoua la tête. Ses yeux s'embuèrent. « Oh! Je t'en prie! Tais-toi! » réussit-elle à articuler. Il lui fallait encore du temps pour digérer cette monstruosité désormais indiscutable : « Léon était un assassin... » Les minutes passèrent. Léon ne bougeait pas. Julia laissait ses larmes venir et couler le long de ses joues. Cela lui faisait du bien. Ses nerfs se relâchaient peu à peu. Un moment elle voulut lui demander pourquoi il avait tué Perrette, puis elle s'en désintéressa. Elle pensa aux petits, à Auguste, aux femmes. Leur vie à tous allait être bouleversée. La tranquillité de ce coin, qu'elle aimait tant, disparaîtrait à tout jamais... On parlerait d'eux comme des parents du meurtrier... A cet instant, Julia se rebella et domina son sentiment de répulsion. Non! Au contraire! Il fallait tout sauvegarder : les siens et l'avenir. Rien ne pouvait justifier que l'existence de tous les membres de la famille, et surtout celle des gamins, fût marquée par la honte. L'évidence s'imposa : Léon devait être innocenté!

D'ailleurs, n'était-il pas quelque peu pardonnable? Après tout, cette traînée était pour une grande part responsable de sa conduite scandaleuse. Julia tressaillit. Comment pouvait-elle imaginer des choses pareilles? Elle voulut effacer cette pensée, mais n'y parvint pas. Non! C'était ainsi! L'idée, après s'être insidieusement introduite dans son esprit, s'y épanouissait : Perrette avait mérité sa mort! Dès cet instant, Julia se sentit prête à prendre des décisions. Elle se leva d'une manière brusque, et se cogna la hanche contre la table. Léon, surpris, releva la tête. « Va t'allonger, dit Julia. Tu as couché ici, avec moi! » Léon sauta de sa chaise, et voulut l'étreindre. Elle l'en empêcha. « Va! Je m'occupe de tout! » Il n'insista pas, entra dans la chambre, et s'allongea en faisant le moins de bruit possible. Il respira profondément l'odeur de l'oreiller, caressa les draps en lin rugueux, écouta le souffle régulier des enfants qui dormaient, puis sombra dans le sommeil. Durant quelques minutes, Julia demeura debout devant la cuisinière. Plusieurs fois elle se répéta que Léon avait passé la nuit ici. Elle devait s'en convaincre au plus profond d'elle-même pour pouvoir, le moment venu, témoigner avec assurance. Il lui restait maintenant à persuader Auguste de couvrir Léon. S'il acceptait, il saurait comment agir, et Odette et Marcelline feraient ce qu'il dirait.

Julia s'habilla, alluma la lampe à pétrole et, suivie de Belle, se précipita vers la ferme d'en haut. De lourds nuages noirs couraient dans le ciel, masquant la lune par intermittence. Une légère bise faisait bruire les feuilles de la haie. Le halo lumineux de la flamme jaune donnait aux branches des formes inquiétantes. Julia frissonna de froid et de peur mêlés. Elle traversa la cour et frappa aux volets de la chambre d'Auguste. Celui-ci se leva et ouvrit la fenêtre. « Qu'est-ce que c'est? » demanda-t-il d'une voix rogue. « C'est moi, Julia! Viens! Il faut que je te parle! » Auguste jura. Il y eut un léger remue-ménage. Julia entendit des chuchotements. Probablement les femmes qui s'inquiétaient? Auguste sortit et s'approcha. « Qu'est-ce qui t'arrive? Y a-t-il donc le feu chez toi? » Julia le saisit fermement par le bras. « Non! Non! Viens! Allons dans la cuisine! » Ils s'installèrent au coin de la table. Julia y posa la lampe. Celle-ci projetait une lumière cuivrée et dansante sur leurs visages. Ils se rapprochèrent l'un de l'autre. Auguste exprima sa mauvaise humeur. « Mais, bon dieu! Qu'est-ce qui te prend de me tirer du lit? Ça ne pouvait pas attendre demain? » Julia le regarda droit dans les yeux. « Non! » répondit-elle. Le ton avait été si péremptoire qu'Auguste se tut. Julia, qui ne savait pas de quelle manière commencer, retournait les mots dans sa tête. Enfin, elle se décida : « Le Léon est revenu à la maison... » Auguste haussa les épaules et l'interrompit : « Dis donc! C'est pour me dire cette connerie que tu m'as réveillé? » Julia ne se départit pas de son calme. « Tu veux me laisser parler, oui? » Auguste hocha la tête. Julia hésita encore quelques instants, puis reprit : « Voilà... Il a tué la fille de La Charité! » Auguste écarquilla les yeux. « Nom d'un chien! lâcha-t-il, c'est pas vrai! » Il garda le silence un long moment, puis murmura :

« Bon dieu de bon dieu, c'est pas possible! » Il se tut à nouveau. Léon était donc devenu un assassin. Les gendarmes allaient venir. Cela foutrait le bordel à la ferme! Pire! On dirait que sa fille avait épousé un criminel. Il bouillait de colère. Cela n'arriverait jamais! Surtout pas pour la mort d'une pute!... Sa fureur redoubla. Il tapa du poing sur la table. « Eh bien alors! Qu'est-ce que tu en dis? » Julia se rapprocha. « J'en dis qu'il a passé la nuit avec moi! » Auguste approuva. « Décidément, pensa-t-il, la petiote est bien maligne! » Puis il s'exclama : « Bon! Et il t'a dit comment c'est arrivé? » Julia secoua la tête. Auguste se leva. « Mène-moi à ce corniaud! Il faut que je lui cause! »

Ils rejoignirent la ferme d'en bas d'un pas rapide. Belle les précédait, le museau à ras de terre. Auguste marchait devant. Il entra, alluma, et voulut aller dans la chambre pour secouer Léon. Julia le retint pour qu'il ne réveillât pas les enfants. Elle revint peu après, suivie de Léon. Surpris par la lumière, celui-ci se protégea les yeux. Il s'arrêta en voyant Auguste. Ce dernier lui fit signe de s'asseoir, puis commença de parler d'un ton rude : « Je ne vais pas y aller par quatre chemins! Vous êtes un criminel d'après ce que m'a dit la Julia! Ce sont pas mes oignons de savoir pourquoi vous avez tué cette môme. Mais ça risque de foutre la merde ici, et j'en veux pas! A cause de vous, les gendarmes vont s'amener et j'aime pas ça! Il faut qu'ils fouinent partout, ceux-là!... » Il s'interrompit quelques instants et reprit : « Je vous porte pas dans mon cœur, mais enfin, vous êtes encore le mari de ma fille et le père de mes petits-enfants! C'est seulement pour ça que tous nous dirons que vous avez dormi ici! » Léon n'osait pas regarder Auguste en face. Cet homme l'effrayait. Il semblait si fort! Le vieux, déjà à moitié levé, se retourna. « Dites donc! On vous a vu entrer à La Charité et ici? » Léon le rassura. A chaque fois il avait pris les chemins de traverse et n'avait rencontré personne. Seul François l'avait vu au café des Bertins, vers trois heures de l'après-midi. Auguste hocha la tête. « C'est bon! Vous êtes donc ici depuis hier après-midi! » Julia regarda son père. Son aplomb la rassurait. Vraiment, rien ne pouvait l'ébranler! Le morbier sonna la demie de six heures. Julia jeta un œil vers la porte vitrée. Les premières lueurs de l'aube apparaissaient au loin. Auguste se leva. Avant de sortir, il pointa son index vers Léon : « Rappelez-vous! Je fais ça pour les miens! Ça restera entre ces murs. Mais gare! Encore une connerie et c'est à moi que vous aurez affaire cette fois-là! Maintenant, préparez-vous. Vous allez nous donner la main. Si les gendarmes viennent, il vaut mieux qu'ils vous trouvent au travail! »

Auguste remonta doucement jusqu'à la ferme d'en haut. Quand il entra dans la cuisine, les femmes mangeaient avec Georges. Il prit sa place, fit le signe de la croix au dos du pain, et s'en coupa plusieurs tranches.

Odette et Marcelline le regardaient. Aucune n'osait le questionner. Auguste trempait ses tartines dans son bol et mangeait tranquillement. Quand il eut fini, il replia son couteau. « Ecoutez-moi tous les trois! dit-il d'un ton grave. Il se pourrait que les gendarmes s'amènent dans la journée. Pour nous, le Léon est ici depuis hier vers les trois heures, et il a passé la nuit avec la Julia! » Il se tourna vers Georges. « C'est bien compris? » Ce dernier haussa les épaules. « Si vous le dites! » Les femmes ne cherchèrent pas à en savoir plus. Si le vieux ne donnait pas de détails, il avait ses raisons! De toute manière, Julia leur raconterait...

Auguste et Georges allèrent dans l'appentis réparer les outils. Auguste avait choisi l'endroit. Si les gendarmes venaient, ils les verraient tout de suite. Léon vint les rejoindre quelques minutes plus tard. Il s'était rasé et avait enfilé des vêtements de travail. Avant de monter, il avait avalé de grandes gorgées de vin pour se calmer. Julia avait fermé les yeux. Il valait mieux qu'il fût le plus détendu possible quand on viendrait le chercher. Mais il ne perdrait rien pour attendre. Si l'affaire se tassait, il faudrait bien qu'il lâchât le goulot!

Durant le début de la matinée, Odette et Marcelline ne cessèrent de se creuser la tête en préparant le souper. Qu'avait-il bien pu se passer? Elles échafaudèrent plusieurs hypothèses, mais aucune ne leur parut convaincante. Il ne leur restait qu'une certitude : ce devait être grave pour que le vieux fût resté dehors une bonne partie de la nuit. Vers dix heures, elles n'y tinrent plus, et coururent vers la ferme d'en bas en prenant bien soin de ne pas être vues par Auguste.

Quand elles arrivèrent, Julia nettoyait les clapiers, à côté du hangar. Elles s'embrassèrent. « Alors? » demanda Odette, les yeux exorbités de curiosité. Julia s'étonna : « Il vous a rien dit, le père? » Odette et Marcelline répondirent négativement. « Le Léon est... a... » Julia ne put aller plus loin et éclata en sanglots. Les deux femmes la prirent chacune par un bras. « Allons! Allons! Ma chérie! disait Marcelline. Parle à ta mère! Qu'est-ce qu'il y a de si grave? – Mais oui! Mais oui! renchérissait Odette. Parle donc, va! va! Ça te fera du bien! » Elles l'emmenèrent dans l'étable. Toutes les trois s'assirent sur des tabourets à traire. Julia essuya ses larmes. « C'est rien! C'est rien! Ça va passer! Bon... Eh bien, voilà! Le Léon a tué la fille de La Charité! » Odette et Marcelline restèrent sans voix. Cela dura un bon moment. Enfin, Odette s'exclama : « Eh bien vrai! On pensait à tout, mais pas à ça!

C'est pas croyable! Je savais que c'était un vaurien, mais de là à me figurer qu'il pouvait... » Elle ne put continuer. L'émotion était trop forte. Marcelline secoua la tête : « Je comprends pourquoi le vieux ne nous a rien dit! Oh! mon Dieu! C'est vrai qu'il faut se taire. » Odette acquiesça. « Je te crois qu'on va la fermer! Ils peuvent venir les pandores! Ils en seront pour leurs frais, moi je te le dis! » Elles gardèrent le silence quelques instants, puis Odette se leva. « Ma pauvre fille! Il t'en aura fait voir celui-là! » Elle secoua Marcelline. « Eh! C'est pas le tout! Il vaut mieux qu'on s'en retourne. Il faut préparer le souper! » Marcelline embrassa Julia. « T'inquiète pas ma fille! Tu nous connais, va! Je vais les recevoir les gendarmes, moi! Tu peux être tranquille! » Julia, toujours assise, esquissa un sourire triste. Odette se retourna une dernière fois avant de sortir : « Te fais pas de mauvais sang, ma fille! Il va en baver l'autre! Crois-moi! On va s'en charger! » Elles se dépêchèrent de rejoindre la ferme d'en haut pour que le vieux ne s'aperçût pas de leur absence.

A cinq heures de l'après-midi, deux gendarmes à cheval entrèrent dans la cour. Auguste sortit seul, et alla au-devant d'eux. Les hommes le saluèrent et mirent pied à terre. « Bonjour monsieur! dit l'un d'eux. On recherche un certain Léon... Attendez! » Il déplia un papier. Auguste répliqua : « Oui! Oui! C'est ici! Et alors, qu'est-ce que vous lui voulez? » Le brigadier enleva son képi et essuya son front en sueur. « Eh bien, il y a une fille qui a été assassinée à La Charité. A ce qu'on dit, le gars vivait avec elle. Alors le juge a signé un mandat. Il semblerait qu'il est soupçonné! » Auguste le coupa. « Ah! oui? Et quand est-ce qu'elle a été tuée? » L'autre réfléchit. « Eh bien, la nuit dernière... » Auguste éclata de rire. « Dame! Le Léon doit avoir un jumeau! Moi je vous le dis! Parce qu'il a pas bougé d'ici depuis hier vers trois heures de l'après-midi! » Léon, qui écoutait dans l'appentis, avait retrouvé son calme. « Il faut que je sois convaincant », se dit-il. Georges, apparemment indifférent, affinait les pointes d'une fourche sur une enclume. Les violents coups de marteau résonnaient dans la pièce. Auguste appela Léon. Celui-ci sortit et s'approcha. Le brigadier prit la parole. « On vient vous chercher pour vous emmener à La Charité. Nous avons un mandat à votre nom. Vous devez répondre aux questions du juge d'instruction à propos de l'assassinat d'une prostituée. » Léon prit l'air surpris : « Qui ça? » Le gendarme regarda ses papiers. « Une certaine Perrette », répondit-il. Léon se mit à sangloter. « C'est pas vrai! Elle est morte? Mais c'est pas possible! Comment cela a-t-il pu arriver? » L'autre haussa les épaules. « Ça, c'est peut-être à vous de le dire! » Léon se rebiffa : « Mais, messieurs! C'est impossible! Pourquoi voudriez-vous que je l'aie tuée? » Auguste n'en revenait pas. « Bien, mon vieux! pensa-t-il, il est futé comme un renard, celui-là! » Le brigadier s'énerva. « Ecoutez! Vous verrez ça avec le magistrat. Nous, on est là pour vous ramener! Le reste, c'est pas notre affaire! » Léon répondit avec assurance : « C'est bon! Je vous suis! » Auguste le prit par le bras. « Ah! non. Vous n'allez pas y aller tout seul! » Puis s'adressant aux gendarmes : « Vous croyez tout de même pas que je vais laisser mon gendre aller à La Charité, encadré par vous! On va prendre la voiture! » Il appela Marcelline qui sortit sur le perron. « Va chercher Julia, et gardez les gamins avec Odette! » Le brigadier ne savait plus sur quel pied danser. « Mais on ne va pas ramener toute la famille! » dit-il. Auguste parut contrarié : « Dame! C'est comme ça chez nous! Si on touche à l'un d'entre nous, on touche à tout le monde! Je viens avec le Léon et son épouse, et on ira voir le juge ensemble! » Les gendarmes, décontenancés, ne dirent plus rien. Bientôt, Julia fut là. Odette et Marcelline étaient restées auprès des enfants. Georges continuait à taper comme un sourd sur l'enclume. Julia, Léon et Auguste montèrent dans le coupé. Le vieux prit les rênes, et en donna un violent coup sur le dos du cheval, qui partit au trot. Les deux gendarmes, ahuris, se mirent en route à leur tour. Georges apparut sur le seuil de l'appentis, et s'appuya au chambranle. Il souriait...

Odette et Marcelline, installées sur un banc devant la façade de la ferme d'en bas, profitaient des derniers rayons du soleil. Il faisait doux. Léone jouait à côté du puits avec la chienne. Les portes de la cuisine et de la chambre demeuraient ouvertes. De cette manière, si les petits pleuraient, les femmes les entendraient.

Elles s'étonnaient de la chaleur inhabituelle pour l'époque, quand elles virent au loin un coupé s'engager sur le chemin. Toutes deux se levèrent. « Bon dieu! s'exclama Odette. C'est la belle-mère! Il ne manquait plus que ça! » Clémence arrêta la voiture au milieu de la cour. Elle leur fit un signe de la main, descendit, et vint vers elles, un large sourire aux lèvres. « Eh bien? On profite du beau temps! Vous avez raison! » Odette et Marcelline, complètement prises au dépourvu, ne savaient que dire. Clémence fouilla dans son sac. Elle en sortit une boîte de petits gâteaux. « Tenez! J'ai apporté ça pour le goûter! » Odette s'éclaircit la gorge : « Merci! C'est très gentil. Mais la Julia n'est pas là! » Clémence s'étonna. « Ah! bon! Où est-elle? » Marcelline, embarrassée, profita de ce que René pleurait pour entrer dans la maison. Odette s'assit. « Eh bien, voilà! Les gendarmes sont venus tout à l'heure chercher le Léon. La Julia est partie avec lui! »

Pendant qu'elle parlait, Odette réfléchissait. Il fallait absolument ménager Clémence. Celle-ci s'exclama : « Quoi! Mais qu'a-t-il encore fait? » Odette prit un air dégagé. « Asseyez-vous, Clémence! Allez! » Celle-ci s'exécuta. « Vous savez qu'il voyait une prostituée là-bas à La Charité? » continua Odette. Clémence acquiesça. Odette se trémoussait sur sa chaise. Comment allait-elle lui présenter la situation? « Allez, tant pis, pensa-t-elle. Il vaut mieux se jeter à l'eau. De toute façon, tôt ou tard, elle l'apprendra. » Elle reprit : « Eh bien, on a retrouvé cette femme... morte, enfin... assassinée! » Clémence se leva d'un bond. « Comment! » hurla-t-elle. Odette la retint fermement par le bras. « Allons! Allons! Calmez-vous! Laissez-moi vous expliquer jusqu'au bout! Les gendarmes sont venus pour recueillir le témoignage du Léon, c'est tout! Mais je vous rassure tout de suite, il n'est en rien coupable! La fille a été tuée la nuit dernière... Or, le Léon est arrivé ici hier après-midi et a dormi ici avec la Julia! D'ailleurs, il semblait aller beaucoup mieux! » Marcelline, qui revenait de la chambre approuva : « C'est vrai, ça! Il est resté ici! Il pouvait pas être à La Charité en même temps! » Clémence se détendit un peu. « Vous savez comment ça se passe, reprit Odette, dès qu'il y a un assassinat, la police enquête... Elle interroge! C'est ce qu'elle fait avec le Léon. Dame! C'est normal puisqu'il vivait avec la môme! » Clémence se dirigea vers le coupé. « Je vais aller à La Charité! dit-elle. Je connais bien le chef de la gendarmerie! » Odette la retint. « C'est pas la peine, Clémence! Ça va vous fatiguer et ça ne servira à rien! Ça risque même d'embrouiller les choses! Vous savez, l'Auguste les a accompagnés. Vous le connaissez? Il saura bien leur tenir la dragée haute! » Marcelline s'approcha : « Mais oui! Ecoutez donc, Clémence! Restez avec nous à les attendre. Ça va pas durer longtemps puisqu'il n'a rien fait! » Clémence hésita quelques instants, puis céda. « Après tout, vous avez raison! Ça va bien s'arranger sans moi! Surtout si Auguste est avec eux! Mais je retiens Léon! S'il s'était bien conduit, cela ne serait pas arrivé! » Odette et Marcelline acquiesçèrent; Odette alla chercher Léone. Il commençait à faire frais. Toutes entrèrent dans la cuisine. Marcelline fit chauffer du café.

Auguste, Léon et Julia revinrent tard. Il faisait une nuit d'encre. Dès qu'elles entendirent le coupé pénétrer dans la cour, les trois femmes se ruèrent sur le perron. Clémence, qui n'en pouvait plus d'attendre, se précipita, grimpa sur le marchepied, et embrassa Léon, encore assis. « Alors, mon garçon? Ils t'ont disculpé, j'espère? » Auguste, qui descendait de la voiture, répondit à la place de Léon : « Dame! C'est pas si simple que ça! Mais rentrons, il fait un froid de canard! »

Julia embrassa les petits qui dormaient à poings fermés. Ils s'attablèrent. Odette passa la soupière à Auguste. « Alors? lui demanda-t-elle, tu nous racontes donc pas ce qui s'est passé? Tu vois bien qu'on se fait du mauvais sang depuis que vous êtes partis? » Auguste émit un grognement de mauvaise humeur. « Mais, bon dieu! Tu vas me laisser reprendre mon souffle, oui? Bon! » Il avala quelques cuillerées de soupe brûlante et reprit : « Eh bien, on est partis avec les deux gendarmes... Il a fallu qu'ils cavalent, moi je vous le dis! Bon dieu! Je le poussais le canasson! Il m'arrivait de me retourner... Ils en faisaient une gueule! Ils devaient se dire que c'était la première fois qu'un gars qu'ils ramenaient, cavalait devant eux! » Tout le monde se taisait. Chacun évitait de cogner son couvert contre son assiette, afin qu'Auguste ne perdît pas le fil de son récit. Celui-ci, assis au bout de la table, s'animait : « Dame! On n'a pas mis longtemps à rejoindre La Charité. Ça cahotait ferme, hein, Julia? » Celle-ci hocha la tête. Auguste sourit. « On est arrivés devant le tribunal. Le brigadier a dit que le juge demeurait là. Crénom! Moi qui avais jamais mis les pieds là-dedans, j'en croyais pas mes yeux! Ils ont un escalier! Un vrai château! On était même un peu gênés! Dame! On faisait un tel raffut avec nos sabots! » Il se tourna vers Léon : « Lui, il en menait pas large! Il rasait les murs... »

Celui-ci, l'air absent, esquissa un sourire. Il ne comprenait pas comment le vieux pouvait parler avec autant d'aisance, comme s'il s'agissait d'une bonne histoire. Bien sûr que la peur lui collait au ventre! Comment aurait-il pu en être autrement! Lui, le coupable, qui se présentait comme un innocent. Il se rappelait suffisamment son droit, pour savoir qu'il risquait d'être confondu au détour d'une question anodine.

Apparemment, Auguste n'en avait même pas envisagé la possibilité. Il continuait, toujours aussi jovial : « Donc, on a été introduits chez le juge. Je ne dis pas! Il paraissait impressionnant derrière son bureau. Mais ça a fait long feu! C'est encore un jeunot! J'ai tout de suite vu qu'il se donnait l'air sévère pour nous effrayer! Julia et moi, on n'est pas restés longtemps. Il nous a dit qu'il voulait d'abord voir le Léon, et qu'il nous recevrait après. On est donc ressortis. » A cet instant, il s'arrêta et désigna Léon. « Il n'y a que lui pour vous dire ce qu'ils se sont raconté! Ça n'a pas duré, hein Léon? »

Celui-ci sourit à nouveau. Il secoua la tête. Il ne désirait pas relater quoi que ce fût. Il n'entretenait pas la même certitude qu'Auguste. Il savait que si le magistrat s'était montré compréhensif, parfois amical, il ne l'avait pas blanchi pour autant. Son interrogatoire résonnait encore à ses oreilles : « Où étiez-vous hier? Qu'avez-vous fait pendant la journée? Avec qui étiez-vous? Qui vous a vu?... » A chaque fois, il avait répondu le plus simplement du monde, comme ils en étaient convenus avec Auguste. Mais enfin, il n'était pas encore hors de danger! Il avait pu oublier un détail qui le perdrait... Soudain, Léon s'aperçut que tous le regardaient. Il agita la main en signe de refus. « Auguste, dites-le donc vous-même! Je vous l'ai raconté là-bas dans le couloir. »

Visiblement satisfait que Léon lui redonnât la parole, Auguste enchaîna : « Eh bien, le juge l'a cuisiné, quoi. Mais le Léon avait rien d'autre à dire, sinon qu'il était à la ferme depuis la veille, vers les trois heures, qu'on y avait travaillé ensemble et qu'il y avait couché! Hein, la Julia? Alors comme la môme a été tuée pendant la nuit, il a pas insisté. Il a juste dit au Léon qu'il devait rester à la disposition de la justice et pas quitter son lieu d'habitation jusqu'à ce que l'enquête soit finie! » Clémence, radieuse, haussa les épaules. Evidemment, son fils n'était pas un criminel! Les autres approuvèrent mollement. Auguste n'arrêtait pas de boire. Marcelline le tança : « Tu vas finir complètement noir! » Auguste s'énerva. « Tais-toi donc! Qu'est-ce que ça peut bien faire! T'inquiète, je saurai bien retrouver mon lit! » Puis, il reprit son récit : « Donc, le juge « m'a fait entrer... Asseyez-vous! qu'il m'a dit. Vous « savez pourquoi j'ai fait venir votre gendre? – Eh « bien oui, je lui ai répondu... – Il était chez vous « hier? qu'il a continué. – Eh bien, oui! je lui ai dit. « Il est arrivé sur les trois heures de l'après-midi, « s'est mis au travail puis est resté là, jusqu'à ce que « les gendarmes viennent! » Alors, il m'a jeté un regard en coin. Vous voyez, là, comme ça! » Auguste imitait le magistrat. Marcelline et Odette s'esclaffèrent. Dieu, qu'il savait se montrer drôle le vieux, quand il avait un coup dans le nez! Clémence riait aussi. Elle se retourna vers Léon. « Pourquoi diable fait-il cette tête d'enterrement? » se demanda-t-elle. Puis elle oublia, trop captivée par Auguste qui continuait. « Je le voyais venir, le gamin! « Mais « comment pouvez-vous savoir qu'il n'a pas bougé « de la soirée? » qu'il m'a demandé. Je me suis dit à ce moment-là : « Toi, mon gars, tu espères m'en- « tourlouper! Mais je ne suis pas né de la dernière « pluie! » Alors je lui ai répondu : « Oh! Monsieur, « c'est bien simple : si le Léon était parti de la « ferme à pied pendant la nuit, je le saurais : dans « ce cas-là, la chienne aboie et je sais qu'il y a du « mouvement dans le coin. Et puis, s'il était parti en « carriole, je l'aurais entendu! Il faut qu'il passe « presque devant nos fenêtres pour sortir de là où « l'on habite. Et croyez-moi, j'ai l'ouïe fine! » Le juge a quand même insisté. « Il a peut-être fait un « détour par la campagne? » Là, je me suis énervé! Je lui ai demandé à quelle heure la petite était morte. Il n'en savait rien... En tout cas, après minuit, a-t-il dit, puisqu'elle a été aperçue au café de Monsieur Marcel à cette heure-là. Je lui ai alors répondu : « Ecoutez! Le Léon n'est pas parti en « voiture, sinon je l'aurais entendu. Donc, c'est qu'il « serait parti à pied? » Le juge était d'accord... « Eh « bien, je lui ai dit, il faudrait que ce soit un lièvre, « parce que, figurez-vous que je l'ai vu vers les cinq « heures pour le travail! Eh, oui, monsieur... On se « lève tôt, nous, à la campagne! Et il avait pas l'air « d'être essoufflé le gamin! Je dirais même qu'il « sortait plutôt de son lit! Il venait pas de courir « plus de vingt kilomètres en sabots! » Le juge a semblé convaincu. Il m'a alors dit que je pouvais m'en aller. Puis il a fait appeler la Julia. Avant de sortir, je lui ai dit qu'il fallait pas nous priver de deux bras, que les temps étaient durs! « Vous « inquiétez pas », qu'il m'a répondu... »

Odette l'interrompit. Elle se tourna vers Julia. « Eh bien, ma chérie, qu'est-ce qu'il t'a donc demandé? » Julia haussa les épaules. « La même chose! Il m'a seulement questionnée sur notre manière de vivre, le Léon et moi, et si on s'entendait bien. Je lui ai dit que oui! Alors il a souri puis il a continué : « Mais on raconte qu'il habitait plus ou « moins avec la victime? » Là, je me suis pas gênée. Je lui ai dit que je le savais très bien! Puis je l'ai un peu charrié. J'ai ajouté que c'est pas parce qu'un mari va voir les filles, de temps en temps, qu'il n'aime pas sa femme! Il a semblé étonné. « Oui! « m'a-t-il répondu, mais les gens affirment qu'il « passait ses journées à boire au café, et qu'il « logeait chez elle! » Alors là, j'ai répondu : « C'est « pas que des fois, je trouvais pas le temps long... « Mais enfin, c'est un honnête homme... J'avais pas « à me plaindre! » Et puis, j'ai éclaté : « Mais quoi! « C'est pas parce que le Léon voyait cette dame, et « couchait avec, qu'il est coupable! J'en connais « d'autres qui font la même chose! » Marcelline approuva : « Tu as bien fait! On va pas voir ce qui se passe dans la couche de ces gens-là! »

Léon écoutait Julia. Quand elle eut fini, elle le regarda. Il comprit qu'il ne devait pas se faire d'illusion. Toute cette mise en scène ne consistait qu'à donner le change à sa mère. Ils n'agissaient pas ainsi pour lui, mais pour eux. Ils désiraient que le scandale n'éclaboussât pas la famille, leur famille! Désormais, lui n'était plus à leurs yeux qu'un paria. Il se tourna vers Auguste. Il y trouva la confirmation de ce qu'il pensait. Certes, le vieux souriait, mais son regard en disait long! Il s'y exprimait comme un avertissement, une menace même.

Léon se leva et sortit. Il voulait respirer l'air glacé de la nuit, et tenter d'exorciser cette souffrance qui s'accrochait à son ventre. Son avenir le tourmentait tout autant que son passé. Désormais, il devrait vivre, le remords rivé à la conscience, avec ce clan qu'il ne pouvait plus quitter. Son sort était scellé. En demandant leur protection, il s'était en même temps mis à leur merci. Nul doute qu'ils sauraient en profiter! Il se demanda un instant si l'enfer qu'il connaîtrait dans cette maison ne serait pas plus insupportable que celui auquel le vouait son crime? Peut-être aurait-il dû laisser son destin aller jusqu'à son terme? L'idée de la guillotine le fit frémir! Non! Il allait payer, mais ce serait ici, au milieu d'eux! L'un ou l'autre serait certainement le vengeur de Perrette... Il pensa un instant aux enfants qui l'embrasseraient, lui parleraient, lui souriraient. Il s'appuya contre la margelle du puits, et regarda le carré de lumière que dessinait le haut de la porte d'entrée de la cuisine. De là, il pouvait apercevoir Auguste qui gesticulait, et Odette qui le regardait avec admiration. Le vieux devait continuer à raconter n'importe quelle histoire! Peut-être même avait-il déjà oublié l'assassinat, le juge et son gendre? Maintenant qu'il était parvenu à endormir Clémence, il devait se laisser aller!

Léon tressaillit. Sa mère? Pour elle, il était et resterait innocent. Il haussa les épaules. De toute manière, elle était toujours passée à côté de lui. Alors? Une fois de plus ne serait pas dramatique! Comme par le passé, elle continuerait sans doute à le couver sans l'aimer, par devoir. Elle le choierait d'autant plus qu'elle verrait en lui le fils prodigue. De loin, il vit Julia passer devant la vitre et se pencher vers la cuisinière, pour en réactiver le foyer. Léon eut à nouveau peur. Ce serait d'elle que viendrait la vengeance la plus implacable, et la plus insupportable, parce qu'elle se manifesterait silencieusement, et de manière constante. Avec Julia, il n'aurait plus aucun moment de répit. Elle saurait lui rappeler le meurtre, et l'asservir suffisamment pour protéger les petits et sa propre vie... Léon sentit confusément qu'il allait lui falloir se défendre, à la fois contre cette culpabilité qui lui taraudait l'estomac, et eux tous qui allaient lui faire payer de les avoir contraints non pas tant à mentir, mais surtout à vivre avec ce mensonge. L'idée de se suicider lui traversa l'esprit. Elle lui parut incongrue. Non vraiment! Cela n'exprimait rien pour lui! Il eut soif et décida de rentrer. Tant que Clémence serait là, il pourrait boire. Aucun d'eux ne se risquerait à l'en empêcher. Il lui fallait en profiter! Quand il entra, le silence régnait dans la pièce. Chacun somnolait et regardait dans le vide. Marcelline sortit de sa torpeur et suggéra d'aller se coucher. Clémence fut la première à partir. Elle salua tout le monde et embrassa Léon avec force, en lui tapotant la joue : « C'est bien, mon garçon! Je suis heureuse que tout cela soit terminé! » Elle rejoignit son coupé et disparut dans la nuit.

Dès qu'elle fut partie, Léon sentit l'atmosphère changer. Il se raidit. Auguste et les femmes, qui ne bougeaient pas de leurs sièges, restaient silencieux, et l'observaient avec insistance. Chaque regard exprimait la haine et la méchanceté. Auguste se redressa sur sa chaise. « Bon! Eh bien, c'est pas le tout! Demain, il y a du travail! Vous, Léon, je vous attends vers les six heures là-haut! » Puis il ajouta d'un ton sans réplique : « Et plus de conneries, maintenant! » Il se leva ainsi qu'Odette et Marcelline. Tous trois embrassèrent Julia et sortirent en ignorant Léon.

Julia et Léon demeurèrent face à face, assis de chaque côté de la table. Chacun se trouvait dans l'ombre, à la périphérie du halo de lumière que projetait l'abat-jour. Ils s'attardèrent ainsi, silencieux, à se regarder sans se voir. Soudain, Julia débarrassa les verres, et enleva la bouteille de vin qui était devant Léon. Celui-ci, qui s'assoupissait, sursauta et esquissa un geste pour la reprendre, puis il renonça. Cela ne servait à rien d'insister. Quand elle eut fini, Julia se planta en face de lui. « Tu ferais bien de te reposer. Il ne reste pas long avant l'aurore. » Elle disparut dans la chambre et repoussa la porte. Léon regarda autour de lui. Où diable allait-il dormir? Il pensa un instant s'asseoir dans le fauteuil, auprès de la cuisinière. Au moins, il aurait chaud. Mais cela ne le satisfit pas. Assis, il n'arrivait pas à fermer l'œil. Il choisit d'aller s'allonger dans la réserve à foin, au-dessus de l'écurie. Il éteignit et sortit. Il laissa Belle le suivre. « Après tout, pensa-t-il, cela me fera de la compagnie! »

Durant quelque temps, la vie fut un enfer pour Léon. Le remords le harcelait sans cesse. Plusieurs fois dans la journée, il lui arrivait de revivre cet instant... Il se précipitait sur Perrette. Il l'étranglait... Il cherchait alors par tous les moyens à chasser ces souvenirs de violence, à oublier. Malgré ses efforts, il n'y parvenait pas. Il s'attendait, à chaque instant, qu'un gendarme vînt l'arrêter. Ce long silence du juge l'inquiétait. Approfondissait-il ses recherches? Réunissait-il des éléments accablants contre lui? L'angoisse permanente avec laquelle il essayait de vivre modifiait son allure et son comportement. Il maigrissait à vue d'œil. Ses gestes se faisaient moins assurés. Il lui fallait s'y prendre à plusieurs reprises pour accomplir les tâches les plus simples, comme planter un pieu, ou passer le harnais au cheval. Et puis, il supportait difficilement cette pression constante que les autres exerçaient sur lui. Auguste ne lui adressait la parole que durant le travail et, la plupart du temps, pour le rudoyer ou se moquer de lui. Georges, qui ne voulait pas déplaire au vieux, ne lui parlait jamais. Quand ils cassaient la croûte aux champs, ils le laissaient à l'écart et discutaient entre eux. Auguste s'arrangeait toujours pour que le litre de vin arrivât le moins souvent possible dans ses mains. De retour à la ferme, l'épreuve était encore plus pénible pour lui. Julia restait muette, et quand les enfants n'étaient pas encore couchés, elle ne lui laissait que quelques instants pour jouer avec eux. Elle ne mangeait plus avec lui. Soit elle soupait après qu'il eut fini, soit avec les femmes et Auguste. Elle veillait aussi à ce qu'il n'y ait plus aucune bouteille d'alcool dans la maison.

Un dimanche, alors qu'il souffrait cruellement de son abstinence forcée, Léon voulut aller voir Clémence à Narcy. Au moins, pensait-il, il pourrait échapper à cet enfermement et boire tout son soûl! Auguste l'en empêcha. « Il n'y a pas de repos pour la terre, lui lança-t-il. Il n'y en a pas plus pour vous! Les outils sont à remettre en état. Et puis, votre mère vient ici, c'est pas la peine d'aller chez elle! » Léon eut envie de se rebeller, de foncer tête baissée sur cet homme qu'il haïssait. Il ne fit pas un geste. Que pouvait-il faire face à Auguste, campé sur ses deux jambes, sûr de sa force et de son droit?

Quand Clémence venait, il était rare qu'elle vît Léon. En effet, elle ne restait que l'après-midi et repartait souvent avant son retour. Une fois, cependant, elle s'attarda à la ferme d'en bas avec Julia. Quand elle le vit arriver, elle lui trouva mauvaise mine, mais n'insista pas. « Bah! C'est normal! Quand on revient de la ville on a du mal à s'habituer au grand air! » Elle se réjouissait trop qu'il eût retrouvé le droit chemin pour penser à autre chose. Quant à Odette et Marcelline, elles refusaient tout bonnement de voir Léon. Elles ne se forçaient pas pour adopter cette attitude. Il y avait trop longtemps qu'elles lui en voulaient. Ce n'était pas maintenant qu'elles allaient se montrer plus conciliantes. Elles estimaient déjà bien beau de ne pas le dénoncer! Il ne restait guère que Belle pour venir de temps en temps lui témoigner quelque affection.

Ce fut grâce à Alfred, le facteur, qu'ils eurent des nouvelles de l'enquête qui se déroulait à La Charité. En fait, elle piétinait. La police, tout au long de ses interrogatoires, n'avait rencontré qu'un mur de silence. Ils étaient plus d'un bourgeois à être passés sur la petite! Il valait mieux que cela ne se sût pas! La mort d'une putain ne méritait pas qu'on courût le risque de voir le scandale éclabousser d'honorables familles du chef-lieu! Les enquêteurs avaient donc fini par se lasser, de même que le juge, qui avait conclu au crime d'un client de passage, et avait classé l'affaire. Alfred laissa le journal, où quelques lignes détaillaient ce qu'il venait de raconter. Le soir, Julia le donna à Léon : « Tu as bien de la chance », lui lança-t-elle. Léon lut l'article. Il respira. Pour la première fois depuis cette épouvantable nuit, il se sentit moins oppressé, et dormit à poings fermés.

Ce ne fut qu'une rémission. En effet, quelque temps plus tard, alors que sa crainte d'être découvert s'estompait, il comprit qu'il lui faudrait endurer une souffrance plus inexpugnable que toutes les autres : il n'était pas le père d'Anna!

Au début, trop préoccupé par sa peur, il n'en avait pas pris conscience. Il avait bercé la petite, comme il l'avait fait avec Léone et René. Mais bien vite, il s'était senti mal à l'aise. Quand il la tenait dans ses bras, les mots trébuchaient, les gestes devenaient maladroits. Il s'était alors rappelé que tout avait commencé quand Julia lui avait jeté à la figure la terrible vérité. Anna était alors devenue, pour lui, la cause de son malheur. Aujourd'hui, il tentait de se raisonner. Ce petit être ne pouvait être porté responsable de son destin! Non! C'était Julia la fautive! Elle s'était fait prendre par Jean! Elle l'avait abusé, lui, son mari, en toute conscience! Plusieurs fois, il tenta de se remémorer ces jours déjà si lointains. Sa conduite méritait-elle que Julia le trompât? L'amour était-il donc mort entre eux à cette époque? Il essaya de trouver des repères pour aider sa mémoire à mieux cerner cet instant, où tout avait changé entre eux. Il n'y parvint pas. Il avait tout oublié, même le visage de Jean. Il accepta alors de vivre avec cette énigme. Il se contenta de la seule réponse qui s'offrait à son esprit : « On ne court pas après son passé... » Mais il ne put plus prendre Anna dans ses bras. Il finit par l'ignorer. Si lui n'était pas son père, elle n'était pas sa fille!

Julia s'aperçut rapidement de l'indifférence que Léon témoignait à l'égard d'Anna. Elle ne dit rien. Elle comprenait. Elle se convainquit simplement qu'il lui faudrait donner encore plus d'amour à la petite.

Le mois d'avril passa très vite. Il fallait se préparer aux prochaines récoltes. Auguste jugea qu'il pouvait agrandir le domaine, et acheta cinq hectares vers la Réserve. Il y ferait pousser de l'avoine. A la coopérative, on lui répétait que c'était l'avenir : les chevaux ne disparaîtraient pas de sitôt, et il faudrait bien les nourrir!

Un soir, alors qu'il soupait avec les femmes, il annonça qu'il avait engagé un nouvel ouvrier. Il s'appelait Louis. Il arriverait au début du mois de mai. Marcelline et Odette poussèrent de hauts cris. « Mais enfin! Comment va-t-on faire pour payer tout ça? » Auguste leur intima le silence. « Vous inquiétez donc pas! Je sais compter! »

Julia ne disait rien. En fait, elle ne se sentait

pas le cœur à s'enthousiasmer ou à désapprouver. Depuis quelque temps déjà, elle se préoccupait surtout d'elle-même. Elle souhaitait souffler un peu, y voir clair, comprendre comment son existence avait pu dérailler ainsi... Elle, qui était partie tout feu tout flamme dans la vie, se retrouvait aujourd'hui avec un mari assassin, trois enfants, dont un d'un autre homme. Et éteinte à ne plus savoir sourire, ni prendre du plaisir à vivre! Parfois, elle pensait que le mieux pour elle serait de partir. Mais elle chassait aussitôt cette idée. Où irait-elle? Que ferait-elle? Elle ne connaissait d'autre horizon que la ferme, les bêtes et la terre. Non! Désormais, si elle devait lutter, ce ne serait que pour les enfants, sa seule motivation. Il fallait qu'un jour ils puissent s'échapper, vivre autre chose et autrement... Son devoir se situait là. Elle s'emploierait à réussir au moins ça!

A la fin du mois, ils apprirent la mort du curé de Narcy. Odette fit son oraison funèbre : « Il aurait mieux fait de ne pas user sa salive, celui-là! Ça n'a servi à rien! J'espère au moins que là-haut, il saura dire la messe comme il faut! »

L'enterrement eut lieu le vendredi. C'était la poisse! Ils devraient assister à deux messes dans la même semaine. Odette resta pour veiller sur les petits. Les autres s'endimanchèrent, et se rendirent à Narcy en coupé. Léon les accompagnait. Ils semblaient aussi amidonnés que leurs vêtements. Ils ne dirent pas un mot de tout le chemin. Tous les paysans de la région se pressaient dans la petite église pour rendre un dernier hommage au vieux prêtre. Ils n'avaient jamais cru un seul mot de ce qu'il leur disait en chaire, mais ils l'aimaient bien! Dame! il savait lever le coude quand il passait dans leurs fermes!

Dès qu'ils arrivèrent, Léon sauta de la voiture et

se fraya un passage vers l'autel. Sans savoir pourquoi, il voulait assister de près à l'office. Il parvint au premier rang et y trouva une place entre deux vieilles qui égrenaient des chapelets en marmonnant. L'une d'elles, Clémentine, la servante du curé, plus courbée que jamais, pleurait à chaudes larmes. Cet homme, avec qui elle avait passé plus de trente ans de sa vie, partait avant elle!

Léon s'agenouilla, se prit la tête dans ses mains, et s'abîma dans une profonde méditation. Bien qu'il en eût envie, il n'arrivait pas à prier. Le Pater Noster et l'Ave Maria, que Clémence lui avait appris de force quand il était enfant, se dérobaient à sa mémoire. Seul, le mot Dieu s'imposait à son esprit. Il le répétait à la manière d'une litanie. Parfois, il percevait quelques bribes des phrases latines que débitait le jeune vicaire de Varennes, et les réponses tremblotantes des pleureuses qui l'entouraient. L'odeur d'encens, qu'il respirait avec délice, le soûlait légèrement et donnait des ailes à son imagination. Il sentait Dieu, le voyait, rédempteur, dans toute la magnificence de sa gloire, qui l'absoudrait de son crime s'il savait se racheter. Ce fut l'offertoire. L'assistance entama un chant en l'honneur de la Vierge : « Chez nous, soyez Reine... » Léon sentit l'émotion le gagner. Ce concert de voix discordantes exprimait pour lui la solidarité des pécheurs repentants. Il n'était que l'un d'entre eux! Il n'était pas perdu! Il saisit au passage quelques mots de l'homélie. « Dieu, dans son immense miséricorde, saura reconnaître les siens... » Léon était apaisé. Certes, il avait gravement péché! Oui, il était voué aux enfers! Mais il saurait se réhabiliter, se faire humble et repentant. Il retrouverait le droit chemin, ne boirait plus, serait époux et père comme le lui dictait son destin. Il aimerait Anna comme ses autres enfants. Il pensa à eux avec émotion. Il marmonna un acte de contrition. Il désirait avec force retrouver Julia.

Celle-ci, debout, serrée dans la foule des derniers rangs, s'était inquiétée de voir Léon disparaître aussi vite, puis elle l'avait oublié. Au bout d'un moment, elle avait préféré sortir pour aller s'asseoir sur le banc, là où elle avait rencontré Léon pour la première fois. Le souvenir de cet instant restait gravé dans sa mémoire avec une extrême précision. Elle se rappelait, mot à mot, leur premier dialogue. Le timbre grave de sa voix résonnait encore à ses oreilles. Elle se remémorait l'odeur chaude de ses vêtements qui avait éveillé son désir. Elle secoua la tête. Comment cet homme avait-il pu sombrer au point de devenir une telle épave? Les chants entamés par l'assemblée de la petite église, pour la bénédiction, parvinrent jusqu'à elle. Elle eut une pensée pour Dieu. Certes, elle y croyait, mais elle lui en voulait en même temps! Il l'avait bien laissée tomber, celui-là! Elle haussa les épaules et se leva.

La foule commençait à sortir. On allait accompagner le curé au cimetière qui se trouvait à quelques centaines de mètres. Julia se mêla au cortège. Quelques hommes, qui s'envoyaient un canon chez Jules, sortirent du café et rejoignirent la procession. Derrière le corbillard, le vicaire, entouré d'une ribambelle d'enfants de chœur, balançait son encensoir en récitant le Gloria à voix haute. Le défilé s'étirait jusqu'à la place du village. Les paysans marchaient doucement en traînant le sabot. Ils parlaient entre eux de la prochaine saison. Ils avaient déjà oublié le curé. Dame! Maintenant qu'il était mort, il n'y avait pas de quoi en faire une histoire! Il avait bien vécu, le bougre, et puis ils y passeraient tous un jour! Il y eut une longue attente. Chacun d'entre eux devait lancer une poignée de terre dans le trou avant de partir. Aucun ne voulait faillir à ce geste rituel. A ce qu'il paraissait, on risquait d'aller en enfer si l'on omettait de le faire!

Auguste, passé parmi les premiers, rejoignit l'endroit où il avait garé le coupé. Il discuta quelques instants avec des fermiers du coin. C'était un scandale! L'évêché n'avait même pas encore songé à désigner un remplaçant à l'abbé! Marcelline arriva, suivie de Julia. Ils attendirent quelques minutes. Léon apparut au détour du monument aux morts. Bien qu'il fût trop au large dans son costume, il ne manquait pas d'allure. Il arborait un air radieux. Les autres s'en étonnèrent. Julia et Marcelline ne dirent rien. Seul Auguste exprima son agacement : « On dirait qu'il y en a qui ont besoin de fréquenter la mort pour se sentir bien! » Ils revinrent à bride abattue. Auguste ne souhaitait pas traîner. Plus loin il se trouvait du cimetière, mieux il se portait!

Le lendemain soir, ils reçurent une lettre de Pierre. Marcelline était aux anges. « Ah! Je croyais que mon grand nous avait oubliés! » s'exclama-t-elle en déchirant l'enveloppe. Julia la lut d'une voix un peu hésitante. C'était difficile! Pierre écrivait de plus en plus long! Odette, Marcelline et Auguste écoutaient attentivement. Il allait bien... Il avait encore gagné un galon... Il reviendrait en permission vers le mois de juin... Lorsque Julia eut fini, chacun hocha la tête en signe de contentement. Ils se fichaient bien qu'elle eût sauté quelques mots. Pierre faisait un bon soldat! C'était l'essentiel! Auguste regretta tout de même que son absence fît deux bras de moins pour travailler la terre. Si le bougre avait été là, il n'aurait pas eu à engager un second ouvrier! Marcelline réagit violemment. « Arrête donc de pleurnicher! Il est heureux, c'est le principal! » Auguste se le tint pour dit.

On fut bientôt à la mi-mai. Les jours s'allongeaient. Après avoir endormi les enfants, Julia allait rejoindre Auguste, Marcelline et Odette pour veiller avec eux. Léon, toujours tenu à l'écart, restait en bas. Il lisait le journal ou écoutait la radio. Quand il en avait assez, il allait se promener sur les chemins d'alentour ou bien se couchait. Plein de confiance en son avenir, il avait décidé d'être patient. Le temps ferait son œuvre, et les autres finiraient bien par l'accepter à nouveau.

Une fin d'après-midi, à la ferme d'en haut, les femmes s'assirent devant la façade pour profiter des derniers rayons du soleil. A quelques mètres de là, Léone jouait avec René dans l'herbe. Anna dormait dans la maie de la cuisine. Soudain, un curieux attelage déboucha de la route venant des Bertins. Elles reconnurent tout de suite Alphonse le colporteur. Il passait deux fois par an, et proposait tout un fatras d'objets disparates. Il faisait le bonheur des fermières! Grâce à lui, elles pouvaient remplacer à peu de frais leurs batteries de cuisine, leurs couverts, ou, parfois, en période d'abondance, s'offrir une jupe ou une robe. Mais on l'appréciait surtout parce qu'il vendait l'almanach. Marcelline et Odette, qui ne savaient pas lire, n'avaient jamais eu l'idée de le lui acheter. Mais aujourd'hui, c'était différent : Julia avait appris!

L'attelage s'approcha. Alphonse descendit de la voiture avec quelques difficultés. Il s'approcha des femmes. Bien qu'il fût vieux, et qu'il lui manquât quelques dents, il conservait un charme certain. Comme il se tenait très droit, il semblait grand. Sa lourde tignasse blanche, soigneusement coiffée, lui donnait l'allure d'un druide. Il riait toujours et plaisantait de tout. « Bonjour mesdames! Je vous vois sourire! C'est que j'ai l'âge de mes artères! » Odette s'esclaffa : « Dame! Alphonse! C'est que nous on va pas tarder à savoir ce que c'est! » Marcelline se précipita vers sa carriole pour voir tous les trésors qu'elle contenait. Il y avait tellement de choses dont elle rêvait! Odette la rejoignit.

Julia, tétanisée par le regard perçant d'Alphonse, restait muette. Ce dernier la fixa un moment sans dire un mot, puis détourna son regard et s'assit à côté d'elle. « Alors, ma fille! Je sens que ça ne va pas fort! Vous avez les yeux de la tristesse! » Julia haussa les épaules. « Bah! Vous savez! On fait aller! » Alphonse garda le silence quelques instants et reprit : « Ça suffit pas pour vivre! » Puis, sans le lui demander, il prit la main gauche de Julia. « Montrez-la-moi un peu. Elle m'en dira bien plus que vous n'en savez vous-même! » Julia eut un mouvement de réticence, puis se laissa faire. Le toucher du vieil homme la réconfortait. Celui-ci étira la paume, la referma à moitié, suivit d'un doigt le trait des lignes qui s'y dessinaient. Il marmonnait de manière inintelligible. Il se redressa et plongea à nouveau son regard dans celui de Julia. Celle-ci tressaillit. Elle sentit un frisson la parcourir de la tête aux pieds. Elle pensa un moment appeler les femmes qui bavardaient en remuant le bric-à-brac entassé dans la voiture. Aucun son ne sortit de sa gorge, oppressée par la crainte. Alphonse sourit : « N'ayez pas peur, ma fille! C'est votre vie qui est inscrite là! Il n'y a rien à faire! C'est ainsi! Il faut accepter. Dame! Je ne vous raconterai pas d'histoires! C'est pas bien beau, ce qui est derrière vous, mais c'est pas pire que ce qui arrive! Il vous faudra beaucoup de courage, ma fille! C'est votre lot! La vie que vous avez donnée s'éteindra par étapes brutales. Ça oui! Vous vivrez assez longtemps pour tout voir! Mais, je vous le redis, ma fille! Avec du courage, on peut faire face à tout y compris à soi-même! » Puis, sans transition, il lâcha la main.

Bien que la température fût douce, Julia se sentit glacée jusqu'aux os.

Alphonse se leva et rejoignit Odette et Marcelline. Quasiment immergées sous les objets qu'elles n'arrêtaient pas de déplacer, elles frisaient l'hystérie. « Tu as vu cette robe?... Oh! mais! Regarde donc ces assiettes! » Alphonse monta s'asseoir sur le siège de conduite, et se retourna : « Alors, mesdames? Si je vous emmène, je vais vous vendre avec le reste! » Elles pouffèrent de rire. Marcelline acheta un drap et l'almanach. Odette, qui restait coquette, choisit un châle en laine. Soudain, elles réalisèrent que Julia restait assise, là-bas devant la ferme. « Tu veux donc rien? hurla Odette... Viens voir! »

Julia secoua la tête en signe de refus. Les femmes descendirent et revinrent, bras dessus, bras dessous, vers la cuisine. Il valait mieux arroser cela avant le retour du vieux! Il allait encore gueuler qu'elles dépensaient sans compter! Odette, en passant près de Julia, lui proposa de venir trinquer. Celle-ci accepta. Mais au lieu de les suivre, elle traversa la cour, et regarda la voiture du colporteur qui s'éloignait sur la route de Narcy.

Odette, qui s'impatientait, sortit sur le pas de la porte. « Alors Julia! Tu as fini de rêvasser, oui? On t'attend! »

IMPRIMÉ EN FRANCE PAR BRODARD ET TAUPIN
Usine de La Flèche (Sarthe).
LIBRAIRIE GÉNÉRALE FRANÇAISE - 6, rue Pierre-Sarrazin - 75006 Paris.
ISBN : 2 - 253 - 04111 - 4

30/6313/8